Kathy's dochter

Tim Krabbé

Kathy's dochter

Roman

2002
Uitgeverij Bert Bakker
Amsterdam

Eerste druk februari 2002
Tweede druk maart 2002

© 2002 Tim Krabbé
Omslagontwerp Marten Jongema
Foto auteur Chris van Houts
www.pbo.nl
ISBN 90 351 2373 5

Uitgeverij Bert Bakker is onderdeel van Uitgeverij Prometheus

I

1 OKTOBER 1962

1 oktober 1962

Eerst zijn het de eerste seconden. Je loopt, doet passen, je steekt een sigaret op. Dan zijn het de eerste minuten, je loopt, langs het water in het donker, je rookt, je denkt. De eerste minuten dat je haar voor het laatst gezien hebt. Je hebt nog achterom gekeken, maar de deur was al dicht, zoals je andere keren achterom hebt gekeken, en je een open deur zag, met haar erin, wuivend, een handkusje gevend. Je loopt door, denkt, je rookt, kijkt naar het water, je ziet heel bewust iemand met een handkoffertje achter op zijn fiets voorbijrijden, je vraagt je af waarom hij zo laat nog met een koffertje achterop fietst. ('Dan moet je wel een zware koffer achterop nemen,' zei zij.) Je loopt, komt bij je huis, je steekt de sleutel in het slot, gaat naar binnen. Je kijkt om je heen, of je nog sporen van haar ziet. Je ziet een haarspeld liggen, je ruikt eraan. Haar geur. Je ziet de peukjes op de grond die zij per ongeluk liet vallen, je voelt haar nog op je huid, haar buik nog op jouw buik bewegen, je kijkt rond, maar ziet geen sporen meer. Ze is weg. Je gaat slapen, je wordt wakker, dat zijn de eerste uren, je werkt, eet, slaapt, wordt wakker, eet, werkt, slaapt, dat zijn de eerste dagen. Dan de eerste weken, de eerste weken dat ik haar voor het laatst heb gezien. Dan, dan vergeet ik haar, langzaam, maar als ik aan haar denk, zal het goed zijn, en mooi. Ik voel haar tegen me aan, haar borsten tegen mijn borst. Dit zijn de eerste minuten. Zij is weg.

II

EEN BLAUWGERUITE PARAPLU

I

4 november 1999

Beste meneer Krabbé,

…dit is een heel rare e-mail om te schrijven.

Eergisteren is mijn moeder overleden. Ze was al een jaar ziek, en verder leven was haar door de pijn onmogelijk geworden. Zij had kanker. Wij waren allen bij haar toen zij overleed.

Natuurlijk is dit ook een raar moment om u te schrijven, maar ik was dit al zo lang van plan. Mijn moeder heeft mij wel eens verteld dat zij vroeger met u is omgegaan. Ik vond dit altijd fascinerend, en daarom schrijf ik u nu.

Maar dan moet u eerst weten wie ik eigenlijk zelf ben. Ik ben Laura Westerdijk, en ik heb meer dan 28 jaar van mijn moeder mogen genieten.

Mijn moeder heette van zichzelf Tineke Melsen, en ze heeft haar jeugd in Amsterdam doorgebracht. Zij gebruikte toen ook een tijdlang de naam Kathy.

Ik hoop dat dit u nog iets zegt.

Mijn moeder heeft mij ook verteld dat u eens een stukje over haar verleden heeft geschreven. Als dat kan, dan zou ik dat heel graag lezen. Ik hoop echt dat u mij nog iets kunt vertellen over het verleden van mijn moeder. Ik hoop dat u niet te erg geschrokken bent.

Uit respect voor mijn vader en mijn moeder zal ik ze nooit laten weten dat ik u nu schrijf.

Ik had uw adres op uw homepage gevonden.

Met vriendelijke groet,

Laura Westerdijk

Ik had al bij de deur gestaan, jas aan, tennistas in mijn hand, maar toen ik mijn computer nog wilde uitzetten had ik op het scherm het vlaggetje van de *Mail Notifier* gezien. Afzender Laura Westerdijk, onderwerp *Tineke Melsen*.

Tineke Melsen… dat zei me heel vaag iets. Ik dacht even aan een meisje dat ik eens aan zee had ontmoet, heette die niet Tineke? Maar daar had ik niets mee gehad. Het ergerde me een beetje: naar voor die Laura dat haar moeder dood was, maar als ik die naam niet onmiddellijk kon thuisbrengen, wat ging mij dat dan aan? Misschien kreeg je dat als schrijver met een makkelijk vindbaar e-mailadres – mensen gingen je vertellen dat hun moeder dood was.

Toen zag ik de naam Kathy.

In de auto keek ik in de achteruitkijkspiegel om het gezicht te zien van 'Tim, zesenvijftig jaar, die weet dat Kathy
dood is'. Zesenvijftig... toen was ik negentien, zij twintig.
Zevenendertig jaar geleden, haast te lang geleden om echt
te zijn gebeurd. Ik had haar nooit meer gezien, nooit meer
iets van haar gehoord, een liefdesleven lang niets van haar
geweten, en nu was ze plotseling geen twintig meer, maar
zevenenvijftig, en dood. Nog maar twee dagen geleden
had ze geleefd, had ik haar kunnen zeggen dat het me
speet – het was alsof ik haar na al die tijd bijna had teruggevonden, maar rakelings toch nog was misgelopen.

Of de naam Kathy me nog iets zei, vroeg die Laura.

Alles gekregen, alles gegeven, na een paar weken alweer uitgemaakt. Zomaar, om niets, omdat het niet steeds
even volmaakt kon zijn als op het meest volmaakte moment, een moord en een zelfmoord tegelijk. Ik had er meteen een boek over geschreven, mijn eerste, *Belemmerd uitzicht*, maar het was ongepubliceerd gebleven.

Het klopte dat ik nu toch nog bericht van haar kreeg
– het einde van toen kon niet het einde voor altijd zijn
geweest.

Tijdens het tennissen was Kathy geen moment uit mijn
gedachten. Ik verlangde ernaar thuis te zijn en dat mailtje
weer te lezen.

Het was alsof we weer in elkaars armen lagen, en deeltjes
van haar toekomst te horen kregen. Een dochter Laura.
'Jeugd in Amsterdam doorgebracht'; daar woonde ze dus
allang niet meer. Die dochter woonde in Deventer – was

Kathy dan ook daar in de buurt terechtgekomen? 'Gebruikte een tijdlang de naam Kathy'; zo had ze zich later dus niet meer genoemd. Kanker, 'wij waren allen bij haar' – euthanasie dus, en het klonk naar meer kinderen, misschien ook kleinkinderen. Dood op haar zevenenvijftigste. Dat zouden we toen oud hebben gevonden, maar dat was nu jong, en het paste bij hoe ik haar zag: als iemand met pech, wie nare dingen overkwamen.

Bij Laura's adres onder aan het mailtje stond haar telefoonnummer – als ik dat draaide, dan zou ik een stem horen die Kathy had gehoord, twee dagen geleden nog maar, en die misschien op de hare leek. Er was ook, zag ik nu, een link naar een homepage, en toen ik die aanklikte verscheen er op mijn scherm een familieportretje in zwart-wit: een vader, een moeder en drie kinderen, twee jongens en een meisje. Ik begreep het even niet – was dat het gezinnetje van Laura, was zij die moeder? Maar kleding en kapsels leken uit een andere tijd: was Laura dan het kleine meisje, en was die moeder *Kathy*?

Dat moest wel.

Kathy, voor het eerst weer zichtbaar, omgetoverd in iets anders.

Dus dit verleden was haar toekomst. Die man was de man met wie ze zou trouwen, die kinderen de kinderen die ze zou krijgen, die vrouw de moeder die ze zou zijn. Laura, de kleinste, leek drie of vier; dan was Kathy hier twee- of drieëndertig. Maar kon dat echt Kathy zijn? Ik herkende haar niet. Dit was een keurige huisvrouw in een keurig bloesje, met een kwetsbaar, bijna angstig lachje – Kathy hàd wel iets kwetsbaars gehad, maar ze was vooral een mooie meid geweest, die straalde van aantrekkelijkheid.

Die man had een vriendelijk gezicht. Harm, heette hij. Hoe zou ze hem hebben ontmoet? En hoe lang na mij? De jongetjes heetten Stijn en Menno. De oudste, Stijn, kon al acht zijn – dan had Kathy haar man niet zo heel lang na mij leren kennen, misschien maar een of twee jaar.

Ik scrollde omlaag en vond foto's van Laura als baby en als kleuter, één op een schommel in een voortuintje. *Schommelen in Zutphen* stond daar bij – daar hadden ze dus ook gewoond. *lauswing.jpg*, *bobbeltje.jpg* en *laubloot.jpg* waren de bestandsnamen van die foto's. *Bobbeltje*, zou Kathy haar zo hebben genoemd? Het was alsof pas dat naampje me werkelijk verdrietig maakte om haar dood.

Ik klikte de hele site door, die niet beveiligd was zodat ik ook allerlei testpagina's en losse foto's kon oproepen, maar nergens was een recente foto van Laura. Het ging over skateboards, parachutespringen, parapenten – grappige hobby's voor een meisje. Ik stelde me Laura voor op een skateboard, springend over stoepranden en tonnetjes – het was krankzinnig zulke dingen te weten over een dochter van Kathy, alsof een schim als zij geen kind kon hebben dat op een skateboard door de straten sjeesde.

Leuk ook dat die Laura zelf webpagina's maakte – maar wàs die homepage wel van haar? De account stond op naam van Van Gent – *Lex van Gent*, zag ik op weer een andere pagina. Ook van hem waren er alleen kinderfoto's – een jongetje in een trapauto.

Ik overwoog het telefoonnummer van L. van Gent in Deventer op te vragen, om te kijken of dat hetzelfde was als dat van Laura. Maar het was niet nodig; er was ook een pagina over de verkoop van een huis in Rotterdam, waar Lex en Laura hadden gewoond tot ze een halfjaar geleden naar Deventer waren verhuisd. Samen een huis gekocht, samen verhuisd, zo goed als getrouwd dus. Misschien wáren ze getrouwd. *Hij* maakte die website, die hobby's waren zijn hobby's. Er was ook een lijstje met Laura's hobby's: tekenen, films kijken (liefst in de bioscoop), lachen (hihi), lezen, poezen (ja, jullie twee!), dansen, koken (en het opeten), fietsen (als het warm is, maar niet tè warm).

Uit niets bleek dat ze kinderen hadden.

Ik voerde *Laura Westerdijk* in in een zoekmachine, maar vond niets. Maar met *Lex van Gent* kwam ik terecht op de site van een muziekcafé in Apeldoorn waar hij vier jaar geleden iets in het gastenboek had geschreven. Hij moest het zijn; hij en Laura waren een keer naar een optreden van een bandje in dat café gegaan, ze hadden in de tuin achter het café op hun muziek staan swingen ('heel erg te gek,' had Lex geschreven, 'maar die drumsolo's hoeven van mij niet zo') en een cd gekocht die de leadzanger van het bandje, die ook Lex heette, voor ze had gesigneerd: *Voor Lex & Laura van Lex & de band.*

Ik probeerde het voor me te zien, dat avondje waarop Laura en Lex plezier hadden gehad en samen een cd hadden gekocht, en stelde me voor dat ik daar ook was, ergens achter in die tuin, en dat iemand me een jonge vrouw aanwees die uitbundig danste: 'Hé Tim, zie je die vrouw daar? Kijk goed! Herken je niets in haar? Kan jij je soms je vriendinnetje Kathy Melsen uit 1962 herinneren? Dat leuke meisje met wie je het toen zo ongelooflijk stom en wreed hebt uitgemaakt? Zo wreed dat je het zou verdienen nooit meer gelukkig te zijn geweest? Dat is haar dochter!'

Ik zou aan de grond genageld hebben gestaan, geen oog van haar af hebben kunnen houden. Alleen al te weten dat Kathy een dochter had die op een avond in de tuin van een café in Apeldoorn had gedanst!

Beste Laura,
Gecondoleerd met het overlijden van je moeder. Dat schokte me zeker, al had ik haar 37 jaar niet meer gezien. Ja, we 'hadden wat'. Niet zo erg lang, in het najaar van 1962, maar het betekende voor ons allebei wel iets; zeker voor mij.

Ik hoop dat ze een leuk leven heeft gehad, in ieder geval had ze dus een dochter die veel van haar hield.

Het was vreemd haar op je website (iets anders dan 'je en jou' voelt ongepast) weer te zien. Ik herkende haar niet op die foto. Ik moet zelf ook nog een paar foto's hebben van Kathy (zoals ze voor mij heet − dat ze eigenlijk Tineke heette, en officieel Teuntje, wist ik), waarvan er één voor de deur van Foto Linneman is gemaakt waar ze toen werkte − en waar ik haar tegenkwam toen ik daar als werkstudent een baantje had.

Ik herinner me haar als een erg aantrekkelijk en aardig meisje, maar ook als onzeker en kwetsbaar.

Ik heb toen inderdaad iets over ons geschreven, maar dat heb ik vele jaren niet meer onder ogen ge-

had. Ik zal kijken of ik het kan vinden, en of er dingen over Kathy in staan die voor jou de moeite
waard kunnen zijn. Ik zal ook die foto's opzoeken,
en als je wilt zal ik ze scannen, en aan je mailen.

Voorlopig wens ik je veel sterkte bij het verwerken van je verlies.

Met hartelijke groet,

Tim

Het was alsof er een nieuwe jaartelling was begonnen.

2

Het meisje met de prullenmand

In april 1965, tweeënhalf jaar nadat ik haar voor het laatst had gezien, was Kathy getrouwd met de drie jaar oudere Harm Westerdijk, een vliegtuigmonteur uit Amsterdam. Ze verhuisden naar Hillegom; begin 1967 werd daar hun eerste kind geboren, Stijn. Harm kreeg een baan als boordwerktuigkundige bij een luchtvaartmaatschappij in Taiwan; daar woonde het gezin vijf jaar, en daar werd in 1969 Menno en in 1971 Laura geboren. In 1972 gingen ze terug naar Nederland; van Hillegom verhuisden ze naar Zutphen, en later naar Twello bij Deventer. Vanaf 1979 zaten ze voor drie jaar in Amerika toen Harm bij PanAm ging werken en in Seattle gestationeerd werd. Na hun terugkomst hadden ze steeds in Twello gewoond; Harm was toen hoofd onderhoud van een klein vliegveld. In 1980 werd het nakomertje Philip geboren.

Eind 1998 werd bij Kathy kanker vastgesteld – in een

al niet meer te bestrijden stadium. Ze ging snel achteruit en toen de aftakeling en de pijn ondraaglijk werden, liet ze haar euthanasie regelen. Op 2 november 1999, twee dagen voor Laura me had geschreven, was die uitgevoerd.

Ik vroeg me af wat ik had gedaan op het moment van haar dood. Ik was die dag samen met Esra geweest, mijn zoon van twaalf. We hadden gecomputerd, bij hem in Bussum in de tuin met een frisbee gegooid, 's avonds op Eurosport gekeken naar de halve finale om het wereldkampioenschap rugby tussen Nieuw-Zeeland en Frankrijk. Ik wist niet hoe laat Kathy was gestorven, maar daardoor was het alsof ik kon kiezen, en ik koos de frisbee. Het was zo kort geleden, ik zag hem nog in die mooie tuin door de lucht zweven, soms bijna stilhangen, en ons rennen en springen om hem te vangen.

Zou zij die laatste dag nog aan mij hebben gedacht?

Ik wist precies wanneer ik voor het laatst aan háár had gedacht: drie weken eerder, toen ik in het vliegtuig terug uit Nieuw-Zeeland in de First Class had gezeten. Elke stoel had daar een eigen monitor, met tien kanalen waar je uit kon kiezen, en op één daarvan werd de klassieker *Cape Fear* vertoond, de oude versie – de film die ik met Kathy had gezien, de avond dat we voor het eerst met elkaar naar bed gingen.

Maar: 'aan haar gedacht' – waar had dat dan uit bestaan? Meer dan 'Ach ja, Kathy' kon het niet zijn geweest, als altijd vermengd met een vaag gevoel van spijt en schaamte, alsof ik in mijn jeugd een misdaad had begaan waarvoor ik nooit was gepakt.

Ik had maar even gekeken. Ik had *Cape Fear* al wel eens eerder teruggezien; ik wist dat die beelden leeg waren geworden. Een jaar of tien geleden was er een remake van uitgekomen, en daar was ik speciaal naartoe gegaan – maar ook die had Kathy niet opgeroepen.

Het was wel een teken geweest – welke luchtvaartmaatschappij vertoont er nu zulke oude films? En wat een rijm: toen ik in 1962 Kathy ontmoette was ik net terug uit Australië, en nu kwam ik weer van de andere kant van de wereld.

Ik zocht en vond het telefoonnummer van H. Westerdijk, Twello: een cijfercombinatie die betekenis had gehad voor Kathy; de code waarmee ik met haar in verbinding had kunnen komen. Maar zou ik haar hebben gebeld? Ik zou het hebben gewild, maar waarschijnlijk niet hebben gedurfd.

Wat was er eigenlijk nog over van haar in mij? Een naam, een tinteling, een droombeeld, een bijna vergeten verlangen om terug te gaan naar het moment van het uitmaken, en het niet uit te maken. *Zevenendertig* jaar had ik haar niet gezien, een onvoorstelbare hoeveelheid tijd, de afstand van een eerste werkdag tot een pensioen – het was niet te bevatten dat 'Tim en Kathy' werkelijk had bestaan; een heden was geweest zoals het heden van nu een heden was.

En wat zou ik voor haar zijn geworden? Ze had haar dochter over mij verteld, een dochter die bijna tien jaar na ons geboren was – misschien dertig jaar later had ze nog aan mij gedacht. En wat ze verteld had, had gemaakt dat die dochter meteen na haar dood contact met mij had gezocht.

Maar misschien benaderde Laura in haar verdriet alle vroegere vriendjes van haar moeder van wie ze wist.

Ik had de laatste jaren niet zo vaak meer aan Kathy gedacht. Er was ook weinig dat haar nog opriep. Soms, als ik andere foto's zocht, kwam ik haar foto's tegen; *Cape Fear* werd soms genoemd; bij opruimingen en verhuizingen zag ik mijn manuscript over ons wel eens, maar ik had het nooit meer gelezen. Langs haar oude huis kwam ik nooit, en maar zelden langs de boom aan het kanaal waaronder we elkaar eens hadden gekust. Langs andere plekken die van ons waren geweest – de bioscoop waar we de eerste avond naartoe waren gegaan; het laboratorium van Foto Linneman op de Nassaukade – kwam ik juist te vaak. Daar zat ze niet meer in, al was 'Foto Linneman' altijd op een duistere manier als iets vertrouwds blijven voelen. Zelfs uit de naam Kathy was ze verdwenen – de vrouw van een vriend heette zo, maar door haar dacht ik nooit aan Kathy.

Dat had ze in één klap ingehaald: geen sterfgeval had me ooit zo geraakt.

Ik vond Kathy's foto's tussen de honderden andere in mijn grote fotodoos, ver uit elkaar geraakt. Wondervoorwerpen die ik toen had aangeraakt en die ik nu kon aanraken, alsof ze door een onmogelijkheid waren heen geglipt. Ik wist dat het er drie waren, en ik zou ze van tevoren hebben kunnen beschrijven: twee kleine zwartwitfoto's uit een serie, en een kleine kleurenfoto. Achterop alledrie stond, in haar handschrift ongetwijfeld, *1961*, het jaar vóór ik haar had gekend en waarin ze achttien en negentien was geweest.

Op de zwartwitfoto's heeft ze een lichtgrijze wollen trui aan, zoals ik er toen ook een had. Op één ervan poseert ze in de stijl van de existentialistenkelders van die tijd, omgekeerd zittend op een stoel tegen een zwarte achtergrond, haar lange haar over één schouder gevlijd, een glas wijn in haar ene hand, een sigaret in de andere. Haar ogen zijn geloken, de hand met de sigaret bedekt haar kin en haar mond, zodat er weinig van haar gezicht te zien is. Haar oogleden zijn mooi.

Op de andere zwartwitfoto staat ze, en lacht ze, met een omgekeerde prullenmand als hoed op haar hoofd. Haar borsten prikken parmantig naar voren. Ze lacht, maar niet voluit, alsof ze op het punt staat haar behoedzaamheid te verliezen – maar nu nog behoedzaam is. Ik wist nog wat ze over die foto had verteld: een vriend van haar die fotograaf was, had een keer foto's willen maken, zij was in een gekke bui geweest, en had die prullenmand op haar hoofd gezet.

De derde foto, een kleine kleurenfoto in bleke kleuren, was hoe ik me Kathy altijd had herinnerd. Misschien omdat hij was gemaakt, ook dat wist ik nog, maar je herkende het bijna, op de Nassaukade, voor het laboratorium van Foto Linneman.

Haar gezicht is daar heel anders; als je het niet wist zou je niet eens meteen zien dat dit ook het meisje met de prullenmand is. Haar lange haar, dat op de zwartwitfoto's donkerblond leek, draagt ze hier opgestoken, en blijkt bruinachtig rood te zijn. Ze staat aan de rand van het trottoir en leunt met de gespreide vingers van haar linkerhand op de motorkap van een geparkeerde auto. Ze heeft een zwart truitje aan, en een blauw-paars gestreepte rok tot iets over de knie, met grote sierknopen. Ze kijkt voor zich uit, weg van de fotograaf. Die blik! – dit was het gezicht waarop ik verliefd werd en weer verliefd zou worden. Het is lief, sterk, verbeten, zacht, ernstig, bitter, kwetsbaar. Een gezicht om eindeloos naar te kijken – je wilt weten wat ze denkt.

Maar het kwam niet door die foto dat ik Kathy altijd zo was blijven zien – ze wàs het ook. Ze had een keer foto's meegenomen, ik had er een paar mogen uitkiezen, en toen moest ik het gezicht hebben genomen dat ik vond dat ze hàd – alsof ik op dat moment zelf een foto van haar maakte, waarop ze precies stond zoals ik haar zag.

Ik scande de foto's, en mailde ze naar Laura.

'Het is heel raar, maar ik zie echt mezelf,' schreef ze terug, 'ik heb veel weg van mijn moeder. Morgen is de begrafenis. Ik kan er nog steeds niet bij met mijn verstand: ik heb geen moeder meer!'

'Een stukje over haar verleden' had Laura het in haar eerste mailtje genoemd – nog in de nacht dat ik het had uitgemaakt, meteen nadat ik Kathy naar huis had gebracht, begon ik aan *Belemmerd uitzicht* – al op straat, misschien nog hand in hand met haar, moesten de beginzinnen bij me zijn opgekomen. Ik wilde schrijver worden, en ik had ineens een onderwerp.

Ik schreef mijn boek in een paar weken, tikte het uit

met veranderde namen en stuurde het naar uitgevers, die het weigerden – wat me ook moet hebben geraakt omdat het bericht aan Kathy dat het ook was, er nu niet zou komen. Maar het is mijn debuut, zoals zij mijn debuut was. Ik had het dertig, misschien vijfendertig jaar niet meer ingekeken – ik wist niet eens zeker of ik het nog had. Bij mijn laatste verhuizing had ik het niet gezien, en bij een eerdere waren een paar zakken met papieren verdwenen.

Laura had gezocht, schreef ze, naar een boek van mij waar haar moeder misschien in voorkwam. Ik had het verhaal van Kathy nooit gebruikt, maar ik had wel, uitgerekend nu, al op het punt gestaan om *Belemmerd uitzicht* op te diepen – ik had een ruwe versie af van een roman waarin een dergelijk manuscript, geschreven door een jongen van negentien, centraal stond. Het was alsof ik een geest had opgeroepen, die zei: 'Wacht nog even.'

Ik vond mijn boek zonder veel moeite in mijn bergruimte, onder in een doos papieren; een pak enquêteformulieren van een baantje bij een marktonderzoekbureau, aan de achterkant met zwarte balpen beschreven. *Eerst zijn het de eerste seconden*; letters van een hand die vlak daarvoor de hare nog had vastgehouden. Onder aan de laatste bladzijde stond: *174 pag., 1 oktober-9 november 1962*, en mijn handtekening.

Voorzichtig bladerend, omdat ik nog niet wilde lezen, zag ik bladzijdenlange gesprekken in dialoogvorm tussen Kathy en mij. Toen ik die opschreef had ik die waarschijnlijk nog woord voor woord kunnen horen – dit pak papier was nu geen roman meer, maar een schatkist die ik had gevuld met een paar weken van mij en van Kathy

Melsen, mijn onvergetelijke meisje van september 1962.

Ik vroeg me af hoe Laura van dat boek kon hebben geweten – toen ik eraan begon, was ook de tijd al begonnen waarin ik Kathy nooit meer zou zien.

Maar voor ik mijn herinneringen aan Kathy liet wegvagen door mijn boek wilde ik, voor Laura en voor mezelf, vastleggen wat ik zonder dat boek nog wist. En voor ik haar daarmee beïnvloedde wilde ik weten hoe Kathy het over mij had gehad – zou ze mij niet altijd hebben vervloekt?

'Jij was voor haar een mooie herinnering,' schreef Laura.

Ik waarschuwde haar ook dat ze dingen te weten kon komen die ze niet wilde weten. Ze zou haar net gestorven moeder op haar twintigste zien leven, in de armen zien liggen van een ander dan haar vader. Misschien dacht ze wel dat Kathy als maagd het huwelijk was in gegaan – mocht ik dat dan verstoren?

Schrijf, schreef Laura.

Kathy maakte op haar twintigste een volwassen en nuchtere, evenwichtige indruk. Tenminste op mij, een jongen van negentien. Ze zong en floot de hele dag en ze rookte veel, net als ik trouwens. Ze had een leuk gezicht en een leuk figuur. Ze was geen sexbom, niet flirterig, maar gewoon heel erg aantrekkelijk, en ook aardig en grappig. Ik ben altijd op haar type blijven vallen.

Maar je voelde ook dat ze verdrietigheden verborg. Ze was een 'onecht kind', zonder vader opgegroeid, en ze kon niet opschieten met haar moeder. Ze waren erg arm geweest; een verhaal dat een enorme indruk op me maakte, was dat haar moeder haar als baby in een kartonnen doos meenam naar het kantoor waar ze werkte. Die doos was daar dan Kathy's box – dat vond ik een afschuwelijk idee.

Ze woonde nog thuis, niet zo ver bij mij vandaan; we hebben dat stuk vaak gelopen als ik haar 's nachts naar huis bracht, grotendeels langs het kanaal waaraan ik woonde.

Vóór mij was er een heel belangrijke jongen geweest die haar had laten zitten toen hij, als soldaat waarschijnlijk, naar Nieuw-Guinea moest. Ze had met hem een keer een nacht in een tentje of in een zelfgebouwde hut in een bos geslapen; daar was ik erg jaloers op. Ik neem aan dat ze met hem naar bed was geweest, ik was niet de eerste. Maar het zou me niet verbazen als ik wel de tweede was.

Haar geboortedatum weet ik nog, 13 mei 1942 – ze was precies een jaar min een maand ouder dan ik. Ik noemde haar nooit Tineke, maar Kathy of Teuntje, dat vond ik een erg leuke naam. Als Kathy Melsen heb ik haar leren kennen, en ik ben altijd als Kathy aan haar blijven denken.

Ik ontmoette haar in september 1962 in het laboratorium van Foto Linneman aan de Nassaukade in Amsterdam. Ik vroeg haar mee uit, we gingen de eerste keer naar een film en naar een jazztent waar bijna niemand was en waar we opgeprikt aan een tafeltje zaten, maar toen ik haar die keer naar huis bracht werd er al gezoend, geloof ik.

Ze kwam vlug bij me thuis, we gingen niet meteen met elkaar naar bed, maar wel vrij snel, na ongeveer een week. Ik was al wel eens met een meisje naar bed geweest, maar zij was mijn eerste echte vrouw. Zij was ook niet zo ervaren, maar ze was net zo verliefd als ik, en alles ging vanzelf. Ze is één keer een hele nacht bij me blijven slapen, toen had ze haar moeder iets op de mouw gespeld. We zijn ook een paar keer naar de film geweest, en ze heeft wel eens bij ons meegegeten.

Het was een grote liefde, maar de mooie herinnering aan Kathy is er altijd door overschaduwd dat ik het na een paar weken alweer uitmaakte, zomaar ineens, en haar bruusk in de steek liet met haar verliefdheid – dat ik mezelf daar minstens even hard mee trof is een ander verhaal. Ik deed dat niet omdat ik niet meer verliefd op haar was, al dacht ik dat toen wel (en zij waarschijnlijk ook), maar omdat ik niet kon verdragen dat het niet op ieder moment volmaakt was.

Wat ook een rol speelde was het 'kunstgebit'. Toen we een keer lagen te vrijen tikte ik met mijn vinger op haar tanden, en zij zei: 'Hé, pas op m'n kunstgebit.' Een grapje, maar ik dacht: met zo'n gebrek kan ik niet van haar houden. Ik durfde niet te vragen of het waar was; mijn verdenking zou voor haar even erg zijn als het kunstgebit voor mij. Dat beklemde me enorm, en hielp mee de verliefdheid te bederven.

Ik was zeker ook in de war, in die maand. Ik was net terug van een wereldreis die eigenlijk een poging was geweest om mezelf weg te gooien als een romantische zwerver. Ik wilde niet meer studeren, maar ik wist ook niet wat ik dan wel wilde. Ik had vage plannen om schrijver te worden en om weer weg te gaan, maar ik deed niets en hing de hele dag in het schaakcafé.

Dat kapotmaken van zo iets moois, dat kwetsen van iets kwetsbaars, heeft altijd gevoeld als een verraad, een misdaad, alsof ik haar voor het leven had verminkt. Grote woorden, maar het heeft ook altijd groot gevoeld. Misschien heeft zij het nuchterder opgevat dan ik, maar eigenlijk hoop ik dat het haar net zo heeft geraakt als mij. Het is jammer dat ik haar nooit heb kunnen zeggen hoe het zat, en ik was erg blij van jou te horen dat ze goed aan me dacht; ze moet gevoeld hebben wat er aan de hand was.

Kathy's dochter – het was ongelooflijk spannend om aan de achtentwintigjarige Laura Westerdijk, die in bijna ieder mailtje zei dat ze zo op haar moeder leek, te schrijven dat ik altijd op Kathy's type was blijven vallen, om beelden voor haar op te roepen van hoe ik met die moeder in bed had gelegen. Ging dat niet te ver? – Kathy was nog geen week dood!

'Bedankt voor je verhaal,' schreef Laura, 'ik vond het heerlijk om te lezen. Ik ga door jou mijn moeder beter leren kennen!'

Minstens even sterk als mijn herinneringen aan Kathy waren een paar herinneringen aan het missen van haar. Ik fiets door een straat, dicht bij haar huis, een van de eerste dagen dat het uit is. Misschien kan ik mijn verdriet verdrijven met andere meisjes, en kan ik die door mijn ervaring met Kathy nu makkelijker krijgen. She started me, denk ik, en verga van schaamte om de laagheid van die gedachte. Op mijn schaakclub is een oudere Russische of Poolse dame die op een avond zomaar tegen me zegt: 'Jij hebt een groot verdriet.' Ik loop langs een bevroren gracht, het is die eindeloze strenge eenzame winter van 1963, een jongen staat stil op het ijs, een meisje schaatst naar hem toe, wipt op de punten van haar schaatsen en geeft hem een kusje. Die zomer heb ik een baantje bij de Chemische Fabriek Naarden, en op de laatste dag zie ik daar in de kantine een meisje dat me aan Kathy doet denken en dat me daardoor afgrondelijk verdrietig maakt. Oktober 1963, met de motorfiets naar Spanje, Portugal, Marokko. Op een ochtend in Tanger word ik wakker met de gedachte, sterk als een zware droom, dat ik Kathy een kaart moet sturen. Ik zoek de hele dag naar een geschikte kaart en naar het zinnetje dat alles zal zeggen – dat rondlopen in die vreemde stad, vervuld van Kathy, is een van de sterkste herinneringen die ik aan haar heb, maar of ik die kaart heb gestuurd weet ik niet meer. Waarschijnlijk niet – ik voelde dat de gruwelijke volmaaktheid van het zonder elkaar zijn, onaangetast moest blijven.

Daarna werd Kathy een andere wereld. Maar in 1976, meer dan dertien jaar nadat het uit was, kwam er een onbedwingbaar verlangen in me op om te weten hoe het met haar ging. Bij het Amsterdamse Bevolkingsregister kreeg ik een adres in Hillegom waarheen ze in 1965 was verhuisd. Het Bevolkingsregister daar deelde mee dat nadere inlichtingen niet telefonisch werden verstrekt; ik moest langskomen.

Daar liet ik het bij. Dat ze naar Hillegom was verhuisd, was zevenendertig jaar lang het enige nieuwe van haar dat ik wist.

Laura en ik mailden elkaar nu bijna dagelijks. Het verleden kwam op vreemde manieren terug. Kathy was Teuntje genoemd naar haar verwekker, Teun Brouns. Dat zou ik nooit hebben kunnen bedenken, maar ik voelde dat ze me die naam toen had genoemd. Ze had een zusje, dat was ik compleet vergeten. Een volle zus zelfs – drie jaar na Kathy, meteen na de oorlog, had haar moeder zich door diezelfde Brouns nog een kind laten maken, in de hoop dat hij nu wel met haar zou trouwen, maar weer had hij haar laten zitten.

Het opgroeien als bastaardkind had Kathy haar leven lang dwarsgezeten. Als onwetenden naar haar vader vroegen raakte ze van streek – maar toen ze, kort voor haar dood, een radioprogramma had gehoord waarin de lof van het alleenstaande moederschap werd bezongen, had ze woedend de studio gebeld: dat was helemaal niet goed, een kind had een vader nodig!

Toen ik Laura vroeg hoe haar ouders elkaar hadden leren kennen, bezorgde ze me een schok: Kathy en Harm waren buurkinderen in Amsterdam geweest, en hadden voor het eerst verkering gehad toen hij zeventien was en zij veertien. Daarna had Kathy het vaak uitgemaakt, maar het was ook altijd weer aan geraakt, tot ze ten slotte waren getrouwd. Laura wist niet wanneer ze definitief weer bij elkaar waren gekomen.

Ik had me afgevraagd hoe lang ná mij Kathy haar man had ontmoet – toen zij in mijn armen lag, kende ze hem al zes jaar.

In haar eerste mailtje na de begrafenis schreef Laura: 'Misschien is het leuk om eens een keer iets af te spreken.'

Ik schreef terug dat ook mij dat een goed idee leek.

En in het onderwerp van onze mailtjes kwam *Vrijdag* te staan, eerst met een vraagteken, daarna met een uitroepteken erachter. Onder aan een ervan, nu los en even opwindend als het op een servetje zou zijn geweest, stond weer haar telefoonnummer.

Ik haalde diep adem en toetste het in, benieuwd of ik iets van Kathy zou herkennen – Laura had geschreven dat ook haar stem veel op die van haar moeder leek. Ze had een leuke en warme stem, maar die riep niets op. Omdat ze die dag toch daar in de buurt moest zijn, spraken we af in de Holiday Inn langs de snelweg bij Leiden, een eenzaam hotel waar ik vaak was langsgereden, me afvragend wat daarbinnen gebeurde, welke verhalen daar welke wendingen kregen.

Mijn fantasie over de afspraak met Kathy's dochter nam de vorm aan van een film.

Buitenopname van een flatgebouw. Binnen: een man van midden vijftig, kaal, jongensachtig. Rommelig interieur. Als dat nog niet duidelijk maakt dat hij vrijgezel is, kunnen we hem ergens een knoop aan laten zetten. Hij probeert hemden en jasjes voor een spiegel, trekt ten slotte een trui aan. Op zijn bureau liggen drie oude, kleine foto's van een meisje, en een stapel vergeeld, met de hand beschreven papier. Hij pakt een van de foto's op, kijkt, trekt ineens zijn jas aan, stapt in de lift.

Een bergruimte. Hij zoekt, vindt een oud luciferis-doosje. Hij opent het; er zitten peukjes in, sommige met lippenstift. Hij schuift het doosje weer dicht, kijkt op de achterkant, leest: *30 september 1962*.

Hij rijdt in zijn auto, parkeert aan een kanaal bij een huis dat we later zullen herkennen als het huis waar hij als jongen woonde. Hij loopt langs het water, blijft stilstaan in de bocht van een smalle straat, kijkt naar een raam op de eerste verdieping: het huis dat we later zullen herkennen als het huis van het meisje.

Hij rijdt over de snelweg.

Hij rijdt het parkeerterrein op van een Holiday Inn.

Laura had geschreven: 'Ik vind het best spannend.'

Het was het spannendste wat ik in jaren had meegemaakt.

3

Een stukje over haar verleden

Voor het eerst in misschien dertig jaar las ik *Belemmerd uitzicht*. 'Ik durf haast niet,' noteerde ik toen ik begon. 'Maar daar gaat ie.'

Het was alsof ik een duistere stad binnenging, waar ik alleen eens in een droom was geweest, en ineens scheen er een licht, zo helder dat ik de mieren kon zien kruipen.

Toen ik het uit had stonden de tranen me in de ogen. Ik was bang geweest de verwarde jongen te zien die ik toen was, en die hàd ik gezien: wereldvreemd, kinderlijk, argeloos, soms haast religieus geëxalteerd – maar wat me werkelijk had aangegrepen was hoe Kathy en ik in dat boek nog leefden en van elkaar hielden, met een rijkdom aan details die ik compleet vergeten was. *Daarom* had ik het nooit meer durven lezen: zó iets in handen te hebben gehad, en het dan zó te hebben weggesmeten.

Wat een leuk meisje die Kathy, wat een idioot die Tim.

Wat waren die twee gek op elkaar geweest; ze hadden nog maanden, misschien wel jaren – waarom niet altijd – plezier aan elkaar kunnen beleven. Maar hij gelooft ineens dat hij niet meer van haar houdt, en zij gelooft hèm, en al zijn zij de enige twee op de hele wereld die zoiets krankzinnigs zouden geloven, ze geloven het, en het moet uit.

Ik had het niet, zoals ik altijd had gedacht, uitgemaakt om een romantisch ideaal, omdat ik de onvolmaaktheid van de liefde niet kon verdragen, maar omdat ik in de war was, om allerlei redenen die niets met Kathy te maken hadden. Ik had het besef nog niet toegelaten, maar dat zwerven, dat gevecht om mezelf bijzonder te mogen vinden zonder de prestaties te leveren, was mislukt. Op het beslissende moment in Australië, toen ik òf mijn jaarcontract had moeten uitdienen op het schip dat me daar had gebracht, òf zonder paspoort het land in had moeten gaan, de gedroomde avonturen tegemoet, had ik een zenuwinzinking gesimuleerd – *gehad* – om afgekeurd te worden en gratis vervoer terug naar Amsterdam te krijgen. Vier maanden na mijn vertrek was ik daar weer. Zonder plannen voor een leven als volwassene – ik wilde niets, alles was leeg, mijn uitzicht was belemmerd. De eerste stap die ik deed om weer te gaan zwerven, het zoeken van een baantje om het benodigde geld te verdienen, leverde een reden op om te blijven: Kathy. Maar ik zag haar niet als het begin van een oplossing van mijn problemen, maar als een verdoezeling daarvan. Er werd druk op me uitgeoefend om iets zinnigs te gaan doen, studeren bijvoorbeeld, en ik voelde zelf ook wel dat het zo niet verder ging – en van het ene moment op het andere besloot ik mijn hele leven om te gooien: ik zou niet meer gaan zwerven, niet meer naar het schaakcafé gaan, maar studeren, hard werken, iets bereiken. En alsof een vloedgolf alles meesleurde, wist ik ineens ook dat ik niet meer van Kathy hield – twee dagen na de grote beslissingen, zonder dat er ook maar iets tussen ons was voorgevallen, de avond nadat we voor het eerst een hele nacht samen geslapen hadden, maakte ik het uit.

Van alles wat ik vergeten was, was misschien de opwindendste ontdekking dat Kathy toen geschreven had. Dan moest ze óók over ons hebben geschreven, en als Laura dat vond en aan mij liet lezen, dan zou er nog een september 1962 zijn, en zou ik misschien weten wat ze had gedacht, toen ze de trap op liep naar haar kamertje, die nacht van het uitmaken.

We hadden elkaar *psoon* genoemd, en ik haar *moeraskikker*. Dat wist ik nog, zoals ik zoveel nog wist, naast heel veel dat ik vergeten was – maar ik bleek ook herinneringen te hebben waarvan ik vergeten was dat het herinneringen aan Kathy waren. In een verhaal had ik eens het beeld gebruikt van mannen die 's nachts aan de tramrails werken – dat had ik samen met haar gezien, toen we van een café naar huis liepen. Aan Laura had ik geschreven dat we bij ons eerste afspraakje opgeprikt aan een tafeltje in een jazztent hadden gezeten. Nu las ik dat we daar meteen 'een donker hoekje' waren ingedoken. Toch moest dat opgeprikte tafeltje een herinnering aan Kathy zijn – waarschijnlijk had ik daar later eens met een ander meisje gezeten, en aan die keer met haar gedacht. In Amsterdam-Zuid was een hotel, Hotel Roelvink, waar ik vaak langskwam, en altijd even iets dacht als: *Ah, ja, daar hebben we Hotel Roelvink ook weer.* Nu las ik dat de kamer waar Kathy een tijdje had gewoond, voor ze weer naar haar moeder terugging, een zolderkamertje in dat hotel was geweest. Dat was ik vergeten, maar Hotel Roelvink was daar blijven staan, als een onleesbaar geworden gedenksteen.

Heel vaak had ik gedacht aan een scène in de roman *From the Terrace* van John O'Hara, waarin twee geliefden ineens tot hun ontzetting merken dat ze het aan het uitmaken zijn. 'We zijn dicht bij het zeggen van definitieve dingen,' zegt de een, en dan zeggen ze die, wetend dat daarmee hun leven voorbij is. Nu ontdekte ik dat ik dat boek tijdens Kathy had gelezen, en dat het einde ervan, als de hoofdpersoon een leven van totale leegte voor zich ziet, me ontzettend had gedeprimeerd, vlak voordat ik het had uitgemaakt.

Ergens was ik een nieuwe alinea begonnen met:

Een gesprek in bed, een willekeurig uur, een willekeurige datum:

Maar dat had ik doorgestreept, en ik was over iets anders verder gegaan. Weg gesprek, voorgoed. Ik had tien keer zoveel op kunnen schrijven, maar ik had mijn keus gemaakt, en september 1962 achteloos voor verstening klaargezet. Maar hoeveel ik ook zou hebben opgeschreven – ik zou naar meer hebben verlangd, omdat de werkelijke wens niet was alles van die maand te weten, maar om er terug te zijn.

Het raadsel hoe Kathy aan Laura kon hebben verteld dat ik iets over haar had geschreven werd in het boek zelf opgelost: bij onze laatste wandeling naar haar huis had ik gezegd dat ik een boek over ons zou schrijven. Misschien

had zij dat onthouden als een feit, en had ze zich later afgevraagd waar dat boek bleef.

Kathy was lief, inschikkelijk, in staat tot vertrouwen,
niet bitter geworden door haar nare kindertijd, zelfs aardig tegen dat kreng van een moeder van haar. Ik had me
superieur aan haar gevoeld, mijzelf gezien als degene van
wie haar geluk afhankelijk was. Zij was maar een onont-
wikkeld werkmeisje; ik een student, schaker, wereldreiziger, aankomend schrijver. Maar ik had van haar gehouden
met alles wat ik had.

Ze had veel meer ervaring dan me was bijgebleven. Ze
was zelfs al verloofd geweest, op haar zestiende, met die
belangrijke jongen vóór mij, Fons. Toen dat uit was had ze
een zelfmoordpoging gedaan, ook dat was ik vergeten.
Daarna had ze 'altijd wel sexueel contact gehad', onder
anderen een jaar lang met een fotograaf – dat moest de
maker van mijn zwartwitfotootjes zijn. Ik was niet Kathy's
tweede geweest – eerder haar tiende of twintigste. Ook
dat maakte haar leuk: dat ze zich, met al haar ervaring, een
meisje dat al bijna getrouwd was geweest, zó had gegeven
aan een kind.

Over onze sex had ik bijna niets geschreven – die
moest volmaakt zijn geweest, hoe die ook was. Ik had ook
niets geschreven over het kunstgebit – daarvoor had ik me
te erg geschaamd. Maar het vreemdste van het hele boek
was dat er niets in stond over Harm. Van de vele jongens
in Kathy's verhalen kon hij hooguit de naamloze eerste
jongen zijn met wie ze had gezoend, en als Kathy en ik
meteen na het uitmaken, nog in bed, een dramatisch gesprek hebben waarin we onze belangrijke liefdes noe-

men, dan is Fons de enige vóór mij van wie zij heeft gehouden, en noemt ze verder alleen de fotograaf.

Harm Westerdijk, met wie ze op dat moment al zes jaar af en aan verkering had, en met wie ze haar leven zou delen, was niet Kathy's grote liefde.

Ik dacht: toen ik haar die laatste keer had thuisgebracht, heeft ze tegen zichzelf gezegd: 'Dit nooit meer, dan maar Harm. Ik verander.' En ze ging terug naar die veilige jongen met wie ze het al zo vaak had uitgemaakt, maar van wie ze wist wat hij haar kon geven: geborgenheid, welstand, een gezin – een zinnig leven.

Het existentialistenmeisje op weg naar Hillegom.

Bij de laatste bladzijden had ik nauwelijks verder kunnen lezen. Het las als het dagboek van een zelfmoordenaar – zou die gek het werkelijk doen? Was er echt geen kans dat hij die waanzin zou afschudden, en door zou gaan met het heerlijk hebben met dat leuke meisje? Ik zag de paniek in die jongen varen, zag het idee van het uitmaken in hem komen, had hem willen toeroepen: doe het niet! Je zult er altijd spijt van hebben! Geniet van haar! Wees verliefd op haar! Ze is leuk! Wat zul je haar missen!

Maar hij sloeg, hand in hand met haar, de laatste hoek om naar haar huis, en hij dacht: mijn God, wat heb ik gedaan, over een minuut zie ik haar nooit meer – en toch deed hij het, even onafwendbaar als het nu op die enquêteformulieren stond.

4

Een man van bijvoorbeeld zesenvijftig en een vrouw van een jaar of dertig

Ik ging vroeg de deur uit; ik wilde minstens een kwartier in die Holiday Inn bij het raam zitten, naar buiten kijken, en me van iedere vrouw die naar de ingang liep, afvragen of ze op Kathy leek.

Wat voor iemand zou die Laura zijn? Haar mailtjes waren slordig, levendig, leuk, met een heel eigen staccato-achtig gebruik van alinea's en regels wit; ik zag haar voor me met zilverblond haar en een spijkerjasje, bleke lippenstift, een lief gezicht.

Wat wilde ze? Nog geen twee dagen na haar moeders dood had ze me geschreven; Kathy was nog niet begraven of ze had al een ontmoeting voorgesteld. Misschien wilde ze wraak nemen voor wat ik Kathy had aangedaan, dat was bij haar eerste mailtje al bij me opgekomen. Als dat zo was, dan had ik dat verdiend, dan zou ik wel merken waar die wraak uit bestond. Ach rare lieve Tim, dacht ik, wat is er weinig veranderd in die zevenendertig jaar. Het is nog precies als in *Belemmerd uitzicht* toen ik naar Kathy's huis fietste voor ons eerste afspraakje, en ik bang was dat ze mij misschien alleen maar wilde gebruiken om een avondje gratis uit te gaan.

Maar hoe Laura ook was, wat ze ook van me wilde, ik zou het haar geven, dat was ik verplicht aan Kathy.

En wat wilde ik? Zien of ze Kathy was.

'Het is niet te geloven,' sprak ik met verstikte stem in op mijn dictafoontje, 'dit is echt een hereniging in de dood.'

Laura had me een routebeschrijving gemaild, met wegen- en afslagnummers en zelfs straatnamen – maar toen ik die probeerde te volgen, aannemend dat haar afslag 8 wel 7 zou zijn, omdat haar A44 in stijl met de slordigheid van haar mailtjes natuurlijk een tikfout voor A4 was, kwam ik terecht op bouwterreinen en plattelandswegen, en als ik die had weten te verlaten steeds weer op dezelfde stukken snelweg, tot bijna bij Delft, tot bijna weer bij Amsterdam. Terwijl de tijd verstreek die ik te vroeg had willen komen, en duidelijk werd dat ik zelfs te laat zou zijn, werd ik boos: dat had ze wel eens beter mogen opschrijven. Alle heerlijke spanning over deze ontmoeting, of ze echt op Kathy zou lijken, hoe we elkaar zouden begroeten, of ik haar leuk zou vinden, ging nu op aan ergernis over mijn te laat komen. Bij zo'n afspraak!

Ten slotte stopte ik om op mijn wegenkaart te kijken – de A44 was geen tikfout, maar de snelweg aan de andere kant van Leiden. Ik wist het ineens weer, dáár had ik die Holiday Inn ook altijd gezien.

Misplaatste geringschatting, dacht ik – het thema met de moeder, nu al herhaald met de dochter.

Dwars door het centrum van Leiden bereikte ik de Holiday Inn, een kwartier te laat. Ik holde naar binnen, langs de receptie en door de lobby, en zag aan het eind van een brede gang naar het restaurant een vrouw die mij zag. Zij moest het zijn. Ze zat in een van de diepe stoelen, lachte naar mij, en stond op. Ze had kort rood haar, een bruin leren jasje, een spijkerbroek, een sprekende kop. Ze stak haar hand uit, maar ik trok haar naar me toe en kuste haar op de wangen, dat had ik me voorgenomen. Verrast beantwoordde ze het.

Ik keek naar haar.

Even stond ze in hetzelfde profiel als Kathy op de foto bij Foto Linneman.

'Je lijkt op haar,' zei ik.

Ze had prachtige blauwe ogen, waarschijnlijk de ogen van Kathy die ik in mijn boek ook steeds zo mooi vond.

Ik verontschuldigde me voor mijn belachelijke te laat komen, begon uit te leggen hoe dom ik was geweest met de A4 en de A44, maar ze lachte en wuifde het weg.

We kwamen een uitgestrekte zaal in, met waterpartijen, groen, een zee van tafeltjes, weinig mensen. We stonden even bij een kassa, of bar. Ik was verward en overweldigd door alles wat er tegelijk aan de hand was – dat ik nu echt de dochter van Kathy zag, dat Laura een meisje was dat een paar dagen geleden haar moeder had zien sterven, dat zij haar hele leven Kathy had gekend, dat ik te weten moest komen wat ze wilde drinken en moest zorgen dat dat aan een tafeltje gebracht werd dat we nog moesten kiezen, dat ik toch nog iets moest zeggen over dat te laat komen, dat ik het besef moest toelaten, of juist niet, dat ik als een blok op haar viel, dat ik een wegenkaart voor me zag waarop precies stond aangegeven hoe ik was gereden en hoe we samen zouden gieren van het lachen als ik haar dat kluwen van lijnen liet zien.

We gingen ergens zitten en ineens schoot haar hand uit. 'Je zit helemaal onder de lippenstift!' lachte ze, en ze veegde haar kusmond van mijn wang. Ik begon weer over mijn te laat komen, maar ze haalde een klein blauw foto-album uit een plastic tasje en legde het op tafel, met een gebaar waarvan ik zag dat ze het zich al bij haar eerste mailtje had voorgesteld.

Ik sloeg het open.

Kathy zat aan een bed waarop Laura en haar twee oudere broertjes lagen; een baby en twee peuters. Ze straalde van verliefdheid op die kinderen, ze was een prachtige jonge moeder – maar ik herkende haar niet.

Ik bladerde verder. De vriendelijke Harm. Kathy, ontsnapt aan haar twintigjarigheid, op al haar leeftijden door elkaar heen – in haar tuin, vijftig; op vakantie in Spanje, begin twintig; met het hele gezin en ook Lex van Gent op een kerstavond, twee of drie jaar geleden; een paar weken voor haar dood met haar jongste kleinkind, Stijns dochtertje; in een park in Taipeh met de baby Laura in haar armen, dertig; in badpak en met gesloten ogen in een tuinstoel, onduidelijke leeftijd, misschien denkend aan mij.

Foto na foto herkende ik haar niet.

Af en toe keek ik naar Laura, die met een dapper glimlachje toekeek. Leuke kleren had ze aan. Een paar zilverkleurige, eenvoudige sieraden.

Ineens zei ik:'God wat ben jij een mooie vrouw.'

Een blos schoot over haar hele gezicht. Ik was net zo verbaasd als zij. We zeiden er niets over.

Kathy was haar hele leven mooi, verzorgd, goedgekleed geweest. Tot op het laatst ijdel, maar met redenen om ijdel te zijn. Ik wachtte op de foto waarop ze ineens *mijn* Kathy zou zijn, maar die kwam niet. Die foto's konden kloppen, meer niet. Bij geen ervan zou ik uit mezelf hebben gedacht dat zij het was. Ze had haar haar ook vaak anders, droeg zonnebrillen, en ze was toch al iemand met verschillende gezichten; dat was op mijn eigen foto's al zo. Maar dan had het gezicht dat ik had gekend er toch ook bij mogen zijn.

Er was wel een foto die ik als *foto* herkende; een zwartwitkiekje van een meisje van een jaar of twaalf op een houten paard; Kathy als amazone bij Jeugdtoneelvereniging Peter Pan. Dat ze bij Peter Pan had meegedaan was ik in mijn boek tegengekomen; die foto moest ik hebben gezien, die avond dat ze foto's had meegenomen en ik er drie had mogen kiezen.

Ze was dapper en zonder klacht gestorven, zei Laura, maar ze had het wel jammer gevonden dat ze nu de reünie voor het vijftigjarig bestaan van Peter Pan, over een paar weken, niet had gehaald.

Van één jonge Kathy, op een losliggende foto, vroeg Laura me speciaal of ik die dan misschien herkende: een meisje met dik rood haar, zittend op een stoel bij een apparaat, dat lachend over haar schouder kijkt. Ze kon het zijn, en moest het dus zijn, maar ook haar herkende ik niet. Het was Kathy bij Foto Linneman. In een impuls keek ik op de achterkant. *Dec. 1962* stond daar, in het handschrift van mijn eigen foto's. Vlak nadat het uit was – op de dag van deze foto had ze aan mij gedacht. Hoe kon ze dan zo vrolijk zijn geweest? Misschien was ze dat ook niet, en had ze alleen maar verrast omgekeken toen de fotograaf haar riep.

Achter in het album zaten ook een paar foto's van Laura met Lex. Leuke jongen om te zien, wat ouder dan zij. Geluksvogel. Mooie meid was Laura steeds geweest, vrolijk, aantrekkelijk. Het album eindigde met een heel dichtbije close-up van haar: gesloten ogen, getuite lippen, bijna de lens van het toestel kussend, heel jong.

Ik zei steeds 'je moeder'; het was gek haar Kathy te noemen tegenover Laura voor wie die naam iets was uit een onbekende wereld – dat haar moeder zich zo had genoemd wist ze eigenlijk alleen doordat er jarenlang een jeugdfoto van haar boven haar kaptafeltje had gehangen waar groot 'Kathy' op stond. Laura had geen idee wanneer ze was opgehouden die naam te gebruiken.

Meteen na mij, dacht ik.

Verbazend veel van wat ik in *Belemmerd uitzicht* was tegengekomen, was nieuw voor Laura. Ze wist niet dat haar moeder bij het voorlezen op school had gestotterd – toen *zij* daar op dezelfde leeftijd last van had, had Kathy daar niets over gezegd. Ze wist niets van de soldaat Fons, niets van haar moeders verloving met hem toen ze zestien was, niets van haar zelfmoordpoging, niets van haar uitgebreide liefdesleven vóór haar twintigste ('ik dacht altijd dat ik een nette moeder had,' lachte Laura) – ze had het inderdaad voor mogelijk gehouden dat haar moeder als maagd was getrouwd.

Ik was het enige vroegere vriendje over wie Kathy had verteld – maar was dat omdat ik belangrijk voor haar was, of omdat ik bekend was en ze mijn naam dus van tijd tot tijd kon zijn tegengekomen? Laura wist het niet. Ze zag zich met haar moeder op zolder, toen ze een jaar of acht was – toen had Kathy voor het eerst over mij verteld. *Acht?* dacht ik. Vertel je je dochter van acht over een vroegere liefde? Misschien was Kathy dan op die zolder aan het opruimen geweest, en was ze een foto van mij tegengekomen, want die keer dat ik die foto's van haar kreeg, moest ik haar ook foto's van mij hebben gegeven. Misschien zouden die tevoorschijn komen als Laura en haar vader haar spullen gingen opruimen, samen met dingen die ze toen had geschreven.

Maar dat dacht Laura niet. Haar moeder was altijd goed geweest in weggooien, dat moest ook wel met het vele reizen en verhuizen. Foto's van mij zouden allang verdwenen zijn, net als dagboeken – als die er al waren geweest.

Ze hadden het later wel vaker over mij gehad, waren zelfs van plan geweest om bij een lezing of een signeersessie ineens voor mijn neus te staan, maar het was er niet van gekomen.

Wàt we hadden gehad, hoe lang het had geduurd, hoe het was uitgegaan, daar had Kathy nooit iets over gezegd.

Na haar huwelijk had ze waarschijnlijk nooit meer iets

met andere mannen gehad. Ze had Harm een beetje saai gevonden, maar het huwelijk was goed geweest. Haar laatste jaren in Twello had ze voor Philip gezorgd, in het koor gezongen, in haar tuin gewerkt, poppen, beeldjes, maskers gemaakt. Een paar ervan had ik in het album gezien, mooie dingen, vol leven. Dat had ze altijd al gedaan, zeker ook toen ze twintig was. Daar kon ik me niets van herinneren, en ik was er ook niets over tegengekomen in *Belemmerd uitzicht*. Misschien had ze er toen niets over gezegd – of ik had het niet opgeschreven, en was het later vergeten.

In een van haar mailtjes had Laura Kathy een *ondeugende* moeder genoemd, en ik vroeg wat ze daarmee had bedoeld: bijvoorbeeld dat haar broers en zij iedere dag een kwartier vieze woorden hadden mogen zeggen.

'Ik heb je opgevoed,' zei ik. Toen *ik* klein was, mocht ik iedere dag een uur plat praten. Dat moest ik Kathy bij onze eindeloze bedgesprekken hebben verteld, en dat had zij zich herinnerd toen ze kinderen had.

Maar ze had soms ook 'nodeloos ingewikkeld' gedaan, bijvoorbeeld als er superieuren van Harm langskwamen. Dan ging ze een rokje en een bloesje aantrekken, als ze net zo goed haar spijkerbroek aan had kunnen houden. En ze was ook behoorlijk streng en hard geweest, streng genoeg om Laura ertoe te brengen al op haar zeventiende op kamers te gaan wonen.

Het was nog vroeg, we hadden geen haast, en ik stelde voor om samen Leiden in te gaan. We gingen met mijn auto – een dochter die vond dat ze zo op haar moeder leek, en een man die zo van haar moeder had gehouden.

Toen ik ergens een rare manoeuvre maakte, draaide Laura zich quasi-verontwaardigd, giechelend van me af: 'Ik hoor hier niet bij hoor!' Het was een intiem moment, haast alsof het nu mijn beurt was om te blozen. Dit was het eerste uit haar gewone leven dat ik te zien kreeg – zo zou ze in de auto van iemand anders ook hebben gegiecheld, als dit allemaal nooit was gebeurd. Maar ook: zo zou ze niet met iemand hebben gegiecheld met wie het niet gezellig was.

We parkeerden aan een gracht en liepen over een marktplein, in de koude novemberzon; een oude vriend van haar moeder en de achtentwintigjarige revalidatieverzorgster Laura Westerdijk – een van de eerste dagen na de dood van die moeder.

Laura liep verend, gedecideerd, misschien een beroepsmatige kordaatheid. Ze had een geestig lichaam, haar hele verschijning was iets waarmee je iets moest *doen*, verliefd op worden waarschijnlijk.

Ze zat op een kookcursus vertelde ze, en het gesprek kwam op eten, drinken, gezelligheid, begon weg te gaan van haar moeder. Ik vroeg of ze wel van alcohol hield en ja, soms dronk ze graag een paar glaasjes. Wat een rare vraag dacht ik, maar die kwam voort uit een gevoel dat ik ook had gehad bij een foto van Kathy bij haar vaatwasmachine, en bij Laura's verhaal dat Kathy had autogereden, en soms lekker had gescheurd – alsof het van alles wat Kathy toen niet had gehad, onbegrijpelijk was dat ze het later wèl had gehad: een vaatwasmachine, een auto, een kind dat oud genoeg was om te drinken.

We gingen zitten in een bruin café waar we de enigen waren, dronken eerst bier, daarna een glaasje wijn. Ik keek naar haar, iets levends en lachends uit het leven van Kathy, met prachtige ogen. Haar stem was warm en rijk, met een zweem van spot.

We vertelden elkaar hoe spannend we het hadden gevonden om hierheen te gaan. Ze was verbaasd geweest dat ik zo vlug had teruggeschreven, maar nu niet meer, nu ze wist wat het me deed. Ik zei iets over de film die in me aan het opkomen was: 'Jullie worden gespeeld door dezelfde actrice.' Ik besefte meteen wat een verspreking dat eigenlijk was, maar Laura zei alleen maar dat ze beslist zou gaan kijken.

'Wat zou je moeder ervan zeggen als ze ons zo zag zitten?'

'Ik denk dat ze wel wist dat ik zoiets van plan was.'

Ze wist zeker dat zij nooit zelfmoord zou plegen.

Ik zit al te zoeken, dacht ik, naar dingen waarom ik jou minder leuk zou hoeven vinden, om niet te kunnen falen als ik jou zou willen krijgen. Want dit is natuurlijk onzin lieve Laura, hoe kan een mens nou leven zonder de mogelijkheid om te ontsnappen? Dat heeft jouw eigen moedertje toch ook gedaan, al scheelde het misschien maar een paar weken? Maar dat zei ik niet, ik citeerde die schrijver die had gezegd dat hij allang zelfmoord zou hebben gepleegd als de mogelijkheid tot zelfmoord niet bestond; belezen, geestige Tim.

Ik vroeg of Kathy een kunstgebit had gehad. Laura lachte, ja, dat had ik al geschreven, wat een misverstand was dat geweest! Haar moeder had altijd een heel goed gebit gehad, tot het einde toe.

Ik vertelde over mijn weggooien van grote liefdes, net als met haar moeder die daar de blauwdruk van was geweest, en over Sonja, de laatste met wie ik dat had gedaan, en die nu gelukkig was met een ander, en binnenkort haar eerste kindje kreeg, en die trouwens op Kathy leek. Ik had daar al iets over geschreven, met een link naar een foto van Sonja op internet erbij, en ik vroeg of ze daar nog naar had gekeken. Ik dacht een aarzeling te zien – maar ja, ze had gekeken, en *ook* gevonden dat Sonja op haar moeder leek.

'Waarom heb je het met haar uitgemaakt?' vroeg ze. 'Ze leek me leuk.'

Ik zei dat ik toen achtenveertig was en Sonja zesentwintig, misschien was het ook daardoor gekomen. Onzin, vond Laura; waarom zou een man van bijvoorbeeld zesenvijftig geen verhouding kunnen hebben met een vrouw van een jaar of dertig?

Is het mogelijk, dacht ik, dat dit flirten is? Ben ik gek als ik denk dat het dat *niet* is? Het was er te rechtstreeks voor, het moest plagen zijn – maar was plagen dan niet óók flirten? Had ik het recht dit adembenemend te vinden? Een meisje half zo oud als ik, dat in rouw was, dat samenwoonde, samen met haar vriend een huis had gekocht – dat, als ik haar naar haar auto had gebracht, ging eten bij iemand die ze haar schoonmoeder noemde?

Kathy had altijd gezongen en gefloten, net als toen ik haar kende, maar de laatste maanden niet meer. Ze had toen ook niet meer kunnen lopen, op het laatst niet meer kunnen staan. Toen de pijn ondanks de pijnstillers en haar dapperheid ondraaglijk was geworden had Laura gezegd:

'Voor ons hoef je niet te blijven leven.' Het was heel raar geweest, een dergelijk gesprek te voeren met je moeder die je nooit zou willen missen. De euthanasie werd geregeld; op een zondag zei Kathy dat het niet meer ging; dinsdag zou de arts komen. Harm en zij hadden de laatste nacht samen geslapen. Haar sterven was iets moois en prettigs geweest, niet iets zwaars en verschrikkelijks. Nu ben je twintig en lig je in mijn armen, dacht ik, en het volgende is dat ik naar het gezicht kijk van je volwassen dochter die mij vertelt hoe jij sterft. 's Ochtends was iedereen gekomen, ze hadden herinneringen opgehaald en gelachen. Om twaalf uur hadden ze Kathy en Harm alleen gelaten en waren ze een wandeling gaan maken. Om vier uur waren ze teruggegaan, de arts was er nu ook. Kathy had met een glimlachje een wijsvinger opgestoken naar Laura, en zij terug, hun vaste groetje. Het infuus werd ingebracht, de vloeistof kwam haar lichaam binnen, en even later viel Kathy in slaap. Ze zagen haar nog een tijdje leven, en toen werd ze blauw en was ze dood.

Terugrijdend naar de Holiday Inn verdwaalden we in het donker wordende Leiden. We moesten stilstaan en mijn stratenboek pakken om te kijken waar we waren en waar we naartoe moesten. Op de plattegrond waren mijn vingertoppen en haar zwartgelakte nagels maar een paar straten van elkaar verwijderd. Ik wist dat er geheimen altijd geheim zouden blijven als ik ze aanraakte, maar ook dat zij net als ik besefte hoe dicht die vingers bij elkaar waren.

Ik vroeg of ik een paar van de losse foto's mocht lenen om te scannen, en toen Laura bij een stoplicht haar album

uit het plastic tasje pakte, zag ik daarin ook Kathy's rouw-
kaart. Die mocht ik hebben; ze had hem dubbel. Van de
foto's koos ik een oma met kleindochter, een paar weken
voor haar dood, en het lachende meisje van Foto Linneman.

Bij de Holiday Inn liepen we samen naar haar auto.
Het sprak nu vanzelf dat we elkaar kusten, ik pakte even
Laura's onderarm vast, ze stapte in, ik stak mijn hand nog
naar haar op, en keek hoe ze wegreed.

Ik moest bellen en naar de wc, en ging de Holiday Inn
weer in. De leegte daarvan nu! Obers, congresgangers,
hotelgasten; wezens van een andere planeet. Wat een leuke vrouw, die Laura. Ik zou haar nooit krijgen, maar de
vreugde te weten dat er zoiets leuks bestond als zij, iets dat
een voortzetting was van Kathy, was genoeg. In *Belemmerd
uitzicht* had ik teruggevonden hoe heerlijk het met Kathy
was geweest, in Laura's album had ik gezien hoe heerlijk
het later had kunnen zijn – en in Laura zelf een levende,
pratende, lachende Kathy van achtentwintig.

Dat uitmaken was het stomste wat ik ooit had gedaan.

Ik ging naar de toiletten. In de film zaten de oude man
en de jonge vrouw nog in het restaurant, dat nu donker en
verlaten is. Ze zijn verliefd op elkaar geworden, maar hij
wil zijn herinnering aan haar moeder niet in gevaar brengen, en zijn droom over haarzelf niet een werkelijkheid
laten worden die hij toch maar weer kapot zou maken.
Hij gaat naar het toilet om moed te verzamelen; als hij terugkomt zal hij haar zeggen dat ze elkaar niet meer moeten zien. Dan zal er een liefde voltooid zijn die zijn hele

leven omspant: een maand met de moeder toen hij negentien was, een middag met de dochter nu hij zesenvijftig is.

Maar hij twijfelt.

In Amsterdam reed ik naar Kathy's oude huis. Ik was nooit meer in die straat geweest, en ik vroeg me af of het er nog zou zijn; er werd in die wijken zoveel gesloopt en gerenoveerd. Ik parkeerde bij de hoek en liep naar de stille, donkere bocht waar ze had gewoond. Haar huis was er nog. Ik stond stil op het trottoir aan de overkant, en keek naar de ramen op de eerste verdieping.

Belemmerd uitzicht had ik mijn boek genoemd – zelfbeklag, maar nu snapte ik het pas: ik had niet gezien wat Kathy was, en wat ze kon worden.

Ik had goud weggegooid.

5

Een liefde van je moeder in 1962

Ik liep op straat, zag een man lopen, en dacht: wat erg voor hem, hij kent Laura niet.

Het was een innerlijke verspreking: nu kon ik niet meer ontkennen dat ik verliefd op haar was. Maar dat was ik geweest vanaf het ogenblik in de Holiday Inn dat ik haar had gezien, of zelfs vanaf haar eerste mailtje – het was flauw van me dat ik het weten zo lang had uitgesteld.

Het was een onvervulbare verliefdheid, maar ook een die niet naar vervulling streefde, dus ik kon denken waar ik maar zin in had, en ik dacht: voor haar verander ik mijn leven nog.

Nu kon ik ook de aanhefjes toelaten die sinds de terug-rit uit Leiden bezig waren geweest zich in mij te vormen: Lieve Laura, van alle ongeoorloofde verliefdheden is dit wel de meest onvermijdelijke. Lieve Laura, als ik zelf had mogen bedenken wat voor een vrouw ik daar zou ontmoeten, dan zou ik jou nog niet hebben *durven* bedenken. Lieve Laura, het zou een belediging zijn geweest als ik niet verliefd op je was geworden. Lieve Laura, het was een bijzondere ontmoeting. Lieve Laura! Goh.

Lieve Laura,
Het was een heel bijzondere middag. Als ik zelf had mogen bedenken wat voor een vrouw ik daar zou ontmoeten, dan zou ik jou nog niet hebben *durven* bedenken.

Ha Tim,
Ik vond het ook een bijzondere middag. Het komt steeds terug in mijn gedachten.
   We moeten zoiets maar vlug weer eens doen.

'Ze was zó leuk,' hoorde ik me tegen een vriendin zeggen, 'als ik de rest van mijn leven een keer per week met haar mocht gaan eten, dan ruilde ik daar al het neuken voor in dat ik nog tegoed heb.'
   Ik vroeg me af hoe het kwam dat ik al na een paar minuten 'wat ben jij een mooie vrouw' tegen haar had gezegd. Dat was niets voor mij. Ik vònd haar mooi natuurlijk, ik vond haar schitterend. Misschien had ik het gezegd uit puur ongeloof, of om haar te laten weten dat ze me in verwarring bracht, dat ik fantasieën over haar had. Of omdat ik al wist dat ik dit later zou gedenken, dat het een Grote Ontmoeting was, een van de paar in een heel leven.
   In ieder geval was het goed geweest om het te zeggen; dat had zij bewezen door als reactie alleen maar te blozen.

Op mijn bureau lagen nu, behalve mijn eigen drie foto's van Kathy, de twee die ik van Laura had geleend: het Foto Linneman meisje en de oma. Ik realiseerde me dat ik precies de foto's had genomen waarop ze het dichtst bij me was: dat meisje had mij een paar weken eerder nog gezien; de oma zou, via haar dochter, een paar weken later contact met mij zoeken.

Ik herkende haar nog steeds niet, en dat terwijl ik zoveel uit *Belemmerd uitzicht* nog wèl voor me zag; de zure kop van haar moeder; obers uit cafés; een ander meisje dat bij Linneman werkte; het keukentje waar we koffiedronken en waar ik Kathy mee uit had gevraagd; de ontwikkelbak waar de zwartwitfoto's in dreven; een naaktfoto die daaruit tevoorschijn was gekomen, van een vrouw zittend op een vensterbank – zelfs het gezicht van die vrouw zag ik nog.

Maar niet Kathy. Waarschijnlijk door die foto's die ik van haar had; daar was het echte beeld niet zevenendertig jaar tegen bestand.

Wat een mooie oma was ze geweest, wat een leuk meisje. Ik had neergezien op haar opleiding, haar milieu – wat een schitterende onthulling, die Laura me in Leiden had gedaan, dat Kathy's moeder van goede familie was, die met haar had gebroken om dat buitenechtelijke kind.

Dat plannetje van Kathy en Laura om bij een signeersessie ineens voor mijn neus te staan – ik probeerde me voor te stellen hoe dat gegaan zou zijn. Ik zie een middelbare dame met rood haar, samen met een stralend aantrekkelijke jonge vrouw, haar dochter duidelijk, maar iets zegt me dat ik op die dame moet letten. Ze zegt: 'Hé, Tim, herken je me niet?' Ik zie dat ik iets weet, ik weet dat ik iets weet, iets groots, iets verschrikkelijks, alleen weet ik niet wat. Ik herken die vrouw bijna – als gedachten een volgorde hadden, dan heb ik nu de laatste gedachte vóór ik weet wie zij is. Maar ik weet het niet, ik wil dat zeggen, maar zij is me voor. 'Ik heet Tineke Westerdijk,' zegt ze. 'Vóór mijn huwelijk heette ik Melsen.' *Tineke Melsen... Tineke Melsen...* denk ik wanhopig, ja, dat zegt me iets, maar in hemelsnaam, wàt. De rillingen lopen me over de rug, het kan toch niet... maar weer is ze me voor. 'Ik noemde me toen Kathy, zegt dat je nog iets?'

Ik zou geen woord meer hebben kunnen uitbrengen, geen handtekening meer hebben kunnen zetten, ik zou haar niet hebben losgelaten voor ze me alles had verteld wat zíj nog wist van september 1962, voor we daar weer samen waren, weer in elkaars armen lagen.

Daarom was het ook niet doorgegaan. Het was òf dat geweest, òf: 'Wat *enig* om jou weer eens te zien.'

Al vóór Leiden had ik een beknopte navertelling van *Belemmerd uitzicht* gemaakt, met wat uitleg en commentaar, maar met weinig citaten en dialogen. Ik had overwogen die al voor Laura mee te nemen, maar het niet gedaan. Als ze leuk was, dan moest ik mijn kaarten niet te snel uitspelen. En als ze niet leuk was moest ik niet te losjes met mijn boek omspringen, hoeveel ik haar om Kathy ook verschuldigd was.

Maar nu ik wist dat iedere gêne misplaatst zou zijn, wilde ik Laura juist méér geven dan ik van plan was geweest. Ik had in die eerste versie de bedscènes weggemoffeld, en allerlei teerheden weggelaten – onze schertsgesprekken, mijn onmogelijke gedachtekronkels, mijn soms al te serieuze vervoering om het geluk met Kathy, de naampjes die we elkaar gaven. Nu zou ik alleen de werkelijk onleesbare stukken overslaan, en de stukken die niets met haar te maken hadden. Ik moest dus opnieuw beginnen, maar dat was juist een welkom excuus om nog eens terug te kunnen gaan naar september 1962.

Omdat mijn navertelling nu veel langer zou worden, met annotaties mee even lang als het hele boek van toen, besloot ik het Laura in afleveringen te sturen, en per gewone post. Met e-mail kon er te veel misgaan met de typografische bijzonderheden die nodig zouden zijn – maar ik wilde ook de kans kleiner maken dat Lex het las.

Vanaf het begin van onze mails had ik er rekening mee gehouden dat hij meelas. Je kon zien dat Laura en hij hun account door elkaar heen gebruikten; mijn plezier om een nieuw briefje van haar was wel eens wat minder geweest als er in mijn *Inbox* een mail van Lex van Gent stond aangekondigd.

Misschien las hij onze mails buiten medeweten van Laura, maar misschien sprak het vanzelf dat hij ze las, of zou ze hem bij *Belemmerd uitzicht* vrágen om mee te lezen. Van alle emoties die hier een rol speelden was die van Laura om het verlies van haar moeder het sterkst; bij zoiets had je de steun van je geliefde nodig. Ik wist niet hoe lang ze al samen waren, hoe ze met elkaar omgingen, maar als ze samen een huis hadden gekocht… waarschijnlijk was Lex de vanzelfsprekende achtergrond van alles wat Laura deed; toen we het in Leiden even over een mogelijke nieuwe afspraak hadden gehad, had ze gezegd: 'Je kan ook gewoon een keer bij ons langskomen.'

Dat nooit, maar als ik dit contact met Laura wilde, dan moest ik accepteren dat Lex misschien mijn verhaal las. Ik zou me er niet door laten beïnvloeden.

Ik noemde mijn navertelling *Een liefde van je moeder in 1962*, en stuurde Laura deel 1, getiteld: *Foto Linneman*. Ik kom terug van mijn wereldreis, krijg een baantje bij Foto Linneman, en ontmoet Kathy. Ik word verliefd op haar, vraag haar mee uit, en ze zegt ja.

Ik kocht nieuwe, mooie A4-enveloppen om de prints niet te hoeven vouwen; papier waarop dit verhaal stond, moest ongerept blijven.

Lieve Tim,

Lieve Tim! Je dacht toch niet dat me dat niet zou zijn opgevallen, Laura?

Zelf was ik meteen na Leiden 'Lieve Laura' boven mijn mailtjes gaan zetten, maar bij haar was het na die eerste 'Beste meneer Krabbé' steeds 'Hallo Tim', 'Hoi Tim' en vooral 'Ha Tim' geweest – en nu *lieve*?

En dat terwijl ik me had afgevraagd of ik nu toch echt niet te ver was gegaan in die eerste aflevering, want ik had daarin enorm zitten fantaseren over Kathy's grote borsten, en over haar broekje waarvan ik de rand had gezien toen ze zich een keer vooroverboog.

Lieve Tim,
Ik heb genoten van deel 1 van 'Een liefde van je

moeder in 1962'. Ik kan niet wachten op het vervolg!

Het is alsof ik alles echt voor me zie en hoor, ik zie haar lopen, ik hoor haar lachen als ze met je praat, ik zie haar een trek van haar sigaret nemen, hoor haar zingen en fluiten.

Ik schreef verder, ik schreef niets anders meer, die roman was vergeten, ik moest me inhouden om niet het hele manuscript in één keer over te tikken. *Hier* had ik *Belemmerd uitzicht* toen voor geschreven, om nu nog dit hutje in september 1962 te hebben waar ik Laura mee naartoe kon nemen.

Mijn dictafoontje kreeg nog maar zelden iets te horen wat niet over Kathy of Laura ging, en wat ik insprak voerde ik later in op mijn computer. Ik was bezig aan een stuk over mijn reis naar Nieuw-Zeeland, maar ik had een systeem om middenin een stuk aantekeningen voor iets anders te kunnen maken. Dan kwam er bijvoorbeeld te staan:

Eindeloos golvende grqqqKathy ondoortraptaasgronden ontrollen zich en als ik dan de macro *ka* tikte, dan hechtte 'Kathy ondoortrapt' zich, met vermelding van datum en tijd, aan het bestand *kathy.nts* en stond er weer:

Eindeloos golvende graasgronden ontrollen zich

Ik had macro's voor alles en nog wat; voor *Laura*, voor *Belemmerd uitzicht*, voor *Foto Linneman*, voor alle mogelijke computerhandelingen, maar de naam *Kathy* tikte ik iedere keer voluit.

De laatste maand van Kathy's ziekte had Laura vrij genomen om zo veel mogelijk bij haar te kunnen zijn en nu, een paar dagen na Leiden, ging ze voor het eerst weer naar haar werk. 'Het is echt goed bedoeld dat iedereen naar mijn moeder vraagt,' schreef ze, 'maar het confronteert me er wel steeds opnieuw mee...'

'En ik confronteer je er nog veel meer mee,' schreef ik. Maar ik wist dat zij wilde dat ik verder ging met mijn verhaal.

Ik vertelde haar niet alles. Een van die dagen zag ik in Amsterdam een vrachtauto van Jeugdtoneelvereniging Peter Pan, met een adres erop dat vlakbij was. Ik ging erheen, en kwam terecht in een zaal vol kinderen met kronen op hun hoofd en zwaarden in hun hand. Er was daar ook een man van mijn leeftijd, en aan hem vroeg ik of er misschien archieven waren waarin iets over voorstellingen van vijfenveertig jaar geleden te vinden zou zijn. Dat dacht hij niet, en ik zag dat hij wilde vragen: waarom interesseert het u, hebt u vroeger soms ook meegedaan? Ineens drong tot me door dat als hij van mijn leeftijd was, hij ook van Kathy's leeftijd was – misschien had hij toen óók op een houten paard gezeten. Bijna had ik hem de naam Tineke Melsen genoemd, en gevraagd of hij zich haar kon herinneren, maar ik hield me in – om hem niet te hoeven vertellen dat ze dood was, maar vooral om Kathy niet van iemand anders te laten zijn dan alleen van Laura en mij.

Ik vroeg hem waar Peter Pan in die tijd had gezeten: in de Galerij aan het Westeinde. Die kon ik me herinneren: een schemerig doolhof van marmeren gangen, winkeltjes, zaaltjes en prieeltjes, dat plaats had moeten maken voor het gebouw van de Nederlandsche Bank. En ineens leefde er weer iets. In *Belemmerd uitzicht*, in die nacht van de tramarbeiders, waren Kathy en ik langs de bouwput van de in aanbouw zijnde bank gelopen, we hadden in de diepte staan kijken, en nu wist ik waar we toen over hadden gepraat: Peter Pan.

Als ik geïnteresseerd was, zei de man, dan kon ik misschien naar de reünie voor het vijftigjarig bestaan komen, die was over een paar weken. Ik dankte hem en ging weg, en besloot mijn bezoek aan Peter Pan voor Laura te verzwijgen – dat was de reünie waar Kathy zo graag naartoe had gewild, maar die ze niet meer had gehaald.

Lieve Laura,
Je hebt me heel lief bij je thuis uitgenodigd, maar ik weet niet of dat zo'n goed idee is. Ik zou me (nog) niet op m'n gemak voelen met iemand anders erbij, jouw Lex, voor wie de emotie zo anders zal zijn. Voor de intieme manier waarop wij het nu over je moeder hebben, zijn we op elkaar aangewezen.

Het werd Utrecht, al een paar dagen later.

Er kwamen kleine grapjes in onze mailtjes. Over mijn Nieuw-Zeeland-stuk had ik gezegd dat het vooral veel werk was om al die schapen één voor één te beschrijven – en Laura vroeg of ik de tel niet kwijtraakte, of ik ze wel goed uit elkaar kon houden, of ik ze nu allemaal al had gehad. Ik schreef dat als we om één uur afspraken, ik er zeker om twee uur moest kunnen zijn; zij vroeg of ze er weer een routebeschrijving bij zou doen, en wat mijn liefste omrijdroute naar Utrecht was, over Zierikzee misschien?

Lieve Laura,
Ik heb nog een verzoek dat je misschien vreemd zal vinden en dat ook misschien ongepast is. Je vertelde me dat je moeder mijn boek *Vertraging* heeft gelezen – zou je dat exemplaar voor mij te pakken kunnen krijgen?

Ha Tim,
Ik had het in huis, want ik had het van mijn moeder geleend, en nooit teruggegeven, wat een dief ben ik, hè? Maar ik had het haar zelf gegeven. Wil je het lenen?

Lieve Laura,
Ik heb het al. Ruilen tegen een nieuwe?

Ha Tim,
Goed, dan ruilen we, ik neem het naar Utrecht mee, wel gelijk oversteken, hoor. Een beetje een rare ben je wel!

Daar zou ik graag bij zijn geweest – Laura die mijn boek aan haar moeder geeft, en het later weer van haar leent.

Ik stuurde haar deel 2 van *Een liefde van je moeder in 1962: Moeraskikker.* Kathy en ik gaan uit, we fietsen en lopen door Amsterdam, we gaan naar een film en naar een jazztent, en zoenen daar in een donker hoekje. We zeggen dat we verliefd op elkaar zijn.

Ha Tim,
Ik heb er weer van genoten, het is alsof ik het allemaal voor me zie. Maar ik ben bijna nog nooit in Amsterdam geweest, ik weet niet eens waar mijn moeder toen heeft gewoond! Wil je me dat eens laten zien? Dan kunnen we samen op die plekken rondlopen.

Al bij Laura's eerste mailtje had ik eraan gedacht dat ik de Laatste Wandeling van Kathy en mij, van mijn huis naar haar huis, nog eens wilde nalopen. Ik deed het in die filmfantasie, maar in werkelijkheid had ik het uitgesteld. Nu wist ik waarom: ik zou het met Laura doen.

6

Een blauwgeruite paraplu

Kennissen in Utrecht gaven me het adres van een café. Wat was het gezellig om de plattegrond die ze me faxten voor Laura te scannen, te verkleinen, helderder te maken, in een mail aan haar te zetten. Het kruisje stond in een straat, maar ik stelde me een Grand Café voor aan een plein, in een herenhuis, boven straatniveau, met uitzicht over dat plein. Het was er stil, Laura en ik zaten bij een raam, keken elkaar aan, konden geen woord meer uitbrengen, vielen elkaar in de armen, keken elkaar aan, vielen elkaar in de armen, in bed, voor m'n computer, onderweg naar Utrecht, in Utrecht.

Ik was drie kwartier te vroeg. Ik hield mezelf voor dat dat elkaar-in-de-armen-vallen een waanidee was, maar toen er een tafeltje in een hoek vrijkwam, verhuisde ik daarheen: als het onmogelijke toch waar was, en Laura was net zo verliefd als ik, dan zouden we daar niet door iedereen aangestaard kunnen worden.

Ineens, een kwartier voor de afgesproken tijd, zag ik haar. Ze liep langs het raam, zag mij, stak haar wijsvingertje naar me op zoals ze het naar haar moeder op haar sterfbed had opgestoken, en verlichtte de druilerige straat met een grote, stoute glimlach.

Al vlug lag ons tafeltje vol met de smoezen voor deze nieuwe afspraak. Dat exemplaar van *Vertraging* waarvan Kathy de bladzijden had omgeslagen, een nieuw exemplaar voor Laura, weer het fotoalbum, nu om te lenen en te scannen, twee prentbriefkaartjes van Kathy aan Laura (één aan Laura en Lex; 'hoi jongens'), omdat ik had gevraagd of ik haar latere handschrift mocht zien.

Maar we zaten daar niet voor al die dingen, we zaten daar om te weten te komen hoe dat nu verder zou gaan met ons.

'Dit is wel bijzonder,' zei ze, het aan mij overlatend wat ze bedoelde, want alles was bijzonder. Ik dacht: de manier waarop ik haar mee laat lezen in mijn boek over haar moeder. Ze heeft een boek van mij gezocht waarin ze misschien een glimpje van haar zou zien, en nu krijgt ze duizendmaal wat ze had kunnen hopen.

Het gesprek stokte een paar keer. Lex werd niet genoemd. Als hij meelas zou ze dat nu gezegd hebben; hij deed het dus niet. Die stem van haar, die lach, die mooie ogen, hoe zou het zijn om dat iedere dag naast je te hebben alsof het zo hoorde?

Het was duidelijk dat we elkaar niet machteloos van verliefdheid in de armen zouden vallen. Maar ik had het me zó sterk voorgesteld dat ik, met de moed der verlegenen, na een tijdje toch mijn hand in haar nek legde.

'Het is natuurlijk onvermijdelijk dat ik als een blok op je val,' zei ik, of iets dergelijks, al tijdens de woorden wetend dat geen van ons beiden ze zou kunnen onthouden, 'maar dat hoeft een mooie vriendschap niet in de weg te staan.'

Ze reageerde niet, maar bevroor ook niet, en ik trok mijn hand terug en het gesprek ging verder.

Na een tijdje stelde ik weer voor om ergens anders heen te gaan. 'Goed plan.' Het regende, en ik kocht een paraplu, een blauwgeruite. We liepen door smalle straatjes, langs grachtjes, dicht naast elkaar, om allebei onder de paraplu te kunnen. Over een paar maanden werd ze negenentwintig, helemaal niet erg. 'Een prachtige leeftijd voor een prachtige vrouw,' zei ik; een zinnetje dat ik eigenlijk bestemd had voor bij de bloemen die ik haar dan zou sturen.

Voor haar vader moest dit allemaal geheim blijven, die had het zo moeilijk met Kathy's dood, die kon geen medeminnaar in het verleden gebruiken – waarschijnlijk had Kathy hem nooit iets over mij verteld, en ook niet aan haar broers.

'Wordt dit dan niet iets wat je voor ze verzwijgt?'

'Misschien, maar dit is ook belangrijk.'

Op een bruggetje, ergens in het oude centrum, stonden we even stil, uitkijkend over een onbetekenend grachtje, onze gezichten dicht bij elkaar, en het kwam bij me op om iets over precies zulke grachtjes te zeggen die ik al eens eerder had gezien, maar zij liep ineens verder.

Het tweede café leek op het café uit mijn fantasie. Ik

stootte er een vol glas wijn om, en Laura moest erg lachen. Geen druppel had haar geraakt.

Ik bekende dat ik haar en Lex in een zoekmachine had gestopt, en dat dansavondje in die cafétuin had gevonden. Laura kon het zich herinneren; ze waren eerst ergens anders geweest, daar was vervelende muziek, en toen waren ze in dat café terechtgekomen waar dat bandje in de tuin speelde, daar was het leuk geweest en hadden ze gedanst, en een CD gekocht.

Een vier jaar oude avond die ik uit het elektronenheelal van internet tevoorschijn had getoverd bestond ineens echt; een herinnering uit het leven van een meisje dat tegenover me zat.

We keken elkaar een keer recht aan.

Lex was acht jaar ouder dan zij. Ze waren al zeven jaar bij elkaar, woonden vijf jaar samen. 'Na zeven jaar heb je soms een beetje...' zei ze, maar ik kwam het niet te weten omdat ik ging uitleggen wat *The Seven Year Itch* was, een film over de ontevredenheid die soms na zeven jaar in liefdes komt kruipen, met Marilyn Monroe, die overleden was in het jaar dat ik Kathy had gekend.

Het was een leuke relatie, zei Laura.

Ze hield veel van dansen, ook van ongewone dansen, de merengue bijvoorbeeld, maar daar kreeg je nooit de kans toe omdat niemand hem kende. Ze had het eigenlijk maar één keer kunnen doen, met een oud mannetje op een feest van haar werk. Ik dacht: een oud mannetje dat de merengue danst, dat is vast jonger dan ik.

Meer bekentenissen: ik had de hele website van Lex en haar bekeken, en hun huis gezien, hun huiskamer, hun stoelen en hun grote mooie tafel, ik had gelezen dat ze van lachen hield, en ook haar twee poezen gezien, samen in een kartonnen doos. 'Ja, Lex scant gewoon alles, en dat zet hij op het internet.' Die poezen heetten Raket en Pakket. Er was nog een derde poesje bij geweest, maar dat was heel zwak, en de dierenarts had gezegd dat ze het tussen haar borsten warm moest houden.

'En ik heb niet zoveel.'

Ze had er doekjes bijgedaan, maar het poesje was toch doodgegaan.

Toen ze van de wc terugkwam en van achter in de zaal weer naar mij toeliep, hing haar lange spijkerhemd, dat tot dan toe steeds haar witte truitje had bedekt, meer open; twee kleine strakke borstjes priemden ferm naar voren. In Leiden had ik niet naar haar figuur gekeken, dat had ze verborgen gehouden, of als ik het toch had gezien, dan had ik dat waarschijnlijk ongepast gevonden – maar nu lachte ze naar mij alsof ze wilde zeggen: 'Dit zijn ze nou.' Ze flirt, dacht ik, ik ben toch niet helemaal gek. Ze heeft het over haar borsten, en ze laat ze zien. Ze waren inderdaad nogal klein, in elk geval kleiner dan die van haar moeder.

Ik zei dat ik hoopte dat het uitmaken Kathy net zo veel pijn had gedaan als mij, en Laura moest lachen.

Ik vroeg haar ook eens iets minder leuks over haar moeder te vertellen omdat ik Kathy nu ook weer niet als een heilige wilde zien. Dat uit huis gaan toen ze zeventien was, zei Laura, was niet makkelijk geweest. Kathy had tegen haar gezegd: 'Je bent mijn dochter niet meer,' en had maandenlang niet tegen haar willen praten.

We gingen weer naar huis, we hadden gedaan waarvoor we bij elkaar waren gekomen; bij elkaar zijn. Het regende nog, we liepen weer dicht naast elkaar onder mijn paraplu, en ineens stak ze haar arm door de mijne. Ik huiverde. Dit was haar antwoord op die hand in haar nek: Sorry, het kan niet, maar ik vind je wel heel leuk.

Ik drukte haar arm tegen me aan. We zeiden niets. Wat een paraplu, die blauwgeruite paraplu, de paraplu van mijn leven.

Kathy's dochter – ik kon het nog steeds niet bevatten. Haar te mogen zien, tegen me aan te voelen, een kind van Kathy! De gedachte dat die arm iets was in een keten van gebeurtenissen aan het eind waarvan ik mijn fout met Kathy zou mogen goedmaken met haar dochter, was te krankzinnig om niet onvermijdelijk te zijn.

Maar het kon niet, en ik zou ons er niet mee lastigvallen. Zij was achtentwintig, ik zesenvijftig, de meest bespottelijke aller leeftijden. Ze woonde samen, dat alleen al. Ze was geen meisje om vreemd te gaan, ik geen man om meisjes vreemd te laten gaan. Dit was heerlijk, dit was genoeg.

We liepen naar de parkeergarage waar zij haar auto had gezet; zij zou mij naar de mijne rijden.

In haar auto moest ik de jarretels omdoen, zo noemde haar moeder het altijd.

Ze reed kittig.

Ik kan die Tim nu wel zijn gang laten gaan, dacht ik, hij zal nu geen stomme dingen meer doen, die arm heeft ervoor gezorgd dat niets meer stom kan zijn. En ik zei dat ik heel erg blij en ontroerd was dat er zo iets leuks bestond als een Laura.

Toen ik uit moest stappen legde ik even mijn hand op haar dij: dag Lau, tot ziens, hier zijn nog drie zoenen, rij voorzichtig, de volgende keer laat ik je het Amsterdam van je moeder zien.

7

Het hoedje van de koningin

Ha Tim,

Het was leuk in Utrecht!

Heb je Amsterdam gehaald zonder spook te rijden?

Ik heb wel een flink stuk in de file gestaan, jij ook?

Ik had ook in de file gestaan, de andere kant op, maar dat hinderde niet: *onze* file. Die kwam bij ons groeiende assortiment gezamenlijke bezittinkjes, zoals ook dat spookrijden – ik had haar in Utrecht verteld dat ik een keer even met mijn auto op een verkeerde weghelft was terechtgekomen. Een verzameling die er al mocht zijn: schapen, omrijden, een blauwgeruite paraplu, wijn omgooien, een file, spookrijden.

Hai lieve Laura,

Je raadt nooit wat ik gisteren gedaan heb: een paraplu gekocht in Utrecht! Leuk was dat.

Ha Tim,

Ik heb vandaag tevergeefs uitgekeken naar de post-
bode met deel drie. Hij kwam wel, maar helaas:
zonder deel drie!

Wij gaan vanavond uit, naar dat danscafé in
Apeldoorn, je weet wel, van het internet.

Ga jij nog iets gezelligs doen? Pas maar op met
je wijn.

Ja, kom er maar bij, danscafé in Apeldoorn, en blijf jij daar
verder van af, Lex, dat café is nu van Laura en mij – *natuurlijk* schreef ze me later die avond dat ze verkouden was
geworden en dat het niet door was gegaan. En ga jij maar
eens fijn neerstorten met je parapent, dan doe je tenminste ook nog eens iets nuttigs.

Ik maakte deel 3 af, *Een twee uur durende beweging.*
Kathy komt voor het eerst bij mij thuis. Ze heeft foto's bij
zich, en ik mag er een paar uitkiezen. We liggen in elkaars
armen en zeggen dat we van elkaar houden; om drie uur
's nachts breng ik haar naar huis.

Twee dagen later is ze weer bij mij, en nu neem ik haar
mee naar de huiskamer waar we met mijn moeder, haar
vriend, een vriend van mij en zijn meisje, naar het nieuws
op de televisie kijken. En dan gebeurt er iets wat één van
mijn sterkste herinneringen aan Kathy zou worden maar
wat, anders dan het 'kunstgebit' waar ik me ook zo voor

schaamde, wèl in *Belemmerd uitzicht* terecht was gekomen.

De koningin komt in beeld, en Kathy wuift naar haar en zegt: 'Dàg koningin. Wat een leuk hoedje heeft ze op.'

En ik kan wel door de grond gaan, want het is een allerverschrikkelijkst bloemetjeshoedje, een hoedje dat bij ons als het summum van wansmaak wordt beschouwd. Hoe kàn ze dat zeggen, hoe kan ze hier leuk gevonden worden als ze zulke hoedjes leuk vindt? En bij alles wat Kathy verder zegt ben ik bang dat ze dom gevonden zal worden, en in alles wat de anderen zeggen hoor ik dat dat zo is. En als we daarna op mijn kamer zijn, ben ik in het begin vreselijk bedrukt door wat ik voel als Kathy's afgang.

Ik had overwogen het verhaal van het hoedje weg te laten, maar ik had het er toch ingezet, en er een uitleg aan toegevoegd:

Je kunt er niet omheen dat we uit heel verschillende milieus kwamen en dat ik het mijne wel boven het hare moest stellen. Zij had huishoudschool, ik HBS. Ik was wereldreiziger, schrijver; zij knipte negatieven op een fotolab. We waren 'een student en een werkmeisje'. Of ik enige reden had om me boven haar te stellen doet er niet toe; als ooit een student van zijn werkmeisje heeft gehouden, dan ik van Kathy. Maar ik was wèl bang dat ze bij mij thuis niet in de smaak zou vallen. Waarmee ik weer niet wil zeggen dat wij even bekrompen waren als ik.

Misschien moeten we er die negentienjarige Tim, die zo verliefd was op zijn Kathy, maar niet te

hard over vallen. *Iedereen* die voor het eerst een geliefde mee naar huis neemt, is bang dat die niet leuk
zal worden gevonden, en de geliefde zelf ook. Misschien is er in de archieven van het Koninklijk Huis
nog iets terug te vinden over het toilet van koningin Juliana op 14 september 1962 en kunnen we
aan de hand daarvan vaststellen of ze die dag inderdaad maar beter een prullenmand had kunnen op-
zetten. Waarschijnlijk maakte Kathy in haar zenuwen een grapje, en had ik dat in mijn zenuwen niet
door. En ik was niet iemand om daarna op mijn kamer losjes te vragen: 'Hé, meende je dat nou van dat
hoedje of was dat een grap?' Want dat was net als
met het kunstgebit; als het een grap was, dan was
mijn vraag een smet op onze liefde, en als het geen
grap was, dan was dàt een smet.

Maar na deze aflevering hoorde ik dagenlang niets van
Laura. Misschien was het verhaal over het hoedje van de
koningin toch verkeerd gevallen, en had ik het alleen maar
erger gemaakt door Kathy, haar pas overleden moeder, in
mijn uitleg een *werkmeisje* te noemen. Ik werd verschrikkelijk ongerust, en mijn dictafoontje en mijn aantekenin-
genbestanden kwamen vol te staan met zelfverwijten, excuses, uitleg van mijn uitleg.

Ha Tim,
Mijn moeder heeft je toen wel een paar keer flink
voor de gek gehouden geloof ik, daarin is ze nooit
veranderd, zulke dingen heb ik zelf ook wel van

haar meegemaakt. Maar dan is het leuk om te lezen dat ze vroeger ook al zo was.

Ik werd door jouw nieuwe stukje wel weer erg aan vroeger herinnerd, het maakte me droevig, daarom kwam ik er niet meteen toe om je te antwoorden.

Een ochtend lang scande ik de foto's uit Laura's album. Er viel me iets op wat ik in Leiden nog niet had gezien: Kathy was altijd een mooie vrouw gebleven, maar sexy was ze later niet. En dat was ze vroeger juist zo uitbundig geweest.

Ik herkende haar nog steeds niet; ik kon me haar niet voor de geest halen – alleen in die eerste blik op Laura, in de gang van de Holiday Inn, had ik haar gezien.

Laura scande ik ook. Het voelde als een lichte overtreding – een die ze van me verwachtte, hoopte ik. Wat een leuke meid. Ik had geen kans, maar wat kon het me schelen; dan viel ik wel op haar om het plezier van het vallen. Ik scande Lex gewoon mee; ik wilde haar leven zien, niet haar alleen.

Ach, die vrolijke twee, die gedanst hadden in de tuin van dat café, nu in vol ornaat, lachend, zij in het lang, hij in smoking en met een beschermende hand op haar buik. Lex en Laura als zeerovers, zij in streepjes-T-shirt, met zeeroversdoeken om hun hoofden, zwaaiend met namaak antieke pistolen, zeeroverssnorretjes op hun gezicht geschilderd; Lex en Laura in botsauto's; Lex en Laura fietsend in Frankrijk; op een bootje in de azuurblauwe zee.

Ik stuurde haar deel 4, *Cape Fear*. Kathy en ik gaan naar

de film *Cape Fear*, en na afloop, op mijn kamer, gaan we voor het eerst met elkaar naar bed.

Ik vroeg me af hoe het voor Laura zou zijn om haar twintigjarige moeder in mijn armen te zien liggen, met mij naar bed te zien gaan. Maar ik eindigde de aflevering met: 'Hier moeten we maar een bordje NIET STOREN in het verhaal hangen, vind je niet?' Er stonden dingen in die ik nauwelijks kon lezen, laat staan overtikken, laat staan overtikken voor iemand anders, zelfs al was dat Laura. Het was tè kwetsbaar, met veel oo's en puntjes, en het aanroepen van God om te zien hoe volmaakt Kathy en ik samen waren. 'Dit gaat wel verder dan dat "stukje over het verleden van je moeder", hè Lau,' schreef ik, 'waar je het in je eerste mailtje over had.'

Ha Tim,
Ik kom net terug van kookles. Dat was een ingewikkeld maar heerlijk recept, dat ga ik wel een keer voor je maken, als je dat leuk vindt. En als je durft.

Hai Laura,
Het water loopt me in de mond.
Verrassing, hier is alweer een nieuwe aflevering.

Ik kon niet meer ophouden, en was meteen doorgegaan met deel 5, *Juan en Juanita*: Kathy en ik liggen in bed en kletsen, maken grappen, een aflevering lang. 'En weet je wat we hier doen, Laura?' schreef ik aan het eind, 'we breken het hier gewoon af, dan kunnen die lieve twee, die nuchtere grappige lieve mooie Kathy, en die serieuze

geëxalteerde lieve malloot Tim, die zó verliefd zijn op elkaar, lekker de hele tijd samen in bed liggen, tot de volgende aflevering.'

Bij de brievenbus dacht ik: ook dit is een moment in
dit verhaal, een moment waar ik later naar zal terugver-
langen. Het verhaal van toen gaat gewoon nog verder. Wat
is dit spannend, hier is niets tegen bestand, hier zou ik alles voor in de waagschaal hebben gesteld, vrouw, kinderen, fortuin. Dit moet. Ik moet weten hoe dit afloopt.
Maar ik wil het nog lang niet weten.

Ha Tim,
Ik heb deel vier en deel vijf gelezen, allebei twee
keer, heel erg bedankt. Ik vind ze echt heel ontroerend en lief, en ik ga ze vlug nog een keer lezen.

Ik verlang enorm naar maandag. Amsterdam
moet ik kunnen vinden, dat is vanuit Deventer toch
via Maastricht?

8

Het lampenpaleis

Het laboratorium van Foto Linneman aan de Nassaukade waar Kathy en ik in september 1962 werkten, had groene deuren. In de zevenendertig jaar daarna moest ik talloze malen langs die plek zijn gekomen, in het begin vol van Kathy, later denkend aan haar, ten slotte niet meer denkend aan haar. Ik wist nog dat ik in het begin altijd die groene deuren had gezien, maar er moest ook een tijd zijn geweest dat ik niet meer keek – want nu ik er met Laura stopte, die het Amsterdam van haar moeder wilde zien, waren er nergens groene deuren te bekennen.

En ook geen laboratorium van Foto Linneman. Dat was niet zo vreemd want het was een grote zaak, die moest al lang geleden een ruimere behuizing voor haar donkere kamer hebben gezocht. Maar het hele pand leek verdwenen. Ik had in *Belemmerd uitzicht* zelfs het huisnummer genoteerd, en dat was er eenvoudigweg niet;

precies op die plek sloegen de nummers acht over. Wat een schitterende les voor wie dacht zijn verleden te kunnen bezoeken – maar op Laura maakte het misschien een onnozele indruk, alsof ik maar had opgeschept dat ik iets van haar moeder wist.

We liepen wat heen en weer over het trottoir aan de rand waarvan Kathy had geposeerd voor die foto. Naast het nummer van Foto Linneman was een lampenwinkel; om niet helemaal voor niets te zijn gekomen, gingen we daar naar binnen. Het was er donker en stil, maar weinig van die lampen brandden, er was niemand te zien. We stonden in een smalle ruimte die verderop breder werd – in een zijruimte bleek een soort kantoortje te zijn; daaruit kwam een vrouw tevoorschijn. Ik vroeg of zij misschien wist waarom de huisnummers hier met acht versprongen. Ze had geen idee; ik kreeg de indruk dat het haar nooit was opgevallen. Toen wees Laura omhoog en zei: 'Kijk, het plafond is zwart.'

Waar zijn de plafonds zwart? In fotolaboratoriums. En ineens waren we bij Foto Linneman. Alles was plotseling iets anders dat klopte, als op een landkaart waarvan je ineens ziet wat land is en wat zee. De entree van de winkel was het gangetje waardoor we toen binnen waren gekomen; het kantoortje was de kleurenafdeling waar Kathy en ik hadden gewerkt; het brede deel van de showroom daarachter de zwartwitafdeling. Daar was ook een trap naar een kleinere showroom op de eerste verdieping: het keukentje waar we 's ochtends koffie en 's middags thee hadden gedronken. Er waren daar ramen waar ramen waren geweest, met uitzicht op een binnenplaatsje waar een binnenplaatsje was geweest, en er brandden twee grote schemerlampen waar het aanrecht was geweest waar Kathy en ik de vaat hadden gedaan toen ik haar vroeg of een avontuur, dat nu nog bezig was, mocht beginnen.

Ik parkeerde bij de hoek van de straat waar Kathy had gewoond, en even later stonden Laura en ik in de bocht bij haar huis. Dichtbij, een eindje ervanaf, aan de overkant. Ik wees haar het raam van Kathy's kamertje. Ik zei niet dat ik hier meteen na Leiden al was geweest, om haar niet het gevoel te geven dat ik buiten haar om mijn gang ging met Kathy.

Laura was stiller dan bij onze vorige ontmoetingen.

We begonnen naar mijn huis te lopen, het stukje dat Kathy had gefietst als ze naar me toe kwam – hoe vaak zou je in *Belemmerd uitzicht* precies kunnen natellen. Laura stak haar arm door de mijne. Ik wees haar plekken aan uit het verhaal. We staken de brug over waar ik Kathy was tegengekomen toen ik haar ging afhalen om naar *Cape Fear* te gaan – ze was mij tegemoet gelopen omdat ze weer eens ruzie met haar moeder had gekregen. Iets verder, op de kade, was de boom waaronder we met onze fietsen hadden gestaan toen we een keer van Foto Linneman samen naar huis waren gefietst, en zij me nog een eindje had willen wegbrengen.

Ik was ook stiller.

We verlieten Kathy's oude buurt, passeerden mijn oude school aan de overkant van het kanaal, gingen mijn oude buurt in, stonden voor mijn oude huis.

Er was niet zo verschrikkelijk veel veranderd daar, misschien lukte het Laura om zich voor te stellen hoe haar moeder hier als meisje van twintig aan was komen fietsen, was afgestapt, haar fiets op slot had gezet, had aangebeld, was opengedaan en omhelsd door mij. Van de kamer waar we in bed hadden gelegen waren de gordijnen dicht.

Er viel weinig anders te doen dan daar te zijn, te denken, je dingen voor te stellen, tot je door te laten dringen wat tijd was.

We begonnen terug te lopen, de wandeling die Kathy en ik maakten als ik haar 's nachts naar huis bracht – de eerste keer in zevenendertig jaar dat ik precies dat stuk zou lopen. Bij de brug staken we over naar de andere kant van het kanaal. Dat hadden Kathy en ik die laatste keer ook gedaan, dat wist ik nog. *Dit* had ik toen als visioen voor me moeten zien; hoe ik in het onbestaanbare jaar 1999 arm in arm met haar dochter onze voetstappen zou drukken. Kathy en ik hadden hand in hand gelopen, dat wist ik niet meer, maar dat stond in mijn boek. En wie had dan haar fiets aan de hand? Dat had ik niet opgeschreven. Misschien was ze niet op de fiets gekomen, die keer. Een fiets klopte ook niet met het einde. Dan had ze die eerst naar de stalling moeten brengen, of half de trap moeten opsjouwen, voor we afscheid konden nemen.

We kwamen weer langs mijn school, en het schoot me te binnen dat ik daar eens een strafmiddag had gezeten, en aan de overkant van het kanaal in een huis op de eerste of tweede verdieping een Chinees had gezien. We hadden af en toe naar elkaar gekeken, en ten slotte een paar keer gezwaaid. Dat moest ik Kathy hebben verteld als we daar langskwamen, misschien wel die laatste keer, en daarom vertelde ik het nu aan Laura, en zij zei dat ze ook een heel klein beetje een Chinees was, ze was tenslotte in Taiwan geboren.

Waar ben je mee bezig dacht ik, met je zesenvijftigjarige mallotenkop en je hersenspinsels over een meisje van achtentwintig, dat steun bij jou zoekt om haar verdriet te verwerken.

We verlieten het kanaal: de laatste minuten van toen. Ook dat wist ik nog, hoe het me daar bij de keel had gegrepen dat ik haar zo meteen nooit meer zou zien. Maar zelfs zo'n straat had het in zich de straat van iets anders te worden; het was allang niet meer de laatste straat vóór Kathy's straat, maar waar de schoenenwinkel was waar ik mijn schaatsen wel eens liet slijpen.

En als ik nu eens, op de plek van onze afscheidskus, Laura in mijn armen nam? Het einde van toen zou overgaan in een begin; zevenendertig jaar zou zijn ongedaan gemaakt.

In het restaurant, voor we besteld hadden, zei Laura dat het slecht ging tussen Lex en haar. Maar ze had nu geen zin om daar echt over te praten.

Ik bestelde oesters, en zij nam er ook twee; de eerste van haar leven.

Lex was altijd alleen maar met zichzelf bezig. Hij praatte alleen maar over zichzelf en hij had geen aandacht voor haar. Hij had geen ander vriendinnetje – hàd hij dat maar, dan was het makkelijker om beslissingen te nemen. Maar wat ze hem nooit zou vergeven: de dag voor haar moeders dood was hij 's ochtends de deur uitgegaan om ergens een paar ski's op te halen, en hij was de hele dag weggebleven, zo lang dat ze ongerust was geworden en mensen had moeten bellen waar hij zat. Op zó'n moment in haar leven. Ze hadden een kind zullen nemen, maar nu wist ze het niet meer – eerst maar het nieuwe millennium halen. Kathy had hem wel gemogen, maar kort voor haar dood had ze gezegd: 'Kappen.'

Ik zat naar die kop te kijken, die prachtige kop, te luisteren naar die stem. Het was heel vreemd: het stond vast dat wij een verhouding zouden krijgen, en tegelijk dat dat niet kon gebeuren. Welk van die twee zekerheden, die twee onmogelijkheden het ook zou worden, wij konden daar niets aan veranderen.

Maar nu had ze verdriet. Ze was blij geweest met Lex, en nu was hij niet meer iets om blij mee te zijn.

Toen we weggingen sloeg ik even mijn arm om haar heen, en zij even haar arm om mij heen. Zo liepen we een klein stukje, tot we elkaar loslieten, en ik al niet meer wist of het begonnen was als iets wat ook een kus had kunnen worden.

We reden naar mijn huis waar haar auto nog stond; in mijn eigen auto loodste ik haar naar de ringweg. We stonden nog even naast elkaar bij een stoplicht. Ik gaf haar een kushand; zij lachte achter haar raampje en stak haar vingertje op. Toen we wegreden keek ik haar achterlichten na tot ik ze niet meer kon zien – maar ik zie ze nu nog.

Ha Tim
Ik ben er weer.

Wat een gezellige dag was het weer, dank je wel voor alles.

Ik woei bijna van de weg af, maar ik heb geen omwegen gemaakt, en ook geen spook gereden!

9

Wandelen in de Harz

De volgende dag stuurde ik Laura deel 6: *Verpulverd zacht-board*. Kathy zal regelen dat ze een keer een hele nacht bij me kan blijven slapen. Ze is erg bang dat het maar kort zal duren tussen ons; het wordt steeds duidelijker dat ik behoorlijk in de knoop zit met mezelf. Het baantje bij Foto Linneman is afgelopen, en ik vind een nieuw baantje bij een wassmelterij.

Het begon me op te vallen dat Laura nooit vroeg of ik een vriendin had, of toespelingen daarop maakte. Misschien nam ze aan dat ik niemand had, of kon het haar niet schelen. Haar bezoek aan Amsterdam was begonnen in mijn huis en bij de rondleiding had ik haar ook mijn slaapkamer en badkamer laten zien; sporen van vrouwen waren daar niet.

Ik had twee vriendinnen, al bleef hun zichtbaarheid in

mijn huis beperkt tot de steel van een tandenborstel die van een hoge plank in de badkamer uitstak. De een zag ik sinds een jaar eens per week of twee weken, de ander al jaren om de paar maanden, maar dan een paar keer achter elkaar, zodat het onduidelijk was of we één verhouding hadden, of vele.

Ik genoot van allebei, al moest ik ook wel eens denken aan een Nederlandse dichter die had geschreven over zijn 'vergeefse pogingen om van twee halve vriendinnen één hele te maken'.

Ze wisten het niet van elkaar, maar ze wisten allebei wel van Laura en Kathy. Dat verhaal kon ik met niemand voor me houden. 'Nu ga je zeker ook met die dochter neuken,' zeiden ze allebei, wat ik flauw vond, omdat het vanzelf sprak dat ik daar bij Laura's eerste mailtje al aan had gedacht, en tegelijk dat het daar niet om ging.

Zolang ik Laura niet had, die ik toch niet zou krijgen, moest ik maar zijn wat ik was: een man zonder verplichtingen. En zulke mannen gingen met leuke vrouwen naar bed, als de gelegenheid zich voordeed. Als ik Laura kreeg, dan stopte ik met allebei.

Met een vriend zou ik een reisje maken; een week wandelen in de Harz.

Ik droomde ervan dat ik met Laura op reis zou zijn. Als vrienden, misschien zou dat kunnen. Ik zag ons in een dorpshotel in Zuid-Frankrijk; overdag wandelden we, zagen we mooie dingen, dronken we wat, praatten we. Daarna gingen we eten, en dan slapen, maar in hoeveel kamers? Twee was duur en ongezellig, en belachelijk, maar konden we als vrienden in één kamer slapen? In één bed, als dat zo uitkwam? Wat zou het gezellig zijn om samen met haar in bed te liggen, zoals alles gezellig was tussen ons – maar zou ze haar behaatje dan aanhouden? Ze had natuurlijk een pyjama of een T-shirtje aan, maar zouden haar borstjes daaronder bloot zijn? En zou het dan werkelijk zo erg zijn als ineens toch mijn hand even uitschoot en onder dat T-shirtje of dat pyjamaatje ging, en heel even één van die borstjes omvatte? Zoiets kon toch wel, tussen vrienden?

Ha Tim,
Heb je je verrekijker en je kompas al ingepakt?
Ik heb deel zes ontvangen en gelezen en ik zit alweer te hopen dat ik vlug deel zeven krijg.
Er is op dit moment iets vervelends met me aan de hand, maar daar heb ik het later nog wel over.

Lex, dacht ik. Hij leest mee, hij krijgt genoeg van al dat spookrijden en wijn omgooien op zijn account, van die stapels A4-tjes uit Amsterdam die zijn vriendin voor hem weghoudt. Ze hebben ruzie.

Om er een begeleidende brief bij te kunnen doen maakte ik vlug deel 7 af, *Op de toppen van de Himalpyrenijnen*. Kathy en ik gaan naar een film en naar een café, lopen langs de in aanbouw zijnde Nederlandsche Bank naar huis, voeren lange schertsgesprekken.

In die brief schreef ik: 'Ik neem aan dat dat vervelende met Lex te maken heeft, en dat je er liever niet per e-mail over praat. Of misschien wel helemaal niet. Ik hoop dat het vlug voorbij is, want je bent iemand die het leuk hoort te hebben.'

Ha Tim,

Deel 7 is alweer aangekomen, dank je wel! Als je het een beetje droog wilt houden daar in dat verre Duitsland, neem dan wel je mooie blauwe geruite paraplu mee!

Gisteren heb ik het uitgemaakt met Lex,

Ik sprong op van mijn stoel, greep met beide handen naar mijn hoofd, van schrik dat iets onmogelijks plotseling mogelijk was geworden, dat er nu iets was dat ik kon verknoeien. Dàt was waarom ze in Amsterdam zo stil was geweest; niet om haar moeder, maar om Lex – ze was bezig geweest moed te verzamelen om het uit te maken.

Gisteren heb ik het uitgemaakt met Lex, ik ben er helemaal van in de war, ik vind het gewoon heel ellendig, en eten gaat al helemaal niet meer.

Ik heb enorm veel medelijden met hem, ik hou ook nog zo ontzettend veel van hem, zeven jaar is niet niks, maar het moest gewoon afgelopen zijn. Het valt alleen niet mee op dit moment.

Lex zou die avond met wat vrienden voor een korte skivakantie vertrekken – ik zag voor me hoe het nu was bij hen thuis: hij belde die vakantie af, ze huilden allebei onbedaarlijk, zagen voor zich hoe ze met zeeroverspistolen hadden geposeerd, beseften wat het betekende dat hij een foto die *bobbeltje.jpg* heette op internet had gezet, ze troostten elkaar, troostzoenen werden liefdeszoenen, ze hield ook nog zo verschrikkelijk veel van hem, en hij van haar, een afscheidsvrijpartij werd een nieuw begin.

Lieve Laura,
Poeh, daar schrok ik ook even van. Ik vind het heel dapper van je.

Nee – ze maakten ruzie, Laura vluchtte het huis uit, reed naar mij, haar beste vriend op dit moment. Lex belde haar hier, hij klonk aardig, maar in zijn stem hoorde ik tranen. Laura kwam aan de lijn, het werd een lang gesprek, ook zij klonk aardig, maar ze ging niet terug. Ik maakte de logeerkamer in orde, lag wakker of ze bij me kwam, en ze kwam: ze kon nu niet alleen zijn, ze had mij nodig, ze wilde dat ik mijn armen om haar heen sloeg.

Ha Tim,
Zelf ben ik ook nog niet echt over de eerste schrik heen, maar ik sta nog wel achter mijn beslissing. Lex heeft het er heel erg moeilijk mee, ik eigenlijk ook.

Lex was al weg.
Ik ging de volgende dag ook weg, en om Laura op te beuren schreef ik haar een lang verhaal vol komische onhandigheden en vergeetachtigheden van mezelf.

Ha Tim,
Nou, als je me aan het lachen wilde krijgen, dat is je gelukt. Dat had ik wel eventjes nodig.

Je bent nogal vergeetachtig als ik het zo lees.
Maar wat je niet moet vergeten, als je uit de Harz
terugkomt: je mooie blauwe geruite paraplu!
Een dikke kus, Laura

De eerste kus in onze correspondentie.

De Harz lag onder een dikke laag sneeuw. Ik was er nog
nooit geweest, het hele gebied lag open om door mij te
worden ingevuld met twee meisjes, één van twintig, en
haar dochter van achtentwintig. Ik wist dat alles een herinnering aan die twee zou worden: de sneeuw waar we
in wandelden, en verdwaalden, en tot over onze knieën
in wegzakten, de Hans-en-Grietje hotels in dichte wou-
den waar we logeerden en 's avonds zuurkool aten en
schaakten, het donkere plein in Göttingen, dat vol was
met kerstbomen en gezellige mensen die glühwein
dronken. Het waren de laatste dagen van het millennium, maar ook de laatste dagen in mijn leven dat ik niet
wist wat er zou gebeuren tussen Laura en mij. Ik was
volmaakt gelukkig: alles wat ik deed was een stap naar de
onthulling van dat geheim.

Voortdurend speelde me Laura's zinnetje door het
hoofd dat ze in haar ellende had uitgeroepen: 'Ik hou
ook nog zo ontzettend veel van hem.' Lex' vakantie was
maar kort; halverwege mijn reisje was hij alweer bij haar
terug in hun huis in Deventer. Ze zouden, ieder alleen in
die dagen vlak voor kerst, gevoeld hebben wat het was
om elkaar te missen, wat ze in elkaar zouden verliezen.
Wist zij veel, ze was pas achtentwintig, vanaf haar een-

entwintigste met hem samen, ze wist nog niet dat niets zo verliefd maakt als uit elkaar gaan. Als ze mij om raad vroeg, wat zou ik dan zeggen? Dat ze naar hem terug moest gaan? Ik wist wat zulke dingen waard waren, ik had ze te vaak weggegooid. Ja, dat moest ze doen. Maar dat hàd ze al gedaan als ik terugkwam.

Mijn vriend bleef vaak ver achter bij onze wandelingen, en als hij me niet kon horen zei ik hardop: 'Ach Kathy, lieve Kathy, sorry Kathy, ik hield van je, ik hou van je.'

Ik geloofde niet meer dat ik haar ooit nog voor me zou kunnen zien. Ergens in mijn hoofd moest ze nog zijn, maar ze was onbereikbaar geworden achter slot, grendel en verkalking. En daar zou ze blijven tot mijn dood, zoals ik in háár had gezeten, en we samen dood waren gegaan toen zij doodging.

Wanneer zou ik haar voor het laatst hebben kunnen zien? De Kathy met wie ik bij Foto Linneman de vaat deed, die keer dat ik haar mee uitvroeg, die was er de dag daarna nog, en de weken en de maanden daarna ook – en een jaar later waarschijnlijk óók. Maar vijf jaar later? Nu was ze er niet meer. Dan moest er een laatste moment geweest zijn dat ik haar nog had kunnen zien, en een eerste dat ik dat niet meer kon. Wat was er tussen die momenten gebeurd? Ging er dan voor altijd een deur dicht, omdat je een termijn had overschreden? Had iedere herinnering een houdbaarheidsdatum, en kon je die steeds opschuiven, eenvoudig door die herinnering bijtijds weer te hebben; door bij iedere laatste dag van de maand in je agenda te zetten: *Me Kathy herinneren*? Of veranderde een herinnering bij iedere verversing, en was het de eerste keer al geen herinnering meer, maar een fantasie?

Tijdens die wandelingen probeerde ik Kathy op te roepen door heel hard aan haar te denken, alsof herinneren iets was waarbij je kracht kon zetten. Met alles zou ik blij zijn geweest – hoe ze de rook van haar sigaret uitblies, haar jas op haar schoot legde in de bioscoop, mijn kamer weer binnenkwam als ze even naar de wc was geweest. Maar er kwam niets.

Steeds opnieuw vertelde ik het verhaal aan mijn vriend. Ik had me superieur gevoeld, maar Kathy was degene die het beter had gedaan: een aardige man, een leuk gezin, vier kinderen, over de hele wereld gewoond, een leven te midden van mensen, terwijl ik alleen was met twee halve vriendinnen die elkaars ontoereikendheid bewezen – een kluizenaar van zesenvijftig die eindeloze gesprekken met zijn dictafoontje voerde over twee onbereikbare droommeisjes.

Het is heerlijk om op je zesenvijftigste over droommeisjes te praten zei mijn vriend, en ook om twee halve vriendinnen te hebben, je meeste leeftijdgenoten zouden er zó hun hele vrouw voor inruilen. En jij hebt mooie boeken geschreven, en die Kathy niet.

Ze heeft mooie maskers gemaakt, zei ik, die heb ik in het album van Laura gezien, en ze kon prachtig zingen, dat weet ik zelf nog.

Eén van de nachten in de Harz droomde ik over Kathy, maar het veranderde in een droom over Laura. We zaten met onze hoofden tegen elkaar en we kusten elkaar, kleine kusjes op de wang, onze hoofden eindeloos naar voren verend en weer terug, in nooit meer op te heffen gelukzaligheid.

10

De baas van het verhaal

Toen ik terugkwam was er een mailtje van Laura: ze was een eigen huis in Deventer aan het zoeken. Het was raar om nog met Lex in één huis te wonen, maar het ging.

Ik stelde voor de volgende dag naar haar toe te komen.

Ha Tim,
Helaas zit morgen mijn dag al vol, dus moeten we nog even geduld hebben. Donderdag de 30ste ga ik met een vriendin naar de sauna ergens in de buurt van Harderwijk, misschien kan ik daarna wel door-rijden naar jou?

Een dikke kus, Laura

Ze verandert een afspraak waarbij we niet met elkaar in bed zouden kunnen belanden in een afspraak waarbij dat wel zou kunnen, dacht ik. En nog wel op 30 december, de dag vóór de laatste hele nacht van het millennium. Ik ben gek, ik zie te veel.

Maar ik wist nu wanneer ik deze toekomst zou kennen – over tien dagen.

Ik schreef haar een lange mail die alleen zo lang was om middenin achteloos te kunnen zeggen: 'In Duitsland heb ik een keer van jou gedroomd.'

Nog dezelfde middag schreef Laura een lange mail terug, met in het midden: 'Zo, en wat voor een droom had jij dan over mij?'

En nu, dacht ik. Ze vraagt erom, dit is het moment waarop iets overgaat in iets anders. Ik wachtte expres een dag en schreef haar de volgende ochtend opnieuw een lange mail, met verscholen daarin: 'Je vroeg nog naar mijn droom. We waren aan het zoenen.'

Ik stierf van nieuwsgierigheid naar haar reactie. Maar behalve die vraag naar mijn droom had er in haar mailtje ook gestaan: 'En in het nieuwe jaar wil ik flink verliefd gaan worden en lekker gaan genieten…'

Vreemd, dacht ik, dat ze dat 'Ja, flirt door!' van haar vraag meteen weer ontkracht met zo'n opmerking. Natuurlijk wilde ze verliefd worden en genieten, ze was jong, ze zag er goed uit, ze zou gek zijn als ze niet van haar vrijheid ging profiteren, en natuurlijk was het leuk voor haar om een oudere vriend te hebben met wie ze haar voorpret kon delen en aan wie ze haar avonturen, als die kwamen, in geuren en kleuren zou kunnen vertellen – zulke gesprekken waren ondenkbaar met haar vader, en die oudere vriend mocht ze best een beetje plagen met zijn dromen over haar.

Hoe laat ging ze, die 30ste december, eigenlijk naar die sauna vóór ze naar mij kwam? Ergens in de middag; op z'n vroegst zou ze om een uur of vijf bij me zijn. Geen woord erover dat het dan een beetje een kort bezoekje zou worden voor zo veel heen en weer rijden. Geen woord over wat we dan eigenlijk gingen doen. Was het, ook maar in de verste verte, denkbaar dat dat 'flink verliefd worden en lekker gaan genieten in het nieuwe jaar' op *mij* sloeg?

Ik hoorde niet meteen iets. Misschien wist ze even niet hoe het nu verder moest – of plaagde ze me, net als ik haar, door me even te laten wachten.

's Avonds schreef ze: 'Was het voor de rest ook een leuke droom? Een dikke zoen! Laura.'

Mijn hart stuiterde tegen het plafond.

Maar er was iets vreemds met dat mailtje. Ik kon zien dat ze het die ochtend al had verstuurd, nog geen halfuur na mijn 'We waren aan het zoenen', maar dat ze het als onbestelbaar had teruggekregen; mijn e-mailadres was voor haar onbereikbaar geweest. Later was die blokkade opgeheven, en was het geretourneerde mailtje alsnog bij mij terechtgekomen.

Ik schreef meteen terug, maar na een paar minuten kreeg ik die mail retour, met de mededeling: *sender <Tim> not authorized to send to address <Laura>.*

De blokkade werkte nu andersom. Ik stuurde het mailtje nog een keer, en kreeg het terug met dezelfde foutmelding. Dat zoenen was Lex te ver gegaan, hij had ons van elkaar afgesneden.

De avond na de droomkussen, en de blokkade die daarop was gevolgd, was ik bij de vriendin die ik wekelijks zag. Ik hield van haar, maar nu was het verdrietig haar in mijn armen te hebben terwijl er alleen maar een verschrikkelijke ongerustheid om Laura door mijn hoofd raasde. Ik ging 's ochtends vroeg weg, om zo snel mogelijk bij mijn computer te zijn, en te kijken of er al een bericht van haar was.

Er was niets, en ook de dagen daarna, de hele Kerstmis, hoorde ik niets van Laura. Testmailtjes kwamen als onbestelbaar terug. Bellen ging niet, dan kreeg ik Lex. Die droomkussen hadden alles omvergegooid, Lex had ruzie gemaakt, ze hadden al hun verwijten eruit gegooid, ineens beseft waar ze mee bezig waren, besloten om het toch nog te proberen, maar Laura had moeten beloven geen contact meer met mij te hebben.

De enige mogelijkheid om haar te bereiken was een gewone brief, en om mijn ongerustheid te maskeren stuurde ik die bij een nieuwe aflevering van mijn verhaal. Ik had daarmee willen wachten tot na onze afspraak omdat het een treurige aflevering was, waarin het einde met Kathy al naderde, en omdat *Belemmerd uitzicht* dan vlugger op zou zijn.

In dat deel 8, zelf ook getiteld *Belemmerd uitzicht*, komt mijn crisis tot een uitbarsting. In paniek neem ik grote beslissingen, en de dag vóór de eerste hele nacht die we samen zullen slapen, breekt aan met mijn gedachte: 'Je hebt Kathy niet meer lief.'

Toen ik terugkwam van de brievenbus was er, na vier dagen stilte, een mail van Laura. 'Ik zie uit naar donderdag, heerlijk vrij hebben, alleen nog maar tijd voor leuke dingen!!'

Ik schreef meteen terug, en foutmeldingen bleven nu uit; misschien vond Lex dat we genoeg straf hadden gehad, en had Laura de hele blokkade niet eens gemerkt – ze kon hebben gedacht dat ik rond kerst andere dingen te doen had, en daarom even gezwegen had.

Ik ging niet meteen verder met *Een liefde van je moeder in 1962*, want, schreef ik Laura, nu was er alleen nog het laatste deel, het deel van het verschrikkelijke uitmaken, en daar had ik nog geen zin in.

Ha Tim,
Als je liever dat laatste deel nog niet schrijft, dat snap ik wel, dan stel je het nog een beetje uit. Of af. Misschien komt het er wel helemaal niet van. Jij bent de baas, tenminste, van dit verhaal…

Ik heb uitgevist dat we donderdag ongeveer om vier uur klaar zijn met die sauna. Compleet met een algenbad, en lekker laten kneden, mmmmm.
Kus
Laura

Lekker laten kneden, mmmmm, kus – ze ging wel ver. Of het nu hinten of plagen of onschuld was.

De laatste drie nachten voor Laura zou komen, deed ik geen oog dicht. Het idee dat ik met een meisje in bed zou liggen op wie ik verliefd was zoals nooit, de dochter van een meisje op wie ik verliefd was geweest zoals nooit, was te krankzinnig, iets wat alleen in een ander heelal kon gebeuren.

Ha Tim,

Hé, ik kom er al bijna aan. Ik heb er zin in!

Groetjes Lau

Ik ruimde mijn huis op, verschoonde het bed, stofzuigde, keek in de spiegel, nam een douche. Kathy's dochter – ik zou flauwvallen als ik haar in mijn armen had, ik was gek als ik dacht dat ik haar in mijn armen zou hebben. Ze plaagde me maar, dat kon ze doen omdat het juist vanzelf sprak dat er niets zou gebeuren, we gingen gewoon eten. Ik pakte het telefoonboek, zocht restaurants, belde er bijna een. Maar ik wilde ook niet bang zijn om zielig te zijn, en ik kocht champagne, zalm, gemarineerde artisjokkenharten.

Ze zou binnenkomen, de champagneglaasjes op tafel zien, vragen waar dat voor was, en ik zou zeggen: om op onze eerste kus te klinken. Sorry Lau, ik ben al veel te oud om de merengue te dansen, en toch heb ik zulke gevoelens voor jou. Ik ben bij mijn volle verstand en kan daardoor zien dat ik volkomen krankzinnig ben.

Ze zat al in haar auto, onderweg naar mij.

Mijn laatste computeraantekening voor ze zou komen was: *Kathy zei altijd dat ze bang was dat het maar kort zou duren. Het is nu nog bezig.*

Tegen zes uur ging de bel. Ik zette een CD van Miles Davis op.

Even later stapte ze mijn appartement binnen. God wat een leuke vrouw. De drie wangzoenen. Ik gaf haar de kans er één te laten overgaan in een echte kus, mijn beide handen lagen even op haar schouders, mijn mondhoek

raakte haar mondhoek, nog maar een allerkleinste beweging was nodig om onze lippen elkaar te doen raken, maar
geen van beiden maakten we die. Ze moest een plasje, en
even later zaten we naast elkaar op de bank met een glaasje rode wijn. We klonken. De champagneglaasjes stonden
op tafel, zij zei er niets over, ik ook niet.

Over de algen waren we vlug uitgepraat. Over haar
moeder zou het deze keer niet gaan. We vielen stil.

Ik heb me totaal vergist, dacht ik.

Maar misschien ook niet.

Zij zat rechts van mij. Ze vroeg niet: waar gaan we eigenlijk eten, wat gaan we eigenlijk doen. Ik lachte naar
haar, ze lachte terug. Over de rug van de bank strekte ik
mijn arm in haar richting. Haar hand lag ook op de rug,
dichtbij. Misschien dacht ze: hij wil mijn hand even aanraken, waarom niet. Ik raakte haar vingers aan, ze trok ze
niet terug. Ik pakte haar hand, drukte die. Zij drukte terug. Ik trok haar naar me toe. Ze viel half om. We lachten
naar elkaar, als twee samenzweerders die moeten toegeven dat ze elkaars geheim allang kenden.

We zoenden.

Het was begonnen.

Ze kon niet zoenen, ze opende alleen maar haar mond.
Wat schattig dat ze dat niet kon. Onze tongen speelden,
zachtjes. Ik kuste haar oor, ze giechelde. Ik trok haar helemaal om, ze kwam half op haar rug op mijn bankje te liggen. Door haar witte truitje heen omvatte ik een borstje
van haar. Mocht dat wel, een borstje van een vrouw in
rouw.

Ze zoende al beter, alsof ze iets even kwijt was geweest maar het nu weer wist. Ik ging met mijn hand onder haar behaatje, wipte een cupje op, zag een tepeltje, zoende het. Oh, de weerloosheid en liefheid van een tepeltje dat je voor het eerst tevoorschijn hebt gehaald. Ik schoof het andere cupje op, zag wat je met een vrouw maar één keer te zien krijgt, twee lieve blote borstjes met daarboven een dom leeg behaatje.

'Jij bent ondeugend,' zei ze.

Ik kuste haar borsten, merkte hoe gevoelig die waren. Ze giechelde, gilde het uit als ik in haar oor likte, ze sloeg haar handen voor haar oren, dat mocht niet eens.

Ik maakte het behaatje los, trok het onder haar truitje vandaan.

'Dat kan jij goed, jij bent een ervaren man,' zei ze.

Ik trok haar truitje over haar hoofd, trok mijn hemd uit, drukte haar tegen me aan, bloot tegen bloot.

Ik had Laura in mijn armen, het was echt begonnen!

Ik ging met mijn hand in haar broek en voelde een kortgeschoren schaamtapijtje. Trok haar laarsjes, haar broek uit. Ze lag nu met alleen een klein blauw broekje aan op mijn bank. Er zat een donkerblauw nat streepje op. Ik ging met mijn hand in het broekje en omvatte haar kutje, voelde de natheid, bevreemd dat een wezen dat de vervulling was van de krankzinnigste wensdroom van mijn leven, een nat kutje kon hebben.

We kwamen op de grond terecht, te midden van onze uitgetrokken kleren, op onze knieën tegen elkaar aan, onze armen om elkaar heen. We stonden op en dansten zachtjes, wiegden, op de muziek van Miles Davis die nog speelde. We trokken de rest uit. 'Kom,' zei ze. We gingen naar mijn slaapkamer. Zij lag er het eerst in, ik ging bij haar liggen en bijna meteen naar binnen. We neukten. De muziek speelde nog.

Ik viel niet flauw, ik moest niet huilen, ik kwam niet meteen klaar, het was alleen maar neuken, heerlijk neuken, neuken met Laura Westerdijk naar wie ik twee maanden had verlangd, eindeloos neuken, tot ik zou willen klaarkomen, maar nog lang, lang, lang niet. Ze schreeuwde, ik voelde hoe ze genoot. Ja Lau, ik heb je naam veranderd in dit boek, maar weet je nog hoe je schreeuwde die eerste keer? Nee hè, dat weet je niet meer, want als je zó schreeuwt, dan weet je het niet meer.

Haar gezicht tijdens het neuken was mooier dan ik het ooit had gezien.

We zaten weer binnen, aten artisjokkenharten en olijven, dronken wijn, de champagne kwam later nog wel eens. Hiervoor was ik negentienhoog aan het IJ gaan wonen, om in de laatste hele nacht van het millennium samen met haar wijn te drinken, en naar de lichtjes op het water en aan de overkant te kijken. Ze belde Lex, en sprak in op zijn voicemail dat ze niet thuiskwam; ze bleef bij mij logeren. Ik stelde me hem voor – dit was hoe die jongen te horen kreeg dat zijn Laura bij een andere man bleef slapen. In het logeerbed, zou ze zeggen als hij ernaar vroeg, dat zou hij wel geloven, ze wist nog niet of ze hem dit zou vertellen.

Ik trok wat kleren aan en haalde haar logeertas uit haar auto, die had ze maar niet meteen mee naar boven genomen.

We gingen weer naar bed, vreeën, vielen in slaap, werden midden in de nacht wakker, vreeën, vielen in slaap, vreeën.

'Wanneer wist je dat dit zou gebeuren?' vroeg ik.

'Toen ik je zag in Leiden. En jij?'

'Toen ik je eerste mailtje kreeg.'

'*On*deugd.'

'Hoe moet dit verder?'

'Genieten, niet over praten.'

's Ochtends ging ik broodjes kopen.

Ik zie me nog staan bij die bakker, in een blauw skijack, tussen de andere klanten, denkend: kijk naar mij, ik heb een ongekende droomnacht achter de rug. Zo meteen gaan we nog verder, zij wacht in bed met een *Donald Duck* van mijn zoon. Maar ik heb haar niet veroverd, ik heb haar van haar moeder gekregen.

III

HET MEISJE MET DE
PRULLENMAND

Het meisje met de prullenmand

Dinsdag 4 september liep ik zo snel mogelijk over de Nassaukade. Niet zomaar een dinsdag, of een septemberdag, of een vierde van de maand, maar dinsdag, 4 september. Ik liep zo snel mogelijk, en zei hardop in mezelf: Foto Linneman, Nassaukade, vragen naar meneer De Jong, dat was mij opgegeven bij de Studenten Arbeids Bemiddeling.

Het baantje waar ik op af ging was: 'Foto's sorteren, twee gulden per uur.' Vóór mijn wereldreis had ik altijd zwaarder werk genomen, dat ook beter betaalde, sjouwer in de haven, dakbedekker, bijrijder op een vrachtwagen, maar dit klonk leuk. Er was me gezegd dat er al twee studenten op af waren, maar ik probeerde het toch. De zon scheen, en ik zweette. Ik hoopte dat ik nu eindelijk een baantje zou krijgen, nadat ik in de anderhalve maand na mijn terugkomst niets had gedaan. Een baantje als pseudo werkstudent, zowel pseudo werker als pseudo student.

Ik belde aan, op de grote groene deuren stond een bordje FOTO LINNEMAN. Het bleek inderdaad dat ze al voorzien waren, maar een van die studenten kwam pas maandag, en tot zolang kon ik voor hem invallen.

Ik kon meteen beginnen, maar ik zei dat ik niet kon, en nu zou ik de volgende ochtend komen, om acht uur. Ik ging weg, blij dat ik nu eindelijk werk had. Op weg naar de uitgang keek ik een andere afdeling in, en daar zag ik een leuk meisje. De rest van de dag was ze blond in mijn gedachten.

Ik had toch moeilijk kunnen zeggen dat ik naar de kliniek voor huidziekten moest. Om twee uur was ik daar. Ik werd binnengeroepen, en moest me uitkleden. De vorige keer was, terwijl de dokter met mijn geslacht in zijn hand stond, ineens een hele klas studenten binnengekomen, die er iets over uitgelegd kregen. Met ook meisjes erbij! Maar nu was alleen die dokter er.

'Dus u bent op 26 juni met een vrouw op Tahiti en op 1 juli met een vrouw in Panama naar bed geweest?'

'Ja.'

Dat wist hij al. Hij onderzocht me. 'U heeft geen geslachtsziekte,' zei hij. Boem, de wereld viel samen, was weer normaal. Ik was niet vies.

Terwijl ik me weer aankleedde vroeg de dokter hoeveel dat nou kostte, zo'n wereldreis.

'Niets.'

'Niets? Heeft u dan op een schip gewerkt.'

'Gedeeltelijk.'

'Hoe ging dat dan precies?'

Ik had langere en kortere versies van mijn wereldreis, langere voor mijn ouders en beste vrienden, middellange voor kennissen, en deze versie gaf ik hem: 'Ik vertrok op 16 maart, liftte naar Oslo, kreeg een baantje op een Noors schip, dat via Australië naar Japan ging. In Melbourne had ik geen zin meer en simuleerde ik een zenuwinstorting, ik werd afgekeurd en per luxueus passagiersschip, de Oranje, naar huis gestuurd, waar ik op 16 juli aankwam met precies evenveel geld als waarmee ik vertrokken was, 489 gulden.'

Zijn ogen glinsterden van bewondering, maar hoe kon hij weten dat bewondering niet paste, dat alles vanzelf was gegaan. Was ik nog maar in Panama, in Oslo of op Tahiti, dacht ik. Ik had drie jaar weg zullen gaan en nu was ik na vier maanden alweer thuisgekomen, maar dit was een oponthoud, of eigenlijk: nu voerde mijn wereldreis ook door Amsterdam. Over een maand of twee, als ik genoeg geld had, vertrok ik weer, en ik zou wegblijven tot mijn reizen een net om de aardbol vormden waaruit die niet meer kon ontsnappen.

Ik ging naar het schaakcafé, zoals bijna iedere middag en avond als er niet iets bijzonders te doen was, om te kaarten en te schaken. Kasper was er, en ineens zagen we door het raam Judith en Lodewijk. We gingen naar buiten en een beetje schaapachtig zei ik: 'Dag Judith.' Ik zag dat de geteisterde mannen van het schaakcafé naar ons keken. Goed zo, dacht ik, als ze maar weten dat ik met meisjes omga.

Judith was het eerste meisje met wie ik naar bed was geweest, de nacht voor ik vertrok voor mijn wereldreis.

Na mijn terugkomst waren we eerst verdergegaan, maar na een tijdje had ik het uitgemaakt. Dit was de eerste keer dat ik haar weer zag. Ze gidste op rondvaartboten. Ik was wel eens meegegaan, het was grappig tussen die toeristen te zitten die niet wisten dat ze een echte reiziger in hun midden hadden. Aan het eind gaf ik dan duidelijk zichtbaar een grote fooi voor het goede voorbeeld, later kreeg ik dat terug.

Lodewijk en ik praatten over baantjes, hij had me op nachtwerk afgestuurd in de haven, dat heel goed betaalde, maar ik had het niet kunnen vinden. Hij wilde het weer uitleggen, maar ik zei dat ik nu al iets had.

Judith zei dat er die avond een feest zou zijn, en ik nodigde mezelf uit. Niet om haar, ik had geen enkele gedachte aan haar die gepaard ging met verdriet, ik snapte niet meer dat ik in het begin van mijn wereldreis om háár eerder terug had willen komen.

Judith en Lodewijk gingen weer weg, en in het café zag ik nu Ferrie, voor het eerst na mijn reis. Ik gaf hem de middellange versie.

'En wat ga je nou doen?' vroeg hij.

'Werken, tot ik vijfhonderd gulden heb, dan ga ik weer weg.'

'Waar naartoe?'

'Niet ergens naartoe. Zwerven, hindert niet waar ik terechtkom, net als deze keer.'

'Nou nou.'

Ik voelde zijn bewondering, net niet geheel ondergedoken in afgunst. We gingen schaken. Maar in een flits staarde ik voor me uit, en zag niets.

Het feest bleek niet echt een feest te zijn, maar met een groepje, Judith, Lodewijk, Kasper, wat andere meisjes van Judiths rederij, gingen we wat cafés en dancings af. Heel laat danste ik ergens met Judith, en we spraken af voor de volgende avond, om nog een keer te praten.

Om halftwee liep ik naar huis, en dacht. Ik was boos. Ik zag nu dat ik iets kwijt was: niet Judith, die had ik nooit willen hebben, maar wel gehad, maar zo'n avond als deze, de heerlijke, gelukkige feesten die ze met zich meebracht, de cafés, die troep om haar heen. Ik wist dat dit mijn laatste avond met hen was geweest. Wat had ik nu nog? Het vooruitzicht van zwerven. Ik had geen doel, ik was weer een van de geteisterden van het schaakcafé.

De volgende ochtend in de stampvolle tram, op weg naar mijn zoveelste baantje als werkstudent, keek ik rond tussen al die werkgezichten, verveelde gezichten, iedereen wensend dat het al halfzes was; een tram vol weggewenste uren.

Bij Foto Linneman werd ik op de zwartwitafdeling geplaatst. Ik kreeg een grote schaar, witte vilten handschoenen, en moest lange stroken negatieven in strookjes van drie of twee knippen, al naargelang het formaat. Er liepen twee meisjes rond, een was blond maar lelijk, zij was het meisje van gisteren niet. Terwijl ik zat te werken kwam er een meisje aan, dat was het meisje van wie ik gisteren had gedacht: hé, een leuk meisje. Ze liep achter m'n rug heen en weer, maar ik keek niet om, ik knipte verder, lange slierten van rotfoto's, knip, knip, ik begon vaardigheid te krijgen, knip knip knip!

Om halftien gingen we naar boven, om koffie te drinken. Ik ging aan een tafeltje zitten, en stelde me voor aan de andere mensen die daar zaten. Het leuke meisje heette Kathy, ze was niet blond maar licht kastanjebruin, aan de rode kant. Ze had prachtige ogen en grote borsten. Een leuk geheel, dat meisje. Ze had iets teers en sterks tegelijk over zich.

Eén van de medewerkers was net vader geworden, en het gesprek ging over namen voor kinderen, en namen die soms niet door de Burgerlijke Stand werden toegestaan. We kregen beschuit met muisjes. Kathy bood me een sigaret aan.

'Dank je,' zei ik. Ik rookte hem, en vroeg: 'Mag ik er nog een van je, ik heb mijn sigaretten vergeten.'

'Natuurlijk.'

'Dank je.'

Ik keek naar haar. Wat moest ik zeggen dat dit sterke tere meisje over zich had? Het was iets heel vrouwelijks, ze scheen een grote goedheid uit te stralen.

De koffietijd was afgelopen, we gingen terug naar onze afdelingen.

De rest van de dag werkte ik en dacht nergens aan, nergens. Om halfzes liep ik de straat op, een tiental meters achter Kathy. Maar ik durfde haar nog niet aan te spreken, ik was verlegen, en toen ik even niet gekeken had zag ik haar niet meer in de drukte.

Ik liep naar mijn vader, ik zou bij hem eten. Onderweg dacht ik aan Kathy. Ik zou haar op een avond mee uitnemen, ik nam haar mee naar huis, en ging met haar naar

bed. Dan betrapte ik mezelf erop dat ik weer eens onge-
oorloofd fantaseerde, en ik ging denken aan het komende
gesprek met Judith.

Bij mijn vader speelde ik wat met mijn halfbroertje van
twee, en ik las de krant. Aan tafel ergerde ik mij aan mijn
vaders vragen over een schaaktoernooi dat ik had gespeeld, ik kon niet tegen geveinsde belangstelling. Hij
vroeg wat mijn plannen waren, en die vertelde ik hem:
werken tot ik vijfhonderd gulden had, en dan weer zwerven.

'Waarom denk je niet aan je toekomst, je kan toch niet
eeuwig blijven zwerven.'

'Dat weet ik.'

'Wat wil je dan gaan doen. Maak toch eerst je studie af,
zwerven kan je altijd nog.'

'Ik ga niet meer studeren.' Ik zag die mensen in de tram
voor me, die dokter. Die had zijn studie afgemaakt, maar
hij had zijn afgunst niet kunnen verbergen dat ik op Tahiti en in Panama was geweest, en hij niet.

'Je bent zo onvolwassen Tim, je weet niet hoe heerlijk
het is om hard te werken en dan iets te bereiken.'

'Ik wil niets bereiken. Ik wil zwerven, en daarover
schrijven, trouwen als ik vijfendertig ben.'

'Je schrijft nooit iets.'

'Ik zie wel.'

Maar ik zag niets.

Om negen uur was ik bij Judith. Tegen het glaasje dat ik
haar had gegeven toen ik op reis ging, stond nog steeds

mijn foto. Of misschien had ze die speciaal teruggezet, en het glaasje ook. Ze ging naast me zitten op het bed. Wat ze met mij had gemist, zei ze, dat was praten over dingen die belangrijk waren. Ik vroeg wat die dingen dan waren; wat we voelden en dachten. Misschien had ik dan wel niets gevoeld of gedacht, zei ik.

Heel lang liep ons gesprek zoals ik gewild zou hebben, kon ik haar zien als een meisje met een ongelukkige liefde voor mij, dat mij eigenlijk terug wilde. Maar toen begon ze over Hanny. Dáár was ze woedend over. Het was ongelooflijk stom van me dat ik op de steiger een keer naar *haar* was komen vragen toen het uit was, en ik had me nog stommer gedragen op een feest, toen ik met Hanny op een bed had liggen vrijen. Hanny was stomdronken geweest, had alleen maar iemand gewild om mee naar bed te gaan. Ze had het met iedereen geprobeerd, iedereen had haar uitgelachen, maar mij had ze gekregen, de goedkoopste van het hele stel, zielige Don Juan die ik was. Iedereen had mij achter mijn rug uitgelachen – nou, Judith hoopte dat het nog een leuke nacht was geworden.

Het was alsof ik niet meer kon denken. Niets bleef er van me over, helemaal niets, en het allervernederendste was dat ik niet eens met Hanny naar bed geweest was. Hoe onervaren was ik geweest, als een kind van vijftien, van twaalf? Ik had niet gezien dat zij zich aanbood als een goedkoop hoertje, dat ze hunkerde naar een lul, alleen maar naar een lul, het hinderde niet wiens. Ik was met haar meegefietst naar haar huis, had afscheid genomen met een kus, gedacht dat ze verliefd op me was, dat we later misschien nog eens een afspraakje zouden maken. Terwijl ik gewoon met haar mee had moeten gaan en haar had moeten nemen!

Niets was er van me over, pas de volgende dag zou ik in staat zijn Judiths woorden als jaloezie uit te leggen. Dan zou ik ook, om alles voor mezelf te herstellen, Hanny opbellen, om haar alsnog te nemen.

Een uur later stond ik weer op straat. De koude lucht was heerlijk.

De volgende ochtend bij Foto Linneman, terwijl ik weer met mijn schaar negatieven zat te knippen, knip knip, knip knip knip, kreeg ik te horen dat ik een week langer kon blijven. Ook zou de student met wie ik samenwerkte worden overgeplaatst naar de kleurenafdeling, maar ineens kwam er een mannetje dat zei dat niet hij, maar ik daarnaartoe moest gaan.

Op de kleurenafdeling werd ik aan iedereen voorgesteld, meneer Valentijn, meneer Figee, meneer Kaan, juffrouw Melsen.

'Ah, we kennen elkaar al hoor,' zei ik, 'we hebben gisteren gepraat bij de koffie.'

Kathy zei: 'Ga zitten, dan zal ik je uitleggen wat je moet doen.'

Ik keek in haar ogen, ze had prachtige ogen, blauw, en die ogen werkten in hoge mate mee aan dat ondefinieerbare dat ze over zich had. Was het beschermend? Had ze iets beschermends over zich? Het woord broeierig kwam bij me op, maar dat had zo'n nare betekenis. Dat associeerde je met 'heet', en ik kon haar toch niet, die eerste minuten, als een heet meisje karakteriseren? Wat moest ik zeggen, in deze denkbeeldige conversatie:

'Ik werk ergens, er werkt ook een leuk meisje.'

'Hoezo, leuk.'

Kathy had me verteld wat ik moest doen, en ik deed het. We zaten naast elkaar aan een tafel, en ik knipte weer lange stroken negatieven, nu in kleur, tot strookjes van vier of drie, die ik in doorschijnende zakjes moest doen.

In het begin praatten we nog niet veel met elkaar, maar wel af en toe. Zoals altijd was ik een beetje verlegen tegenover een leuk meisje. Maar we rookten allebei, en we hadden allebei een pakje sigaretten, zij een Caballero, en ik een Bastos, en iedere keer kon ik of Kathy de stilte of de hapering in ons gesprek verdrijven door een sigaret aan te bieden.

Zo waren wij de rest van die donderdag en vrijdag constant in elkaars nabijheid, dagen die gevuld raakten met gesprekken, kortere en langere, waarin we dingen van elkaar ontdekten, de eerste bijzonderheden, de eerste eigenaardigheden, de allereerste. Twee lange kunstverlichte dagen zaten wij naast elkaar aan de werktafel, waarbij Kathy veel lachte, veel zong (ze zong verdomd goed ook, ze had een leuke, en vaste stem) en veel floot maar bovenal, veel praatte met mij. En ik praatte met haar. Ze zat naast me, of ze stond op, of ze boog zich voorover, en daarbij zag ik een keer de bovenste rand van haar broekje dat zij eronder aanhad, en meteen was ik vervuld van een geheimzinnigheid, en een nieuwsgierigheid, om te weten hoe het daaronder was, met al in die eerste seconde van nieuwsgierigheid een respect, een groot respect voor dat meisje, èn voor wat daaronder was. Een respect, dat nog niet afgedwongen werd door iets, door een handeling van Kathy, of door iets wat zij zei, maar dat er was, er eenvoudig was.

Ze zat daar naast me, ze lachte, en praatte met mij, en onderwijl keek ik naar haar ogen, of naar haar borsten, haar grote borsten, onder haar truitje door een beha tot een boezem ineengeklonken, zodat ik alleen een grote golving zag, die zelf nog lichtjes tussengegolfd was, in twee delen, twee geheimzinnige grote borsten. En ook dat, die geheimzinnige grote borsten, brachten de nieuwsgierigheid in me, de grote nieuwsgierigheid naar hoe het zou zijn om met die twee onbekende grootheden te mogen spelen.

Ik keek veel naar haar gezicht, en ik zocht naar woorden om het te beschrijven, want haar gezicht was kenmerkend, een afgevaardigde van haar geheel. Maar ik kon het niet beschrijven, ik kon de vreemde gevoelens die haar gezicht en haar persoonlijkheid naar mij uitstraalden niet in woorden vangen. Moederlijk, beschermend, lief, leuk, ze was alle vier die dingen, maar geen van die vier woorden, of combinaties ervan, was toereikend om het gevoel dat ze me gaf te omvatten.

Bij dit heerlijke aftasten, met woorden en blikken, ontdekte zij op de volgende manier mijn naam. Wij zaten al een tijdje bij elkaar en ze was blijkbaar mijn naam vergeten, of had ik die nog niet gezegd? Het volgende zei zij, *uitsluitend* om mijn naam te weten te komen: 'Zeg, geef me dat eens aan, eh, Pietje.'

'Alsjeblieft, overigens heet ik Tim.'

We praatten ook af en toe in een namaak plat-Amsterdams, en daarbij ontstond de gewoonte om elkaar *persoon* te noemen, in de uitspraak *psoon*, een uitvinding van Kathy. Dat woord gebruikten we, als we schertsend spraken.

Dan zei ik bijvoorbeeld: 'Zeg, eh, kaak es effe hiero, psoon, dat gaat so maar niet hoor, bejje belásert…'

Of zij: 'Seg, psoon, me tante d'r oom hè, en daar weer een swager fan…'

We praatten, en wat ontdekte ik van haar?

Dat ze een kind van gescheiden ouders was; dat ze wel eens schreef ('Waarover schrijf je?' – 'Over de liefde of over de dood'); dat ze toen ze dertien was bij het jeugdtoneel van Peter Pan had meegedaan; dat ze tot voor kort vrij vaak op het Leidseplein kwam; dat ze niet aan sport deed; dat ze al een jaar bij Linneman werkte, maar niet haar hele leven daar wilde zitten; dat ze op een huishoudschool had gezeten, en op een verpleegstersopleiding, maar dat ze daar voor het einde was afgegaan. Ik ontdekte dat ze van toneel en cabaret hield, veel, maar dat ze veel vaker naar de bioscoop ging 'omdat je daar veel gemakkelijker toe komt'. Ik ontdekte dat zij goed was, dat zij een goed meisje was, maar dat kon ik nog niet weten, misschien was dat alleen een vermoeden. Ik ontdekte dat ze twintig was.

'Hoe oud ben je eigenlijk, ja ik weet wel, dat mag je eigenlijk niet aan dames vragen, maar…'

'Maar ik ben geen dame.'

'Hè, nee, zeker ben je een dáme, maar hoe oud ben je, dáme.'

'Vierentwintig, psoon.'

'Ach, kom… jij bent geen vierentwintig.'

'Waarom geloof jij dat niet?'

'Ik hoorde meneer Valentijn een keer zeggen: Kathy, die foto's mag je pas zien als je éénentwintig bent.'

'Ik ben twintig hoor, ik zei het maar voor de grap, ik hou er van iemand voor de gek te houden.'

We lachten, en we keken naar elkaar, met volle ogen, tot onze blikken verlegen van elkaar af schoven.

Ik ontdekte dat ze iedere dag naar halfzes uitzag, dat ze veel rookte, ik ontdekte dat ze iedere ochtend om halfzeven opstond, ik ontdekte dat ze die film van Bergman wel en die niet gezien had, ik ontdekte dat ze net als ik 'Sehnsucht nach der Ferne' had, ik ontdekte, dat ze iemand kende die bij de rondvaart werkte (maar niet bij die van Judith), ik ontdekte dat ze op een Engelse cursus zat, ik ontdekte dat ze een zusje had, ik ontdekte dat ze ongeveer in dezelfde tijd als ik bij de Brakke Grond had gewerkt, als caissière, maar dat we elkaar toen nooit gezien hadden, en ten slotte ontdekte ik dat ik verliefd was op haar.

Het hele weekend schaakte en kaartte ik, zaterdag in het schaakcafé, waar ik geld verloor of geld won, maar waarschijnlijk geld verloor, zondag bij mij thuis, een snelschaaktoernooitje met een paar vrienden. Om zes uur waren ze weer weg, en zat ik met een barstende koppijn.

Om halfnegen was mijn afspraak met Hanny, maar het hele weekend was Kathy in en rond mijn gedachten geweest. Zaterdagavond in het schaakcafé had ik tegen iemand gezegd dat ik een baantje had, maar dat ik er niet zoveel verdiende. 'Waarom blijf je er dan?' had hij gevraagd, en ik had gezegd, half schertsend, maar dus ook half ernstig: 'Er werkt een leuk meisje.'

Misschien was het al zo, die verloren zaterdag, en die zonnige, stralende, verschaakte zondag, dat ik Kathy dankbaar was voor de gedachten die ik aan haar had, voor het *iets* dat ze me had gegeven, die twee dagen bij Linneman. En terwijl ik naar de afspraak met Hanny fietste, merkte ik dat de gedachte aan Kathy me gelukkig maakte. Ik was gelukkig met een meisje dat niet bij me was, dat zelfs in mijn gedachten de mijne nog niet was, maar dat in mijn gedachten wel de mijne zou worden. Ja, ze moest de mijne worden, we moesten samen iets gaan hebben, en maandag, morgen dus al, moest er iets bijzonders gebeuren, moest ik haar vragen of ze met me uit wilde gaan. Anders had het al te lang geduurd, dan kon het niet meer, dan konden we onder het werk geen lichte en losse gesprekjes meer hebben, die fijne gesprekjes, waarmee ze me dat *iets* had gegeven waarvan ik niet wist wat het was, haar goedheid misschien?

Morgen *moest* ik een afspraakje met haar maken, anders zou ik later, als het baantje bij Foto Linneman voorbij was en ik haar niet meer zag, een tijdlang, niet zo heel lang, maar toch lang genoeg om het een onprettige herinnering te doen zijn, moeten terugdenken aan een gemiste kans op liefde, een gemiste kans op geluk.

Ik schrok op – liefde, geluk, wat *haalde* ik me in m'n hoofd, te denken aan mogelijke liefde, mogelijk geluk met dit meisje, met Kathy? Maar waarom ook niet, zolang ik er maar aan dacht als aan een kans, een kleine kans. En ik realiseerde me dat mijn afspraakje met Hanny, aan wie ik helemaal niet meer had gedacht, en om wie ik geen klap, geen moer, geen zier gaf, me toch het zelfvertrouwen kon geven dat ik nodig had om een zo groot mogelijke kans te hebben bij Kathy. Want om alles, om alles, van mij èn van haar, moest ik die kans wagen.

Maar in het café waar we hadden afgesproken, zat ik te hopen dat Hanny niet zou komen. Tegen een vriend die daar was zei ik, zoals tegen iedereen, dat ik weer op reis zou gaan zodra ik vijfhonderd gulden had. Maar nu zei ik erbij: 'Maar de laatste tijd zeg ik dat steeds met precies dezelfde woorden, alsof het geen echt plan meer is, alleen nog maar die woorden.' En ineens zag en voelde ik niets meer, helemaal niets, zo totaal niets dat het me niet eens bang maakte. Er was alleen nog maar een leegte, zonder angst.

Toen Hanny binnenkwam schrok ik. Had ik dáár mee gezoend, wilde ik dáár nu mee naar bed? Dan was ik op dat feest óók behoorlijk dronken geweest. We gingen naar een ander café, waar we wat dronken en zoenden. Ze liet mijn hand toe op haar borsten, maar toen ik haar vroeg of ze meeging naar m'n kamer voelde ik dat ik hoopte dat ze nee zou zeggen, en ze zei ook nee.

Ik bracht haar naar de tram, en liep naar het schaakcafé. De gedachte aan Kathy hield me boven, zodat ik niet wist dat ik eigenlijk al gezonken zou moeten zijn. Ik kaartte of schaakte, en vergat alles.

De volgende ochtend bij Foto Linneman was Kathy er weer, in welke kleren dan ook, haar stralen schenen en verlichtten mij, en de gesprekken, de meestal korte gesprekken werden weer gevoerd, de grapjes werden weer gemaakt, de sigaretten werden weer aangeboden, het woord 'psoon' werd weer gebruikt, in allerlei tonen en toonaarden, en ik geloofde dat verschillende daarvan gewoon 'ik vind je leuk' betekenden. Met mijn schaar knip-knip-knipte ik slierten negatieven, en met een strookje schepte ik een door Kathy doodgeslagen vlieg op, wat haar in lachen deed uitbarsten, want op de zakjes stond: 'Haal nooit de negatieven uit het zakje, maar bekijk ze tegen het licht.'

De mannen op de kleurenafdeling maakten nog steeds even toespelige opmerkingen tegen Kathy, maar ze scheen daar enorm goed tegen te kunnen, en maakte zelfs grapjes terug.

Maar ik wist dat het onze laatste verkenningen waren, de laatste onzekere, jeugdige, goede, ingoede verkenningen, want er moest nu iets komen tussen Kathy en mij, een afspraakje of een kus. Er moest iets komen, en het moest vandaag. En ik wist dat het de laatste keren waren dat ik in haar ogen keek zonder iets terug te mogen verwachten, de laatste keren dat ik nog niet kon zeggen: 'Wat heb jij een mooie ogen', de laatste keren dat ik nog zoals nu in haar ogen kon kijken, in haar ogen, haar mooie blauwe ogen.

De mevrouw die daar eigenlijk voor was, was ziek, en om halfdrie moest ik Francien, een ander meisje, gaan helpen met de afwas in het keukentje. Even later ging ze weg, en Kathy kwam voor haar in de plaats.

Samen alleen waren we nu, en we wisten allebei dat er nu iets moest gebeuren. Zij waste af en ik droogde. Ik was zenuwachtig, struikelde over mijn keel toen ik wat zeggen wou, en zei maar niets. Ook Kathy zweeg.

Ik dacht: we zijn ongeveer vijf minuten samen hier, dan is de vaat gedaan. In deze vijf minuten *moet* er iets gebeuren, iets bijzonders, al is het niet bij de situatie passend. Liefst wel bij de situatie passend, maar in ieder geval: iets bijzonders. Voor mijn part zakken we samen door de vloer, of verandert dat kopje in een schotel, of verdampt plotseling al het water.

Ik dacht scherp, heel scherp, klaar en duidelijk. Ik kon twee dingen doen. Ik kon proberen haar te kussen, gewoon haar te pakken en te kussen, dat kon een begin zijn, of ik kon haar vragen of ze met me uit wilde gaan. Ik kon haar kussen, zoals ik dat meisje in Oslo gekust had, in de keuken van de jeugdherberg, zoals ik toen mijn armen om haar heen sloeg, om het stomverbaasde meisje, maar het lukte.

Maar de minuten vlogen om, het moest, moest nu.

'Zeg Kathy,' zei ik, langzaam en ernstig.

'Ja,' zei ze, verwachtingsvol, ze wist wat er komen zou.

'Zou jij eens zin hebben om met me uit te gaan.'

'Moet dat.'

'Nou moeten, nee, maar ik zou het erg leuk vinden.'

Kathy lachte, was vriendelijk, lief, haar stralen straalden naar mij, omarmden mij, omstraalden mij…

'Ja… Dat zou wel kunnen, ja.'

Ik hoorde niets meer, zag niets meer, zag haar lachende gezicht niet meer, hoorde haar lachende stem niet meer, het was alsof de wereld moest worden vastgehouden, alsof die opensprong en er hemelse muziek klonk, alsof alle sterren van de wereld voor mijn gezicht dansten en het gonsde door me heen: leuk meisje Kathy, leuk geheel, lief psoon, van al deze mannen hier bij Linneman, die naar jou hunkeren, is het niet meneer Valentijn, niet Kees Figee, niet Jaap Kaan, maar ben ik het, Tim Krabbé, de werkstudent, die met jou uit mag gaan, en de wereld zong, en sprong, en zong, en ik was Tim en ik ging met Kathy uit!

We praatten verder, wanneer we uit zouden gaan, vanavond, waarnaartoe, de film *Léon Morin, priester* met Belmondo, waar ik haar zou afhalen, bij haar huis, hoe laat, kwart voor zeven, wat vroeg, maar dat zou wel lukken, maar ik luisterde niet meer, niet naar Kathy, niet naar mezelf, het maakte niet meer uit wat je zei, lief psoon, ik zei wel wat terug, en als ik in je ogen keek en de warmte zag die daarin naar mij terugstraalde, of als ik nu je lachende gezicht zag, dan mocht ik geloven dat je niet om een grap lachte, maar dat je blij was, gewoon blij, net zo blij als ik.

De vaat was gedaan, ik zat weer naast Kathy, knip knip knip, we praatten niet veel meer nu, maar we keken en we hadden samen ons geheim. Het eerste wat we samen hadden was een geheim, en we waren verlegen nu we allebei voelden dat we niet meer zorgeloos grappen konden maken, omdat nu ieder woord een dubbele betekenis kon, en mocht hebben. Nu kon ik niet meer zomaar *psoon* tegen haar zeggen omdat dat door ons geheim *liefje* zou betekenen; we durfden niet veel meer te praten omdat zonder huichelen nu geen zin meer gezegd kon worden die niet iets zei over onze verwachtingen voor die avond.

Wat verwacht hij van vanavond, dacht zij, denkt hij dat hij al met me naar bed kan, dat hij me al mee naar huis kan nemen, verwacht hij dat ik meer wil dan kussen, denkt hij dat hij verder gaan kan dan kussen?

Wat verwacht zij van vanavond, dacht ik, denkt zij dat ik zal proberen met haar naar bed te gaan, zou ze dat willen, denkt ze dat ik haar vanavond mee naar huis wil nemen, denkt ze dat ik verder wil gaan dan kussen, verwacht ze dit, wil ze dat?

Bij het avondeten zei ik tegen mijn moeder: 'Ik ga zo meteen uit met het leukste meisje met wie ik ooit uit ben gegaan.'

Ik was blij, zo blij.

En ik was benieuwd, benieuwd hoe deze avond zou aflopen terwijl ik langs het kanaal naar haar huis fietste. Hoe zou ik me voelen, bijvoorbeeld om deze tijd morgen? Misschien fietste ik dan wel weer naar haar toe, of misschien was ik thuis, wachtend op haar, of misschien was ik ergens anders, uitziend naar een afspraak voor een andere dag, maar blij en gelukkig, in al die gevallen blij en gelukkig. Maar ook zou ik bedroefd kunnen zijn, omdat zij mij bijvoorbeeld alleen maar had gebruikt om gratis een avondje uit te gaan. Nee nee, dacht ik, minderwaardigheidscomplex van me, blijf vanavond weg, ik kan je niet gebruiken, helemaal niet, wat je al niet voor me verpest hebt.

Om precies kwart voor zeven belde ik aan bij haar huis. Kathy deed open, ze stond boven aan de trap. 'Ja, ik kom,' riep ze, ze had haar jas al aan. Ze liep de trap af naar beneden, want beneden stond ik.

'Dag,' zei ze. Onze eerste ontmoeting buiten 't werk.

'Dag,' zei ik. 'Ik heb geen beter vervoermiddel kunnen charteren dan een fiets.'

'O, ik haal mijn fiets wel even uit de stalling, dan fietsen we allebei.'

'Geen sprake van psoon, ik stel er een eer in je te vervoeren.'

'Dan moet je wel een zware koffer achterop nemen.'

'Nou zwaar, ik wed dat ik zwaarder ben.'

'Hoe zwaar dan.'

'Vijfennegentig kilo.'

'Nee, zo zwaar ben ik niet, maar toch te zwaar.'

'Nee hoor, ik vind dat je… Stap maar achterop.'

Voor ze opstapte keek ze me aan en ze lachte, we lachten. Hoe heerlijk dat ik de woorden al niet eens meer hoefde uit te spreken, dat ik niet eens mijn hele zinnetje hoefde te zeggen: 'Ik vind dat je er zo leuk genoeg uitziet', ze wist het zonder dat ik het zei, en ze dankte me voor mijn compliment met een lach.

Op het Leidseplein zetten we mijn fiets tegen de kiosk, en liepen naar De Uitkijk, waar we een kwartier te vroeg waren. We kochten kaartjes en gingen terug naar het Leidseplein waar we wat rondwandelden, ik met mijn arm om haar heen, en bij de City keken we naar de plaatjes van de film die daar draaide.

'Daar zou ik nou beslist niet naartoe gaan,' zei ik, wat

betekende: wil je nog wel eens met me uit? En zij zei: 'Nee, ik ook niet,' wat betekende: ja, dat is leuk.

Mijn arm was om haar heen, was om haar heen, en terwijl we het zebrapad overstaken begon ik onwillekeurig het wijsje van 'Hé, niet zoenen op het zebrapad' te fluiten. We lachten. Laat godverdomme alle mensen in lucht veranderen op dit gezellige plein, dacht ik, dan zouden wij elkaar omarmen, en kussen, hier, midden op het zebrapad.

We slenterden terug naar De Uitkijk, en gingen naar binnen. Het werd donker, de film begon. Eerst het nieuws, de pauze, en daarna de grote film, *Léon Morin, priester.*

We keken, maar vaak keek ik naar haar, en zij keek terug naar mij, onze ogen glinsterden naar elkaar, we glimlachten naar elkaar, tot het te lang duurde. We're obviously crazy about each other, but we're not yet on holding hands terms, dacht ik, al was het een Franse film. En voelde tegen mijn arm op de leuning haar stevige bovenarm, ook op de leuning.

De film was stinkend vervelend, eindeloos theologisch gelul, zonder enige actie, ook als hoorspel zou het vervelend zijn geweest. Op gegeven moment zei de priester tegen een vrouw: 'Je doet net als een moeraskikker,' en de zaal lachte, voor de eerste en laatste maal deze film, en Kathy en ik lachten voor de eerste en laatste maal die film, maar op andere momenten glimlachten en keken we naar elkaar, momenten die ons verheven deden zijn boven de gewone bioscoopgangers, de mensen die gewoon een avondje uit waren. Wij waren jong, en blij. En ik zei tegen Kathy, met mijn pakje Bastos in m'n hand: 'Zeg, wil jij nog

een sigaret, stuk moeraskikker', en ze lachte, en hoe heerlijk: alles, *alles* wat wij tegen elkaar zeiden betekende iets
anders, zolang we voor onze gewetens nog niets met elkaar hadden.

Want als iemand op de rij voor ons zich om zou draai-
en en aan Kathy zou vragen: Ben jij zijn meisje?, dan zou
ze zeggen: Nee. Niet omdat ze het tegenover die man of
vrouw erg zou vinden om mijn meisje te worden genoemd, maar omdat ik erbij was, en ze dan tegen *mij* iets
over ons zou hebben gezegd. En als zij bijvoorbeeld aan
mij zou vragen: Ben jij mijn vriend?, dan zou ik zeggen:
Nou, *vriend*... ik ga een avondje gezellig met je uit op 't
ogenblik... en alles zou onmogelijk en al aan 't begin kapot zijn tussen ons.

Zij wilde mij als vriend, ik wilde haar vriend zijn, ik
wilde haar als mijn meisje, zij wilde mijn meisje zijn, maar
we konden het nog niet zeggen. We moesten voorzichtig
zijn en ruimten tussen onze regels laten om daarin te lezen. En hoe heerlijk was het dus, dat ze me verstond, dat
ze de vertaling van moeraskikker kende, die 'liefje' was!

De film was uit, het licht ging aan, we gingen naar buiten.

'Hoe vond jij het?' vroeg ik.

'Nou, niet zo interessant hè?'

'Nee, ik vond het ook vervelend, echt een film voor
snobs. Zeg, zullen we nog wat gaan doen, zullen we nog
ergens naartoe gaan, naar de Sheherazade?'

'Hè, ja, gezellig hè,' zei Kathy, en uit de manier waarop
ze dat zei sprak zó veel, zo ontzettend veel, maar alleen ik
kon het verstaan, omdat haar stralen *mijn* kant uitstraal-

den, en daarom kon ook alleen ìk het antwoord geven: Ja Kathy, ja lieveling, ik ben ook verliefd op jou. Maar dat moest ik vertalen in de gewone taal die we nu nog spraken, en ik zei: 'Oké psoon, dan rennen we naar m'n fiets.'

Ik was zo warm van binnen, en mijn arm was om haar schouder, we liepen door de Leidsestraat, zij maakte grapjes, ik maakte grapjes, en toen we op het Leidseplein kwamen bleek mijn fiets, die we straks nog eenzaam tegen de kiosk hadden gezet, te zijn afgeschermd door een dikke laag andere fietsen, en nu zouden we maar gaan lopen naar de Sheherazade.

'Ik heb 't koud,' zei Kathy, en ik sloeg de kraag van haar jas op. Tussen al die mensen op het Leidseplein, en de gezelligheid, het licht uit de lichtreclames en de lantaarns, sloeg ik de kraag op van haar jas, van Kathy's jas, en ik stopte haar toe in haar eigen jas, en toen alleen haar hoofd er nog bovenuit stak, toen, helemaal vanzelf, eindelijk helemaal Tim, kuste ik haar, ik gaf haar een klein kusje op haar wang. En we liepen terug door de Leidsestraat, over het Singel, en we praatten omdat we niet zwijgen konden, maar ik kuste haar niet, en we praatten ook niet over mijn kusje van het Leidseplein. We bewaarden al het belangrijke voor na het moment, waarvan we allebei wisten dat het nu vlug ging komen, waarop we voor het eerst in elkaars armen zouden zijn geweest, het moment dat in zicht was toen we bij de Sheherazade kwamen.

We gaven onze jassen af, en gingen naar binnen. Er was bijna niemand ('Wat weinig mensen zijn er'), en in een donker hoekje gingen we zitten, en nog voor de ober bij ons was voor een bestelling, voor hij dat deed, en hij moest dat zeker doen, en vlug en efficiënt, op een lege avond als deze, die zo vol was, was mijn mond op haar mond, was mijn tong in haar mond, speelden onze tongen, niet hartstochtelijk en wild, maar verwonderd, en gelukkig en blij en jong, jong, jong.

Zij verbrak de kus en we keken naar elkaar, en zij keek precies zoals ik het had kunnen verwachten, mijn gevoelens pasten in haar blik, en ik keek naar haar in ons donkere hoekje, ik zag Kathy, en ik zei, en ik dacht niet meer daarbij, mijn verstand had ik afgeschud en achter me gelaten: 'Weet je wat?'

'Nou?'

'Ik ben helemaal, helemaal gek van jou.'

En zo begon voor ons een nieuwe periode, waarin we iets hadden met elkaar, en waarin we ons zouden kunnen afvragen wat dat *iets* nu eigenlijk was. Vond ze mij leuk, ja, was ze verliefd op me, misschien, hield ze van me, nog niet aan de orde, waarom was het woord *nog* in mijn gedachten.

Voor de eerste kus had je nog niets met elkaar en daarna wel, maar wat? Je wist niet precies wat jij voelde en niet wat zij voelde, en daardoor kreeg je juist een reserve tegenover elkaar, die niet, of langzaam, of snel zou verdwijnen, en die pas helemaal verdwenen zou zijn als je met elkaar naar bed was geweest en had gezegd: 'Ik hou van je, ik heb je lief', en had teruggehoord: 'Ik hou van je, ik heb je lief.' Dan had je het ultieme bereikt, dan was de reserve uitgeput, en zou er een nieuwe verhouding beginnen, waarin je elkaar *was*, ìn elkaar was.

Maar nu was ons 'iets' dat we een jongen en een meisje waren die het heerlijk vonden om bij elkaar te zijn. Absurd zou het zijn geweest om, na die eerste kus, bijvoorbeeld te vragen: 'Wil je met me trouwen?', of: 'Hoe zullen we ons eerste kind noemen?' Absurd zou het ook zijn om haar te vragen of ze nog maagd was, of met hoeveel jongens ze naar bed was geweest, maar dat lag al dichter in 't verschiet, en al veel minder absurd zou het zijn, al kwam het niet in me op, om te zeggen: 'Ik hou van je', maar het zou al binnen de mogelijkheden hebben gelegen om te zeggen: 'Ik ben verliefd op je.'

Maar Kathy en ik, met onze armen om elkaar heen in ons donkere hoekje, dachten daar niet aan, deden het zonder ons verstand, en onze grens, die iedere seconde wijzigingen onderging, was op dat moment: 'Ik ben helemaal, helemaal gek van jou.'

Kathy lachte, en we keken elkaar aan, en de ober kwam, en ik vroeg: 'Wat wil je drinken?'

'Een pilsje maar.'

'Twee pils.'

En de ober ging weg, en we keken weer, en zeiden wat, en de ober bracht de pilsjes, en ik betaalde, en godzijdank probeerde Kathy niet mij voor te zijn met betalen, en we pakten onze glazen, en klonken.

'Ik weet eigenlijk helemaal niet wanneer je moet klinken,' zei ik, 'dat zal wel bij de etiquette horen, er zijn natuurlijk gelegenheden waar het speciaal bij hoort, maar ik weet niet welke, ik doe het de ene keer wel, de andere keer niet, en nu wou ik het doen. Weet jij eigenlijk wanneer het moet?'

We praatten, vrijblijvende gesprekjes, zij bleek niet te

weten wat een gigolo was, en ik legde het haar uit, en we dansten, ik met mijn armen om haar heen, haar grote boezem tegen mijn borst, zij met haar armen, wat vreemd, dacht ik, soms gekruist tegen mijn borst, maar soms ook om mijn nek. We lachten, om elkaars grapjes, maar ook zonder grapjes, en we praatten en we kusten. De eerste kus was al voorbij, en nu waren het de volgende kussen. De tweede kus was nog de eerste kus na de eerste, en de derde was de eerste kus na de herhaling van de eerste, maar de vierde kus was de vierde, de vijfde was de vijfde, en de zesde was 'een kus'.

Ze was één keer in haar leven verliefd geweest, 'lang geleden, en daarna heb ik altijd iedereen voor de gek gehouden, altijd toneel met ze gespeeld, nooit was het echt. Nee, hoor.'

Ze keek me aan, en zei pas toen 'Nee, hoor', oftewel, ik mag dat niet zeggen, want ik zeg het tegen jou, maar ook: ik zeg het *juist* tegen jou, want als ik ook met jou had willen spelen, dan had ik het niet gezegd.

O, Kathy, dacht ik, ik ben zo gek op je, je bent zo fijn, en ik zei: 'Gekke moeraskikker.'

'Gek psoon.'

Deze heerlijke periode van vertalen kòn niet lang genoeg duren, het was zo fijn te mogen raden naar de betekenis van onze woorden en van de toon waarop we ze zeiden, van de toon waarop Kathy 'psoon' zei.

'Zeg,' zei Kathy, 'ik wil niet dat ze bij Linneman hier iets van weten hoor. Dus als ik morgen een beetje koel tegen je doe, dan moet je niet denken dat ik boos op je ben of zo.'

'Nee, natuurlijk niet, praatjes daar hou ik ook niet van.'

Ze vond dat ik een leuke naam had, en ik vond haar naam leuk. Maar eigenlijk heette ze geen Kathy, 'lang geleden heeft iemand me eens zo genoemd, hij vond m'n naam niet leuk, en toen noemde hij me Kathy, en nu noemt iedereen me zo. Mij kan het niet schelen, hoor.'

'Hoe heet je dan eigenlijk?'

'Teuntje. Maar iedereen noemde me altijd Tineke.'

'Nou, daar hoef je je toch niet voor te schamen, gekkie, o, wat ben je toch een gekkie, ik vind het zo fijn samen met je uit te zijn, ik vind het geweldig.'

'Ik vind het ook fijn.'

'Echt waar?'

'Doe niet zo gek, anders zou ik hier toch niet zitten, Timmy.'

'Ik vind het fijn als iemand me Timmy noemt.'

We keken, we vingen elkaars stralende blikken op, en we kusten weer, ik met mijn hand in haar nek, zij met haar vingertoppen over mijn wangen.

'Ik ben altijd zo onzeker over iemand anders,' zei ik. 'Ik geloof dat ik een minderwaardigheidscomplex heb, het kost me moeite om mij voor te stellen dat iemand mij mag.'

'Ik mag je. Ik heb ook een minderwaardigheidscomplex.'

'Jij?'

'Ja.'

'Hoe komt dat dan, dat kan ik niet geloven, je bent een aantrekkelijk meisje, dat moet je toch weten.'

'Dat weet ik helemaal niet.'

'Natuurlijk weet je dat, meisjes die aantrekkelijk zijn weten dat, gewoon omdat ze aantrekken, omdat er daardoor altijd jongens bij ze in de buurt zijn. Een magneetje weet toch ook dat het aantrekt? Er zijn altijd andere magneetjes bij hem in de buurt.'

'Ben ik dan een magneetje.'

'Foor maan bejje'n magneetje, psoon.'

'Gekkie, gek psoon.'

'Maar hoe kom je nou aan dat idee van dat minderwaardigheidscomplex.'

'Dat weet ik niet, dat is gewoon zo. Ach, toen ik klein was had ik vuurrood haar, iedereen schreeuwde altijd "rooie" tegen me. En op school heb ik een tijd gestotterd, nou niet meer, maar ik kan nog steeds niet goed voorlezen.'

'Wanneer zijn je ouders eigenlijk gescheiden?'

'Dat vertel ik je wel eens op een regenachtige zondagmiddag.'

'O.'

'Ach, ze zijn nooit getrouwd geweest.'

'Dat vermoedde ik al, maar ik viste niet.'

'Dat weet ik, Timmy.'

'Kathy, ik weet niet of ik dat al kan zeggen, maar…'

We kusten, hartstochtelijk nu, en praatten niet meer over ernstige dingen, we vlogen hoog boven alles, en ik zei dat ik verliefd op haar was, en zij zei dat ze ook verliefd was op mij, en we keken samen op alles neer, nu we een nieuwe grens hadden overschreden en het rijk der verliefden waren binnengegaan: ik was een jongen, zij was een meisje, en we waren verliefd op elkaar.

We praatten, lachten, kusten, ontdekten dat haar truitje vol zat met pluisjes, die nergens vandaan konden zijn
gekomen, en we dansten, maar alleen op de langzame
nummers, en mijn hand was in haar nek, en ik kuste haar
hals, en ze legde haar hoofd op mijn schouder, of ze zat
een meter van me af, om naar me te kijken.

Om twee uur stonden we voor haar deur, we hadden
een afspraak gemaakt voor over twee dagen ('Kom je
woensdag bij me thuis?' – 'Ja, leuk') en we kusten en zeiden 'Tot morgen, Kathy,' – 'Tot morgen, Tim.'

Mijn hand ging voorzichtig onder haar jas naar haar
boezem, maar die duwde ze weg, maar niet streng. Ze
pakte mijn hand, hield die vast met haar hand, en zei met
die hand: niet hier, niet op straat, en mijn hand verstond
het. We hadden deze avond geestelijke grenzen gepasseerd; het lichamelijke zou woensdag komen, bij mij
thuis, dat hadden onze handen afgesproken. Wij kusten en
zeiden goedenacht. Slaap lekker Kathy, slaap lekker Tim.
Zij was mijn Kathy, en ik was haar Tim; we waren verliefd
en blij en gelukkig.

Je slaapt, en je droomt niet van haar, en zij slaapt, en misschien droomt ze van jou, je weet het niet en je zal het
nooit weten, maar het is niet belangrijk, want je laatste gedachten voor je wegviel in je slaap waren voor haar, en
misschien waren haar laatste gedachten voor jou. Je slaapt
samen in, maar je slaapt niet samen, die nacht van jong en
onbreekbaar geluk, onbreekbare blijheid. Je droomt niet
van haar, maar dàt is je eerste gedachte als je wakker
wordt, en misschien is haar eerste gedachte aan jou. Je be

gint aan je zevenduizendeenennegentigste dag, je zeven-
duizendnegentigste is voorbij, je staat op, je fietst naar
Foto Linneman, gaat naar binnen, en daar is zij.

Godzijdank werd ik al vlug overgeplaatst. Nu ons nieuwe
soort gesprek zou moeten beginnen, kon ik niet met
Kathy praten omdat Kees Figee en meneer Valentijn en
Jaap Kaan erbij waren; en tenminste ik zat dood te bloe-
den naast Kathy.

Ik zat nu weer op de zwartwitafdeling, maar af en toe
zag ik haar, en dan lachten we naar elkaar. Ik wist niet hoe
ik lachte, maar zij straalde naar mij, en ik werd zo warm,
en ik wilde haar kussen, maar dat mocht niet hier, en ik zat
stil. De dag ging langzaam voorbij, maar vlugger dan wanneer ik bij Kathy gebleven was.

We fietsten samen naar huis, en bij haar straat vroeg ze:
'Mag ik je een stukje wegbrengen?' En we fietsten voorbij haar straat, over de brug, en onder een boom aan het
kanaal kusten we elkaar zachtjes op de mond, en een klein
meisje keek uit het raam op de eerste verdieping, een jongen liep voorbij en floot naar ons, en een oudere heer liep
ook voorbij maar keek niet, en Kathy kuste een jongen,
en ik kuste een meisje.

'Dag.'

'Dag.'

En zij fietste de ene kant op, en ik de andere.

's Avonds ging ik langs bij Donald, en bijna meteen zei ik:
'Er is zo iets meesterlijks met mij op het ogenblik, ik ben
hartstikke gek op een meisje dat hartstikke gek is op mij.'

Hij vroeg of ik al met haar naar bed was geweest, en ik zei dat ik nog maar één keer met haar was uitgeweest, gisteravond, dat we nog maar net waren begonnen aan wat misschien wel de heerlijkste tijd van een liefde was, de tijd van het verkennen. 'Het kan me geen moer schelen hoe lang het duurt voor ik met haar naar bed ga, ik ga helemaal in haar op.'

Ik probeerde Donald te vertellen hoe leuk Kathy was, dat ze een mooi lichaam had voorzover je dat door haar kleren heen kon zien, met heel grote borsten, en ik probeerde ook haar gezicht te beschrijven, maar dat was moeilijk, en het gesprek ging verder over allerlei filmsterren, en de vraag of die nu mooi waren, of knap. En we praatten over mijn reis, hoe ik het schip had bestuurd op de eindeloze Stille Oceaan, in Melbourne mijn gratis ticket op de Oranje had versierd, met een scootertje over Tahiti had gereden, nog geen twee maanden geleden.

Donalds moeder kwam koffie brengen. Ze vroeg naar mijn reis en wat ik nu verder van plan was. Ik was beleefd, maar inwendig was ik woedend. Barst mens, dacht ik, shut your silly mouth, ik weet wat je gaat zeggen, ik heb het al duizendmaal gehoord, van mijn vader, mijn moeder, haar vriend, van mijn vaders vrouw, van sommige vrienden, en ik wéét dat je gelijk hebt, maar ik heb allang een muurtje voor jouw stomme seniele maar ware burgerlijkheden, en dat is sterk, dat muurtje van mij, breek je domme botte woorden er maar niet op.

'Je studeerde toch psychologie?'

'Ja mevrouw.'

'Ga je daar nu niet meer mee verder?'

'Nee mevrouw.'

'Maar later moet je toch een beroep hebben?'

Hoe kon ze ook weten dat je, voor wat ik wilde, geen beroep nodig had, dat ik overal het beroep zou hebben dat de wereld van mij wilde.

Donald nam me nog mee naar twee Engelse vrouwen, allebei al in de veertig, eindelijk oud aan 't worden. Ik at pinda's en dronk bier, er was een vreemde sfeer, de vrouw bij wie we waren riep steeds dat Donald haar dochter moest gaan instoppen die al naar bed was gegaan, een meisje van zeventien. Wat de hel waren dit voor wijven, steeds verwachtte ik half dat ze er een orgie van zouden maken, maar met mij zou het ze niet gelukt zijn. Ik liet ze praten, ik at die pinda's wel, ik dronk dat bier wel, ik voelde me heerlijk buitengesloten, de kamer was overstroomd met woorden, ik dacht aan Kathy. Dag Kathy. Dag schatje. Iedereen was belachelijk, de anderen om de dingen die ze zeiden, ik omdat ik niets zei. Ik zocht een woord, voor hoe ik tussen die stemmen zat: vredig. Achterovergeleund, vredig, rokend, zat ik daar, en dacht aan Kathy.

En dan zag ik mezelf weer op Tahiti – nee, niet altijd Tahiti, ik zag natuurlijk Kathy. Misschien kon ik haar eens meenemen hiernaartoe, ik moest lachen om het idee.

'Hello Timmy, enjoying yourself?' zei een van de vrouwen.

Oh, Kathy, zoals je me kuste onder die boom die hoog opgroeide, groen! Dag! Dag! Je slaapt nu, ik stop jou toe, ik kus je.

Om twee uur was ik thuis. Ik zag Kathy nog even voor me, en viel in slaap.

Ik zag Kathy de hele dag bij Linneman, ik zat hier, zij zat daar, en af en toe lachten we naar elkaar, zeiden we een woord. We fietsten niet samen naar huis, want ik ging weer bij mijn vader eten, maar bij het weggaan zei ik vlug: 'Tot vanavond acht uur', en om acht uur belde ze bij mij aan en ik deed open en zei: 'Dag Kathy', en zij zei 'Dag Tim.' 'Kom maar vlug binnen,' zei ik, 'het is zo koud op straat', en ik omhelsde haar, en streelde haar koude gezonde wangen.

In mijn kamer deed Kathy het grote licht uit. 'Zeg Tim, ik hou niet van groot licht, heb je niet een klein lampje?' en natuurlijk had ik een klein lampje, het was boven m'n bed, recht boven m'n hoofdkussen, wat toevallig, ik drukte op het kleine knopje, lieve Kathy, en pas toen deed jij het grote licht uit en toen was het gezellig, heel gezellig, en ik gaf je een klein kusje, je lachte liefje – jij, lieveling, kon niet alleen liefje *zeggen* maar ook liefje *lachen*, en we gaven elkaar eerst een klein kusje, en daarna een grote kus en zo was het, psoon, langzaam ging je liggen op het bed, niet in een minuut, maar in twee uur.

Maar we begonnen de avond met naast elkaar op het bed te zitten en te praten, rechtop. Ik liet foto's zien, en zij had ook foto's meegebracht, van haar lieve moeraskikkergezicht, en ik mocht er een paar hebben.

Even later kwam mijn moeder mijn kamer binnen met koffie, omdat ik haar gezegd had dat dat voor halfnegen nog wel veilig kon.

'Ben jij Kathy?' vroeg ze. 'Ik ben Tims moeder.' En ze ging weer weg, en bleef weg.

Kathy en ik praatten veel en kusten weinig in het begin, en ik wist op dat moment dat zij het niet prettig zou vinden als ik met mijn hand naar haar borsten ging, maar zelf zou ik het ook niet prettig vinden, en daarom deed ik het niet. Alles lieten wij vanzelf gaan, wij waren onszelf (Kathy: 'Ik vind het fijn, ik ben nog nooit eerder mezelf geweest, maar bij jou mag ik mezelf zijn'), en alles ging vanzelf, in die heerlijke eerste uren op een bed, en langzaam, terwijl onze gesprekken, onze aanrakingen, onze kussen in elkaar begonnen te vloeien, één mengsel van schoonheid begonnen te vormen, legde Kathy, in een twee uur durende beweging, zich neer op mijn bed.

Na twee uren lagen Kathy en ik op ons bed, languit lagen we in elkaars armen, we drukten ons tegen elkaar aan, we kusten, we praatten, en we hadden nog geen behoefte om ons uit te kleden en elkaar te bestormen. Het was volmaakt. Toen ging vanzelf mijn hand, die al lang onder haar truitje haar naakte rug had gestreeld, en die daarbij al met het bandje van haar beha had kennisgemaakt, bewust naar dat bandje toe, en morrelde aan de sluiting. Verschrikt richtte Kathy zich op, en de schrik op haar gezicht leek echt, maar kon dat niet zijn.

'Mag dat niet?'

'Nee-ee.'

Normale, absoluut gewone gekke psoon, gekke moeraskikker!

Twee minuten later wipte ik bij verrassing het bandje open, en zij keek me aan. *Wat ben jij stout, liefje,* stond er op haar gezicht te lezen, maar ik keek naar mijn hand en zei 'dank je wel, hand' en we moesten lachen, en dertig seconden later draaide ik haar opzij, mijn hand schoof haar

beha op, en daar speelde ik met die onbekende grootheden die nu bekend waren, de grote bekende grootheden.
Jij bent van mij, liefje, van mij, en je borsten zijn van mij,
en ze zijn van jou, ik speel met ze, en ik speel met jou.

Ik deed ook het kleine lichtje uit, het was donker, we
rookten, praatten, deden onze sigaretten weer uit, praatten, en langzaam verhieven onze gesprekken zich tot aan
de hemel, heel langzaam, maar het wàs de hemel, en ik
zei, vanzelf: 'Ik hou van je', en ik hoorde haar stem: 'Ik hou
van jou.' Was er nog iets boven die hemel? Waarom zei ik
dat, wat betekende het, maar het kon me niet schelen wat
er in het woordenboek stond: Ik hou van je Kathy, enige
echte onvervalste moeraskikker!

We daalden weer af en lagen weer op mijn bed, en ik
vroeg haar of ze haar truitje wilde uittrekken, en ze zei
nee, en een paar minuten later vroeg ze: 'Mag ik mijn
truitje uittrekken?' en dat mocht, jazeker dame, dat mag
wel hoor, en toen het truitje èn de beha op een stoel naast
mijn bed lagen, zei ze verongelijkt dat ik dan ook mijn
hemd moest uittrekken, mijn over- èn mijn onderhemd,
en toen lagen we, naakt van boven, tegen elkaar aan, naast
en naakt. Wij streelden elkaar, ik streelde haar grote mooie
lieve borsten, zij streelde mijn borst, en voor de rest van
die avond gingen wij daarin op, in deze exploratie van
onze naakte bovenlichamen.

'M'n moeder noemt me nooit Kathy, maar altijd Teuntje, zij is de enige die me nog zo noemt.'

'Ik vind Teuntje een leuke naam, heel leuk zelfs.'

'Ik niet zo.'

'Lieve Teuntje.'

'Ja?'

'Ik zeg zomaar wat.'

'O. Hé, dat gaat zomaar niet.'

'Wat niet.'

'Wat je daar doet.'

'Wat doe ik dan.'

'Met je hand.'

'Mag dat niet?'

'Nee…'

'Lieve Teuntje.'

Ik ging weg met mijn hand.

Het was warm in mijn kleine kamer, niet van een kachel, maar van de rook van onze sigaretten, en we praatten, speelden, waren gelukkig. Ja, jullie godverdomde stomme doorgezakte doorgevreten nutteloze door de weeks en zondag uit mensen, kijk maar, wij zijn gelukkig! En het was alsof wij over water dreven, werden opgetild door golfheuvels, daalden in golfdalen, rustig en gelijkmatig, dalen waar we streelden en kusten, toppen waar we praatten en keken, en dan daalden we weer en waren beestjes, ruige beestjes, die hun koppen tegen elkaar wreven, en daarbij snoven.

'Lieve Kathy.'

'Lieve Tim.'

'Lieve Teuntje.'

'Gek psoon.'

We hadden gezegd ik hou van jou en ik hou ook van jou, ik had met haar borsten kennisgemaakt, haar borsten hadden met mijn handen kennisgemaakt, aangenaam, heel aangenaam, en Kathy schoof met haar borsten over mijn borst, heen en weer, twee zachte sporen over mijn huid, heen en weer sleepte ze haar borsten over mijn borst, dat scheen ze prettiger te vinden dan wat ik met mijn handen deed.

Zij vertelde dingen die ze in de Sheherazade nog niet had kunnen vertellen, over haar minderwaardigheidscomplex, dat dat niet alleen was gekomen doordat ze rood haar had en had gestotterd, maar vooral omdat de kinderen haar op straat hadden nageroepen dat zij een onecht kind was. Ze had altijd een vader gemist, een sterke man, en ze hadden nooit geld gehad. Maar sommige dingen waren ook grappig geweest. Toen ze nog op een zolderkamertje woonden, Kathy was nog geen jaar, hadden ze een tafellaken gehad dat ook als handdoek en als sprei dienstdeed. En als haar moeder naar haar werk ging, op een kantoor, dan nam ze Kathy mee in een kartonnen doos. Die was daar dan haar box, en 's avonds ging haar moeder weer, met de doos onder haar arm en Kathy daarin, terug naar huis.

Kathy moest erom lachen, maar ik kon wel huilen. Godverdomme, mijn eigen Kathy in een kartonnen doos, dat kòn toch niet? Ik voelde een ontzettend medelijden met haar, maar medelijden was een gevaarlijk gevoel in de liefde. En ik vertelde over de scheiding van mijn ouders toen ik dertien was, een zwakke poging om haar iets te geven waar *zij* medelijden mee kon hebben, om zo gelijk met haar te zijn.

Het was laat, ze moest naar huis.

'Kun je hier niet blijven slapen?'

Ze keek me aan, met een ondeugende blik.

'Nee, niet zoals jij denkt, maar gewoon, zoals we nu liggen, zoals we nu heerlijk bij elkaar zijn, zó blijven liggen, en dan morgenochtend samen wakker worden, jij naast mij, ik naast jou.'

'Ik zou graag willen, maar het kan niet.'

'Nee, het kan niet.'

Ik keek hoe ze zich aankleedde, haar haar los over haar schouders, en voor ze haar beha aantrok kuste ik nog haar tepels. Ze was fijn, ze was goed, ze was Teuntje. Ze was mijn meisje.

'Ben jij mijn meisje?'

Ze lachte, boog zich naar me toe, kuste me, en even dacht ik dat ik van puur geluk zou gaan huilen. Dat zei ik. 'Ik weet het niet,' zei ik, 'ik ken dit niet, er bloeit een bloem in mij.'

'Sóó, psoon, een bloem? *In* jou? Is dat dan niet gefáárlijk? Midden in jou? Waar zit die bloem dan, maggikkum sien? En waffere blom issut? Doet dat geen pijn, een bloem? Kejje *nagaan*, een bloem, midde in se lijf!'

Ze viel naast me neer op bed en we lachten, kusten, hartstochtelijk.

Over de donkere kade liepen we samen naar haar huis.

Kus. Liefde. Een lachend gezicht, ik liep weg, keek om, zag in de deuropening Kathy, ze gaf een handkusje.

Dag liefje, liefdetje.

De volgende dag was van opstaan tot naar bed gaan vergetelijk, behalve de momenten bij Foto Linneman dat ik Kathy zag. Zij verhinderde het mij weg te zinken in de lamheid waarin ik me eigenlijk bevond, en die ik voor het eerst gevoeld had op de Oranje.

Het was op een avond geweest, het grote schip voer ergens tussen Melbourne en Sydney, en ik zat op het dek in mijn boek te lezen, *From the Terrace* van John O'Hara, toen ineens mijn blik de regels niet meer pakte, en mijn hele geest leegstroomde. Alles wat er nog was, was de zee, de duisternis, en mijn gewicht. Het enige wat ik nog kon voelen, was dat ik niets meer kon voelen. Het was niet eens angstaanjagend of vermakelijk, ik kon alleen maar denken: zeker weer iets nieuws van mij.

Deze toestand duurde drie dagen, en hield toen op.

En nu lag ik in bed en wist ik dat dit wéér zou gebeuren, als Kathy er niet was. Zij hield me boven. Dank je, Kathy, lieve muisachtige moeraskikker, dacht ik, en ik dacht aan niets anders meer dan aan haar. Maar het was wel toevallig dat ik nu weer *From the Terrace* las. Ik was het op het schip kwijtgeraakt, maar in Amsterdam had ik een nieuw exemplaar gekocht.

Ik sloeg het boek dicht, deed het licht uit, en dacht aan haar. Mijn gedachten dwaalden af, dwaalden over Tahiti, want dat was nog niet zo lang geleden, kwamen terug bij Kathy, dwaalden af naar Oslo, want dat was nog niet zo lang geleden, kwamen terug bij Kathy, dat was nu. Ik hou van je, nu. Lieve nu. Nu'tje, naaktje, lief naaktje. Ik viel in slaap.

Vrijdag, mijn laatste dag bij Linneman, had nog steeds niemand iets gemerkt van Kathy en mij. Maar we waren te bang dat het geringste ons kon verraden, en daardoor gebeurde er bij de laatste koffiepauze iets grappigs. Ik had Francien een keer verteld dat ik negentien was, en nu wilde ze Kathy naar mijn leeftijd laten raden. Als Francien het wist, wat zou Kathy er dan mee verraden dat zij het ook wist, we hadden tenslotte dagenlang naast elkaar gezeten op de kleurenafdeling. Maar daar dacht ze blijkbaar niet aan, en ik ook niet.

'Nou, dat weet ik echt niet, hoor.'

'Maar je kan toch raden.'

'Ik heb geen idee, echt niet.'

'Toe nou, je ziet dat hij geen vierenvijftig is en dat hij geen veertien is, dus daar moet het tussenin liggen.'

'Nou, drieëntwintig misschien?'

'Fout, je mag nog eens raden.'

'Ouder of jonger.'

En ik redde Kathy, en mijzelf, door te zeggen: 'Raad maar ònder de drieëntwintig, want ik ben negentien.'

De dag was grauw, maar de dag ging voorbij, en daarna kwam de avond. De avond was niet grauw, want Kathy kwam weer bij me.

Ik nam haar mee naar binnen, en daar zaten we met z'n zessen, Mamma, haar vriend Theo, een vriend van mij en zijn meisje die langs waren gekomen, Alex en Polly, en Kathy en ik. Ik was bang. Hoe zou Kathy zich houden in dit gezelschap? Ze kwam niet uit hetzelfde milieu, ze kende ons niet. Ze kende mij, maar ons kende ze niet, ze wist niet wat er bij ons verwacht werd van een knap jong meisje zoals zij. Zouden ze haar accepteren? Het gesprek was onbelangrijk, en belangrijk. Ze deed niet mee aan het gesprek, maar het zou er niet geweest zijn als zij er niet geweest was. Theo en Alex maakten grappen en zij lachte mee, hoog en snel. Dat kon, dat ging. Hou je goed, Teuntje.

We gingen televisie kijken. De koningin liep rond met een hoedje op, een hoedje met bloemmotieven, een hoedje dat bij ons als het summum van smakeloosheid werd beschouwd.

'Dàg koningin,' zei Kathy, en ze wuifde naar de televisie. 'Wat een leuk hoedje heeft ze op.'

O lieveling, nee, toe, jij kan je smaak wel niet helpen, en mij kan het niet schelen, maar 'wij', Mamma, Theo, Alex, Polly, hoe kunnen ze jou accepteren als je zulke hoedjes leuk vindt. Ik wil dat ze jou leuk vinden, ik wil je integreren in dit huis, ze moeten je leren kennen en bewonderen, zoals ik je bewonder.

Dat nare moment geloofde ik dat ze Kathy niet leuk vonden, en bij alles wat Kathy zei kromp ik verder ineen, en in alles wat ze tegen haar zeiden, dacht ik te horen dat ze haar niet mochten.

Ik dacht dat Kathy had verloren, ik begreep niet dat ik had verloren.

Het eerste halfuur op mijn kamer bedrukte mij dat gevoel, maar al vlug vergat ik mij in haar, en we dreven weer weg over onze golfheuvels en golfdalen.

Ik maakte het bandje van haar beha weer los, ze trok haar truitje en haar beha weer uit en daar waren mijn boezemvrienden, haar grote, mooie, fijne, heerlijke borsten weer; ik trok mijn overhemd en mijn onderhemd uit, en ik hield van haar, en het was weer heerlijk. Ons vrijen ging niet verder dan waar we de vorige keer gebleven waren, maar het was goed, en het was mooi. En onze gesprekken gingen weer verder, en we ontdekten dat ik ineens niet meer wist hoe je een lucifer moest afstrijken, iets wat ik mijn hele leven had gekund, maar nu braken de lucifers steeds af. Maar zij deed het me voor, en ik kon het weer.

Al die mannen die ze kende, en ze kende er heel wat, wilden altijd maar één ding, haar lijf. Ook bij Linneman; Kees Figee en meneer Valentijn *zeiden* het soms gewoon: O Kathy, ik wil met je naar bed!

Ik wist niet wat ik hoorde, ik kon me niet voorstellen dat je dat zomaar zou zeggen tegen een meisje op je werk.

'Maar liefje,' zei ik, 'ik wil ook met je naar bed, maar *ik* wil het omdat ik van je houd. Ik wil je lichaam, net als al die mannen, maar het verschil is dat ik ook je geest wil, je koppie. Ik ben niet zoals een vriend van mij, Donald, die met tientallen meisjes naar bed gaat, behalve met het meisje van wie hij houdt, *omdat* hij van haar houdt.'

'Ja, Timmy, je bent fijn, je bent mijn fijntje.'

Ze was verloofd geweest, ze had zullen trouwen, op haar zestiende al, met de enige jongen voor mij van wie ze gehouden had. Misschien wilde ik dat wel niet horen, en dat wilde ik ook niet, maar ik zei dat ze het moest vertellen. Hij heette Fons, ze hadden zich in het geheim verloofd, en al gedeeltelijk een uitzet gekocht. Toen moest hij in dienst en naar Nieuw-Guinea, ze had verschrikkelijk gehuild toen hij wegging. Ze schreven brieven, en hij stuurde geld voor de uitzet, tot ze op een dag een brief kreeg waarin hij het uitmaakte. Ze verkocht de spulletjes, ze was kapot. Later ontdekte ze waarom hij dat had gedaan: een vriendin van haar, die waarschijnlijk ook verliefd op hem was, had hem geschreven dat ze met andere jongens ging.

Een tijdje daarna had ze een zelfmoordpoging gedaan, maar ze had niet genoeg pillen ingenomen, gelukkig maar, anders had ze nu niet hier gelegen.

Zo ging onze tweede avond voorbij, de tweede avond bij mij thuis van Kathy, en om halfvier stonden we weer voor haar deur. Zondag zou ik om kwart voor zeven bij haar komen, dan zouden we weer naar de film gaan, *Cape Fear*, volgens mijn vader moest dat iets ongelooflijk spannends zijn.

Zaterdag scheen de zon heerlijk en fel, maar ik schaakte, een snelschaaktoernooi in Amersfoort. Toen ik 's avonds terug was in de stad voelde ik me overrompeld door eenzaamheid. Ik wilde met Kathy praten en fietste langs haar huis en belde aan, maar haar zusje deed open en zei dat ze er niet was.

Zondag kon ik niets verzinnen om te doen, eigenlijk per ongeluk merkte ik dat ik nergens zin in had. Ik vond het heel gek, ik moest een beetje lachen om mezelf. Aangekleed ging ik weer op bed liggen, en las verder in *From the Terrace*. 's Middags ging ik kaartjes kopen voor de film, voor mijn lieve moeraskikker Teuntje en mij. Ik nam de eerste voorstelling, dan hadden mijn liefje en ik daarna nog een lange avond met z'n tweeën. Ik zag een gezellige espressobar waar we dan misschien een kopje koffie konden gaan drinken, en daarna zouden we naar m'n huis gaan en onze heerlijke verhouding voortzetten.

Om halfzeven fietste ik naar haar toe, maar bij de brug bij haar huis zag ik haar al lopen. Ik stapte naast haar af en bloeide op. 'Dag lief lief liefje, hoe is het met je, hier, een zoentje, is je lippenstift wel kiss-proof? Ach wat hindert het ook, waarom ben je eigenlijk hier?'

'Dag liefje, ik ben uit huis gelopen, ik ging maar naar jou toe, ik had ruzie met m'n moeder gekregen.'

'Waarover?'

'Ach, dat is onbelangrijk, ik heb toch altijd ruzie met haar.'

Ze ging achterop zitten, en we fietsten naar de bioscoop, de Corso in de Kalverstraat. In de bioscoop keken wij elkaar aan, en ik zei: 'Lief vrouwtje' tegen Kathy, 'jij bent mijn kleine vrouwtje.' En ze lachte, dankbaar en gelukkig.

Vrouw*tje* zei ik, niet *vrouw*, want als ik, haar vriend met wie ze nog niet naar bed was geweest, gezegd zou hebben: 'Je bent mijn vrouw', dan zou ik gezegd hebben, vertaald: Ik wil met je naar bed. Maar met *tje* erbij was de vertaling: Ik zou wel met je naar bed willen. En zij begreep het verschil, zoals alleen moeraskikkers dat konden, zoals alleen de lieve, de echte fijne Teuntjes dat konden. Of beter gezegd, ze begreep het niet, maar ze voelde het, het was ìn haar, zoals ik in haar was.

Wat was nu eigenlijk het bijzondere aan ons? We waren verliefd en zaten in een bioscoopzaal te wachten tot de film begon. Er waren vast nog wel andere mensen in de zaal die verliefd op elkaar waren, misschien wel net zo verliefd als wij, en ik stelde me een man voor die het toneel beklom, en die zei: 'Dames en heren, zoals iedere avond houden wij ook nu weer een verliefdheidswedstrijd. Het verliefdste paar krijgt een jaar gratis toegang tot de Corso. De wedstrijd is alleen toegankelijk voor getrouwde en verloofde paren. Willen de paren die van mening zijn dat ze in aanmerking komen op het toneel verschijnen om zich te onderwerpen aan de test van ons verliefdheidsmeetapparaat?'

En Kathy en ik zouden teleurgesteld zijn, omdat we zó verliefd waren, maar niet mee mochten doen. Maar langer dan een seconde duurde mijn gekke gedachteflits niet, ik vond het alleen maar fijn met haar, dacht niet meer aan het hoedje van de koningin. En zij? Dat was een andere flits. Ik wist het niet. Anderhalve week kenden we elkaar pas, en we hadden al gezegd: ik hou van je, maar ik kende haar nog niet. Ik pakte haar hand, zij drukte mijn hand sterk, ik drukte de druk van haar hand nog sterker, we lachten, onze handen liefkoosden elkaar, de film begon.

Na de film wilde ik met haar naar die leuke espressobar die ik die middag had gezien om een kopje koffie te gaan drinken, en mijn meisje zei: 'Ja gezellig', maar eerst nam ze me mee naar een etalage, een eindje van de bioscoop vandaan.

'Kijk, een winkel van Foto Linneman.'

'Ben je daar wel eens geweest?'

'Ja.'

Maar toen we naar die espressobar liepen, bleek die dicht. Ik was woedend, belachelijk gewoon, dat een espressobar 's avonds dicht was, op zondagavond nog wel!

'Nou ja, liefje,' zei mijn meisje Teuntje.

'Zullen we dan maar naar mijn huis gaan?' zei ik, wat natuurlijk betekende: zullen we dan maar gaan vrijen?

'Ja,' zei ze, wat 'ja, lieveling' betekende.

Maar terwijl ik met Kathy achterop door de zondagavondstad naar huis fietste, bedacht ik dat het toch jammer was dat we nu niet samen een kopje koffie konden drinken in een gezellige espressobar die ik gezien had. En ik ontdekte dat ik haar werkelijk respecteerde, want het klonk uit mijn mond misschien niet leuk voor haar dat ik zei: zullen we maar gaan vrijen, in welke zin dan ook vertaald. Ik voelde dat ik haar iets wilde geven wat méér was dan zeggen: 'Ik hou van jou', ik wilde haar vertrouwen in mij geven, echte liefde, maar al die dingen kon ik haar niet geven, want die had ze al.

En een halfuur later lagen we weer, van boven naakt, op bed in mijn warme kamer, en het was alsof momenten niet meer bestonden tussen ons, alsof onze gesprekken en onze kussen, onze aanrakingen, alle dingen die er tussen ons gebeurden, samenvielen in één moment dat eeuwig duurde, een eeuwigheid die bestond zolang zij bij me was.

En, diep in dit eeuwige moment van die zondagavond zei Kathy: 'Vind je 't niet koud?'

Inderdaad dacht ik, ik heb een beetje koude voeten, en nu was er een moment dat echt maar een moment duurde, want ik overschreed een grens, uitgelokt door Kathy's 'vind je 't niet koud' weliswaar, maar toch, het wàs een grensoverschrijding, en ik zei: 'We kunnen *in* bed gaan liggen; trek je rokje uit, dan gaan we erin liggen, en dan hebben we het lekker warm.'

152

En toen keek dat vrouwtje dat ik beminde me aan, ernstig, een paar seconden, en ik voelde haar lieve ogen in het donker, ik zag haar ernstige gelaat, haar lieve gelaat, en toen kuste ze me zacht en ze stond op van het bed, ze maakte haar jarretels los, trok haar rok uit, terwijl ik op de rand van het bed zat en mijn sokken en mijn broek uittrok. We zeiden niets, we waren gespannen. We waren jong en gespannen. Haar broekje hield zij aan, ik hield mijn onderbroek aan. Ik sloeg de dekens van het bed op, zij schoof in het bed, ik schoof naast haar. We lagen in elkaars armen en we voelden onze naaktheid tegen elkaar aan, we voelden de gespannenheid, en toch de weekheid, de verwondering van onze lichamen. Mijn hand ging over haar dijen, naar haar broekje, onder haar broekje, hoog tussen haar benen, en ik schoof haar broekje weg, zij trok het weg, uit, en ik trok mijn broek uit, en toen waren we helemaal naakt, even tegen elkaar aan, en ze spreidde haar benen en ik was op haar, in haar, ik gleed in haar, heen en weer, hevig, het bed kraakte, wij schokten in elkaar, waren één, man en vrouw, hevig, en meer…

En toen schokten we niet meer, maar was onze liefde vloeibaar geworden, wij waren in elkaar gevloeid, niet meer schokkend maar nu stil, samen een volmaaktheid.

We rustten, nog even in elkaar, toen schoof ik van haar af.

'Lieveling, het was zo fijn, zo mooi, ik houd zo oneindig veel van je, je bent nu echt mijn vrouw. Weet je nog dat ik je straks in de bioscoop mijn vrouwtje noemde, maar nu ben je echt mijn vrouw, je ligt hier naast me, ik zie je niet, maar ik voel je, ik voel niet alleen je lichaam, maar ook jouw gevoelens, maar ik wil je even zien, even jou zien, Teuntje!'

Ik deed het licht aan en we glimlachten naar elkaar en om elkaar heen, ik ving haar in een net van glimlachstralen, en zij ving mij in net zo'n net, sterke netten van glimlachstralen, die samen één net waren.

Ik deed het licht weer uit.

Maar ik was Tim, en ik kon niet verhinderen dat ik, toen ik weer kon denken, de mannen van Foto Linneman voor me zag, en dacht: het is Tim Krabbé die met haar naar bed gaat, niet jullie, en dat ik wist dat morgen mijn geluk voor de helft zou bestaan uit de gedachte: ik wel, maar jullie niet, maar de flits duurde niet lang genoeg om de heerlijkheid van Teuntje en mij te verstoren.

Naakt lagen we naast elkaar, onze gezichten bij elkaar, onze hersens slechts gescheiden door tweemaal schedeldikte.

'Laten we roken,' zei ik.

'Ja.'

'Ik had het helemaal nog niet verwacht, vanavond.'

'Ik ook niet, ik had heel lang willen wachten.'

'Ik zou heel lang gewacht hebben, maar het was heerlijk.'

'Ja lieve Timmy.'

'Vond je het fijn?'

'Ja.'

'Echt waar?'

'Ik vond het heerlijk, dat heb je toch gemerkt?'

'Ja.'

Er kon niets gebeuren, ze werd gauw ongesteld – maar

als ze zwanger werd, zei ik, dan zou ik met haar trouwen. Maar zij zou het dan misschien niet eens durven vertellen, omdat ze zich te erg zou schamen. Ik wilde haar laten beloven dat ze het dan toch zou zeggen, maar ze bleef zeggen dat ze gek zou worden van schaamte, zelfs tegenover mij, en dat ze het niet zou durven vertellen.

Ze beloofde het ten slotte toch, maar ik voelde dat ze gelijk had: zelfs in een liefde zoals deze, waarin je je blind aan elkaar gaf, kon je je schamen, bleven er dingen die je voor elkaar geheim wilde houden. Ook ik had dingen waarvoor ik me zou schamen, die ik haar liever niet zou vertellen, en zo ontdekte ik, juist op het moment dat wij ons helemaal aan elkaar hadden gegeven, dat er reserve in ieder van ons overbleef, maar al verraste die reserve mij, ik was er niet minder gelukkig door.

Met haar moeder had ze nooit op kunnen schieten, maar het was pas echt slecht geworden toen ze haar eerste vriendje kreeg, de eerste jongen die haar kuste, op haar veertiende. Haar moeder werd toen jaloers, en was alleen nog maar jaloerser geworden, thuis werd het een hel. Op alles wat Kathy deed of zei, schold ze, bij voorkeur waar anderen bij waren, op haar benen, haar kleren, haar manieren, op wat ze haar vlees noemde. Kathy kocht een televisietoestel voor haar, maar ook dat hielp niet. Ten slotte ging ze op kamers wonen, een zolderkamer in een hotel in de buurt, Hotel Roelvink, maar dat hield ze maar een jaar vol. Er kwamen voortdurend jongens langs, tientallen jongens, die de hele avond beleefd praatten, en haar dan als het laat was op bed gooiden en met kracht probeerden te nemen. Ze was toen maar weer bij haar moeder gaan wonen, niet zo lang voor wij elkaar hadden ontmoet.

'En weet je, iedereen wil me altijd alleen maar als een vrolijk meisje kennen, ze willen dat ik zing, fluit, dans, en weet ik wat nog meer. Als ik niet vrolijk zou doen, dan zou niemand me willen kennen. Maar ik ben niet vrolijk. Bij jou mag ik mijzelf zijn, en als ik dat een keer zou willen, dan zou ik bij jou mogen huilen, dat weet ik.'

De avond was gevuld met geluk, verdeeld over stemmen, geluiden, aanrakingen, sigaretten en de geslachtsdaad, en iedere keer was het nog mooier. Maar ook deze godenavond ging voorbij, de goden waren Kathy en ik. Om halfvier stonden we weer voor haar huis en we wisten geen woorden van dank, en kusten elkaar de eenzaamheid in. Dinsdag zouden we elkaar weer zien, dan kwam Teuntje bij me eten.

De kade langs het water was eenzaam toen ik terugliep en ik was eenzaam, maar niet leeg. Ik was vol van liefde, en voelde niet dat dàt het enige in mij was. Toen ik terugkwam in mijn kamer vond ik die onheilspellend.

Ik stond vroeg op, want ik moest een nieuw baantje hebben om mijn plan uit te voeren, het verdienen van geld, om weer de wijde opslorpende gulzige heerlijke wereld in te gaan. Maar nu was er een storende invloed: Kathy. Of was de wereld een storende factor in mijn gedachten aan haar? Ik schoof het van me af, maar bij de Studenten Arbeids Bemiddeling voelde ik me een beetje verlaten, verlaten van Foto Linneman. En toen ik een kaartje zag met *zwaar laboratoriumwerk, f 2,50 per uur*, was ik wel tevreden, maar niet blij. *f* 2,50 was veel, maar de controverse Kathy-reizen maakte mij het denken moeilijk.

Het bedrijf heette Paramelt en het was op de Keizers-gracht, ik kon er die middag al beginnen. In een duffe kelder moest ik hoeveelheden was en paraffine afwegen, bij elkaar in een grote pot gooien, smelten, en dan het mengsel uitgieten in bakken. Ik zette de deuren open naar de straat, zag de benen van mensen die langsliepen, hoorde de toeterende auto's, maar ik was alleen. Ik dacht aan Kathy, en voelde me sterk door haar.

Ze had gezegd: 'We moeten elkaar niet iedere dag zien, het is zo fijn, we moeten het zo mooi mogelijk houden, lieve Timmy,' en daarbij kusten haar vingertoppen mijn huid, 'misschien zouden we anders al vlug genoeg van elkaar krijgen, en dat wil ik niet, want ik ben gelukkig met jou.' En daarmee liet ze me haar liefde zien, maar ook haar angst voor de toekomst, en als ik zelf in de toekomst keek, zag ik alleen maar een waas.

En dus was die avond Teuntje-loos, en ik vulde mijn leegheid met een andere leegheid, die van het schaakcafé. Te midden van de geteisterden kaartte of schaakte ik, won geld of verloor geld maar verloor waarschijnlijk, terwijl ik ook een gedicht had kunnen schrijven voor Kathy, een boek had kunnen lezen, een toneelstuk had kunnen zien. Maar ik liet me wegzinken in de prettige en gemakkelijke leegheid van het schaakcafé, die mij mijn eigen leegheid deed vergeten.

Dinsdag zag ik de moeraskikker weer; toen ik van mijn wassmelterij thuiskwam, met gestolde was overdekt, zat ze al op me te wachten, en ook dat was iets van schoonheid, dat ze in mijn huis zat als iets wat daar hoorde.

'Dag liefje,' kuste ik haar op haar oor, haar neusje, haar mond, 'dag fijntje, dag mijn meisje.'

Terwijl ik op mijn kamer schone kleren aantrok voelde ik weer mijn angst voor de berg 'ons' waar Kathy tegenop moest klimmen, maar aan tafel zag ik dat dat alleen maar mijn eigen angst was, dat ik Mamma en Theo gewoon had moeten geloven dat ze Kathy heel aardig vonden, want nu praatten Kathy en mijn moeder over Engels; mijn moeder was filmvertaalster, en Kathy vroeg haar dingen voor haar cursus Engels.

Mijn angst verminderde, de berg verminderde, bestond wel helemaal niet, maar verminderde dan tenminste in mijn gedachten. Zou ik soms ook bang zijn om aan de liefde te geloven?

Nee!

Weer lag ik stil in haar. Er stond een kaars naast het bed, in het licht daarvan zag ik haar ogen, haar haar, haar gezicht, haar borsten. We lagen stil, en onze ogen stonden verwonderd, ongelovig. We keken elkaar aan en we wisten dat we die blik niet konden volhouden, maar we bleven kijken, en we raakten betoverd, en ik wist dat het eerste waar we nu aan toe waren, huilen van geluk was. Ik *huilde* ook even, voor het eerst sinds ik een kind was, heel even, twee, drie snikken om hoe mooi het was. Dit was zo, dit bestond.

Ze vertelde verhalen, over een zielig meisje dat een keer een afspraakje met haar had willen maken, maar net toen ze erop in had willen gaan had iemand haar gewaarschuwd dat ze lesbisch was; over een oom van Fons die haar had meegelokt en had willen aanranden toen Fons in Nieuw-Guinea zat; over het toneelspelen bij Peter Pan dat misschien wel het leukste was geweest in haar jeugd, ik had er wel eens een voorstelling van gezien, maar waarschijnlijk vóór zij meedeed. Ze hield veel van de natuur, van wandelen in de bossen, en op een keer had ze ook een nacht in een bos geslapen. Met Fons, misschien moest ze mij dat niet vertellen, maar op een middag in de zomer waren Fons en zij naar dat bos gegaan, en met takken en bladeren hadden ze een hut gebouwd, en daar waren ze blijven slapen. Ik was jaloers op die jongen, omdat hij Kathy een zo mooie herinnering had weten te geven als een nacht in een zelfgebouwde hut in een bos, en ik vroeg me af wanneer dat precies geweest was, en wat ik op die dag had gedaan, maar haar verhaal ging niet verder, omdat ik haar streelde en kietelde, en zij te erg moest lachen.

'Mooitje…'

Ze keek verwonderd en afkeurend.

'Mag ik dat niet zeggen?'

'Nee. Ik ben niet mooi.'

'Je bent heel erg mooi. Je bent mijn mooitje.'

'Zeg dat nou niet!'

'Nou goed, misschien is *dit* haartje…'

'Au!'

'…niet zo mooi, maar de rest van jou is heel erg mooi, mooitje.'

'Nou hoor psoon, dat laat een dame zich niet zomaar welgevallen hoor!'

'Nee? En wat laat een dame zich dan wèl welgevallen? Laat ze zich dit welwelwelgevallen? Of dit?'

'Tim! Hou op! Daar genietnietniet ik helemaal niet van!'

'Dames en heren, deze moeraskikker is lelijk! Au! Deze moeraskikker is mooi! Werkelijk foeimooi, ze vindt zelf van niet, maar ze heeft er geen verstand van.'

'Hier, neem nou maar deze mooie Caballero, dan hou je tenminste je mond.'

'Nee, neem jij nou maar een Bastos, dan hou jij tenminste jouw mond.'

'Nee, neem die Caballero nou, ik koop ze speciaal voor jou.'

'En ik koop die Bastos speciaal voor jou.'

'Dat is niet waar.'

'Dat is wel waar!'

'Nietes!'

'Welles!'

'Nietes!'

'Welles!'

'Welles!'

'Nietes, eh… hè? Ik bedoel welles. Maar luister nou eens mooitje…'

'Ik wil niet dat je dat *zegt*.'

'Teuntje, als wij praten, als wij spelen, als wij kussen, of elkander strelen…'

'Dat rijmt.'

'Ja, verdomd. En ik rijm op jou.'

'Pas maar op, of je mag nooit meer op me rijmen. En ook niet onder me.'

'Dat zou heel erg zijn. We rijmen een eind weg, samen.'

'Kilometers.'

'Maar ik wil ook een keer met je snijzen.'

'Snijzen? Wat is dat nou weer.'

'Geen idee.'

'Dus je wil iets met me waarvan je niet weet wat het is?'

'Ik wil alles met je. Dus ook snijzen. Misschien is *dit* wel snijzen.'

'Ah, lieve Ggguan…'

'Ggguan? Waar haal je dat nou weer vandaan?'

'Van Bastos hè, Ggguan Bashshtoshsh.'

'Lieve Ggggguanita, luister nou toch naar me, ik wil mooitje mogen zeggen. Als ik even niet naar je gekeken heb, je alleen maar gevoeld heb, of gehoord heb, en ik kijk weer wel naar je, dan vind ik je zo mooi, en dan zeg ik mooitje. Ik vind jou gewoon mooi, Teuntje.'

'Maar als je 't zegt, dan denk ik dat je de draak met me steekt.'

'Ik? Met jou? De draak snijzen?'

'Ik weet ook wel dat het niet zo is, maar dat moet ik altijd denken. Weet je, ik ben zo bang dat het maar zo kort zal duren. Ik weet wel dat dat onzin is, maar ik kan dat gevoel niet van me afzetten. Ik ben met jou zo gelukkig dat ik het haast niet kan geloven, misschien komt het daardoor. Denk er maar niet aan, je moet maar vergeten dat ik dit gezegd heb.'

En dan waren er geen woorden meer, maar alleen het warme, behaaglijke gonzen van de stilte, dan waren daar onze armen, de kus, de tong die met de tong speelde, de hand die haar borsten streelde, haar borsten die mijn borst streelden, haar buik tegen mijn buik, dan ging ik weer op haar, en dan was er niet meer mijn hand die haar wangen kuste, mijn oog dat haar oog kuste, maar dan was ik in haar, en zij om mij, en dan beminden wij, vurig, heerlijk en jong.

De volgende avond at ik weer bij mijn vader. Ik was on-geschoren, moe, ik voelde me onbehaaglijk in mijn vieze trui vol wasresten van Paramelt. Ik las de krant, mijn half-broertje rende rond, en mijn vader kwam het kleine ka-mertje uit waar hij zat te schilderen, en ging met hem spe-len. Het jongetje rende achter hem aan, gek van plezier, mijn vader had een trommeltje in zijn hand, waar hij met een lepel op sloeg. Hij had een vieze oude broek aan waarvan de riem onder zijn buik was gezakt, een vies met verf bespat overhemd, hij was een grote klunzige beer die om zijn kleine zoon lachte, maar ik werd misselijk van dat geluk. Zo heb ik ook achter mijn vader aan gerend toen ik twee was, dacht ik, ik zou zijn gezicht wel eens willen zien als het jongetje viel en zijn blonde koppie verbrijzel-de, als hij daar dood zou liggen, met bloed op zijn gezicht. Hoe zou dat trommeltje mijn vader dan staan, dat met kleurbeesten beschilderde trommeltje? Hè? Hoe zou dat trommeltje er dan uitzien in jouw handen, hoe zou je dan kijken, hè, gelukkige vader, idioot? Dit geluk van jou is door z'n grootheid te breekbaar.

Ik walgde van mijn gedachten, maar dat was ook de be-doeling; zelfbestraffing onder alle omstandigheden. Mijn eigen gevoel voor schoonheid kapotmaken.

Aan tafel probeerde mijn vader me weer duidelijk te maken dat mijn leven zinloos was. Ik werd er kwaad om, maar alleen omdat hij het zei; zelf vond ik het ook.

Daarna ging ik naar het schaakcafé, waar ik kaartte of schaakte, geld verloor of geld won, maar waarschijnlijk verloor. En de volgende dag hoefde ik niet te werken, en zag ik het zonlicht alleen 's ochtends toen ik naar het schaakcafé fietste, en 's avonds toen ik er weer vandaan fietste, naar huis, omdat Kathy zou komen.

En even later was ze er, fris van de kou op straat, rode wangen, mijn vrouw, en ik nam haar mee naar de huiskamer. En voor zolang zij bij mij zou zijn, zouden de introverte wolken wegblijven.

Kathy zei dat ze wilde gaan varen, dat had ze altijd al gewild, en ze vroeg of ik het niet naar vond dat ze dat zei. Nee, want voor het eerst sinds heel lang was ik zeker van iets, van haar liefde. Nog maar kort geleden zou ik het als een bewijs hebben gezien dat ze niet van me hield, maar nu wist ik beter. Trouwens, ik had het toch zelf ook steeds over mijn reisplannen.

'Maar, Teuntje, voorlopig zou ik je nog niet kunnen missen.'

'Ik jou ook niet, maar ik wil de wereld zien. Tim, ik hou van je.'

Mijn moeder kwam binnen en betrapte ons in een kus, en we moesten allemaal lachen.

Na het eten keken we een televisiestuk en een bepaalde hoeveelheid tijd later waren we weer samen alleen op mijn kamer, en vloeide ons samenzijn weer uit in ons lange, eeuwige moment van heerlijkheid, een dialoog van onze lichamen in het krakende bed, en dan rustten we weer, rokend in het kaarslicht.

'Eén ding moet nog alles vervolmaken,' zei ik, 'en dat is dat je hier een keer de hele nacht blijft slapen, dat we geen klok naast het bed hoeven zetten, dat we samen kunnen inslapen, en samen wakker worden. Ik vind het altijd zo wreed als je om drie uur ons bed uit moet, en naar huis moet gaan, alleen om je moeder. Je kan haar best een keer foppen, zou je dat willen doen?'

En dat wilde Kathy ook, maar dan moest het op een zaterdag, want als ze dan wakker werd in mijn armen, en ze had mij wakker gekust, dan wilde ze tegen me kunnen zeggen dat we nu ook de hele *dag* samen hadden, en dan konden we gaan wandelen of zo. Komend weekend kon het nog niet, dan werd ze ongesteld, misschien de week daarna.

'Wat zeg je dan tegen je moeder?'

'Dat er een feest bij jou thuis is, en dat ik blijf slapen. Maar Tim, als we, eh… als we het doen, dan kan ik niet tegen het geluid van het bed. Wat is dat toch, het is niet alleen kraken, maar ook bonzen.'

Ik stond op, naakt als ik was, en keek onder het bed. Er lag een groot stuk zachtboard, van vroeger, van een tafelvoetbalspel. Ik haalde het tevoorschijn; in het midden, waar de bons steeds geweest moest zijn, was het helemaal verpulverd.

'Meet uw liefde met zachtboard,' zei ik. 'Ga door tot u een kilo bij elkaar hebt gepulverd. Koop dan een nieuw stuk.'

'Of een nieuw bed,' zei Kathy.

We keken naar de verpulverde plek en ik pakte er een handje van en blies het over haar heen, en zij blies terug, en we snikten van het lachen.

Ze had bij Linneman de hele dag lopen zingen, en ze zong vaak ook in bed, zomaar, of bij een liedje op de radio, en ze zong werkelijk prachtig. Ik vroeg wel eens of ze daar niet iets mee kon doen, ze kon toch best een bekend sterretje worden, ze zag er leuk uit, leuker dan de meesten van die teenage-sterren, en ze zong beter ook. Ze moest gewoon het geluk hebben om een goede impresario te vinden, al zou ze daar dan wel mee naar bed moeten. Ze vond het niet leuk dat ik dat zei, en ik zei vlug dat het een grapje was, maar misschien kon ze gaan zingen bij dat bandje van die Rob waar ze het wel eens over had, dat kon een begin zijn. Daar had ze zelf ook wel eens aan gedacht, maar daar had ze nog niet genoeg zelfvertrouwen voor, het was nog maar zo kort geleden dat ze had gestotterd. Maar het was wel gek, ze was tweemaal bij een waarzegger geweest, en die hadden allebei gezegd dat ze beroemd zou worden. Niet gelukkig, of rijk, of heel oud, dat zei dat soort lui toch ook vaak, maar *beroemd*. Misschien wel met zingen, ach, ze zou wel zien.

En zo was langzamerhand het nieuwe verdwenen en het mooie gebleven en het onvolmaakte gebleven en het fijne gebleven en als ik één ding zeker wist, dan was het dat ik haar steeds bij me wilde hebben, ieder moment van de dag. Het glinsterende nieuwe van haar woorden, van haar lichaam was verdwenen, maar de verveling kwam niet, en na dat begin was ik er ook nooit meer bang voor.

Ik leerde een bepaalde zachte onwetendheid van haar kennen, die haar broos maakte en teer, omdat ik kon horen dat ze zich soms liet gebruiken om iets gratis te doen, waar men een ander voor zou betalen, of dat ze er gewoon intrapte, zoals met die oom van Fons, die had gezegd dat hij haar wat afleiding wou bezorgen nu Fons er niet was.

Maar ik hield ook van die onwetendheid, van alles hoe zij was. Ik hield van haar mond, haar verhalen, haar tepels, haar teerheid, haar sterkheid, ik hield van haar geur, ik hield van haar vragen, haar antwoorden, van haar zachte dijen, ik hield van haar stereotiepe woorden, van haar lippenstift, ik hield van haar tas, van haar verleden, haar heden, en ik hield van haar toekomst.

Ik moet gelukkig geweest zijn, die tijd. Wel was daar vaak haar opmerking dat zij bang was dat het maar kort zou duren, maar ik wist dat voor haar te verklaren.

'Je bent nog nooit erg gelukkig geweest,' zei ik dan. 'Je was bang om het nog te proberen, maar je hèbt het geprobeerd, met mij, en nu ben je wel gelukkig. Maar omdat je vertrouwder bent met je oude patroon van ongelukkigheid, probeer je je er misschien, ergens diep in je, tegen te verzetten. Berust jij nu maar in je geluk.'

En dan was daar een kus van haar, een streling, of een lief woord. En ook ik kende dat geluk niet, en ik dacht niet aan mijn problemen, schoof ze voor me uit. Ik zou weer gaan zwerven, maar eerst moest ik vijfhonderd gulden hebben, en dat kon nog lang duren. Dan zou er wel een conflict moeten komen, dan zou ik moeten kiezen tussen reizen en Kathy, maar dat lag nog zo ver in de toekomst, ik schoof het voor me uit, ik dacht er niet aan.

De dagen waren gevuld met Kathy, of met het vooruitzicht haar te zien, met werken en beminnen, of met werken en het schaakcafé. Naast mij lag het ravijn der leegte, maar Kathy, schoppenazen en klaverdrietjes, pionnen, lopers en koningen leidden mij er veilig langs.

De zaterdag dat ze ongesteld was, gingen we naar de film, en daarna dronken we wat in een gezellig tentje, en ik vertelde haar dingen, en zij vertelde mij dingen, en toen we weer buiten kwamen was het koud, maar Kathy wilde graag gaan lopen, en ik nam mijn fiets aan de hand.

Ze bleef stilstaan, en wilde niet meer verder vóór ik haar een kusje had gegeven, en ik bleef een eind verder ook stilstaan, maar ik zei niet waarvoor dat was, en zij deed een hele tijd alsof ze het niet begreep, tot ze me ten slotte ook een kusje gaf, 'een piep-piep-piepklein kusje dan.'

'Hoe vond jij die film eigenlijk?' vroeg ik.

'Leuk, die gekke koning, ik heb me rotgelachen, met al die vrouwen en al die kinderen die aan z'n broek hingen, ja, het was leuk.'

'Maar wie speelde nou eigenlijk die prins, die met het meisje trouwt?'

'Heb je dat niet gezien? Alain Delon.'

'Verrek, ik had hem helemaal niet herkend.'

'Floofde van Romy Schneider hè? Sissi.'

'Sissi, de Alpenkoningin.'

'Sissi was toch een keizerin?'

'Sissi, de Alpen- en Pyreneeënkeizerin.'

'De Appenijnenkeizerin!'

'Himalayakeizerin!'

'Sissi, de Himalpyrenijnenkeizerin!' riep Kathy.

'Himalpyrenijnen? Waar liggen *die* nou weer.'

'Nou kijk psoon, de ene Himalpyrenijn ligt hier, en de andere daar hè, verspreid zogezegd.'

En we konden niet meer praten van het lachen.

Langs koude, donkere grachten liepen mijn meisje en ik naar haar huis, hand in hand, daarna niet meer langs water, maar tussen huizen, en soms stonden we even stil, en konden onze koude neuzen elkaar even raken, onze lippen een kusje geven.

We kwamen langs de bouwput op het Frederiksplein, waar de Nederlandsche Bank werd gebouwd, en stonden stil om in de geheimzinnige diepten te kijken waar verdwaalde lichten ons hun stralen toezonden, en we liepen weer verder en staken over, een auto schoot langs ons heen, *fssjjoet*, snel, en schoot weg in de duisternis, zijn lichten met zich meenemend, en we kwamen langs een man die lallend tegen een muur hing en 'leve de koningin' riep, en ik riep: 'leve de Himalpyrenijnenkeizerin' en Kathy moest lachen, en we kwamen langs een kruispunt waar arbeiders de tramrails aan het opbreken waren. Ze hadden een vuur tussen de rails gemaakt en een tent gebouwd, ze hadden smerige overalls aan, ze hadden sterke koppen, ze liepen zich warm te slaan in de koude nacht, hun armen kruislings tegen hun pakken, ze vloekten tegen de kou, warmden zich aan het vuur, de snijbranders stonden klaar.

En we liepen weer verder, hand in hand, de geluiden van de tramarbeiders stierven weg, en een fietser met een pet op passeerde ons, en verdween, en soms was mijn arm om haar schouder, haar arm om mijn middel. En soms ging mijn arm weer weg om gesticulerend mee te praten, en dan antwoordde niet alleen haar stem, maar ging ook háár arm weg om terug te gesticuleren, en dan werden onze handen weer kinderen die met elkaar speelden, tot zij in elkaar verstrengeld in slaap vielen, slapende handkinderen. En dan schoten ze weer los, om de ander aan te raken, de wang van de ander, de nek van de ander, de arm van de ander, en dan deden onze stemmen ook weer mee.

Toen ze klein was had ze liever een jongetje willen zijn, want ze was een enorme wildebras geweest, maar dat vond haar moeder niet goed, dat paste niet bij een meisje. Ze had wel eens een lesbische droom gehad, en ik had wel eens een homosexuele droom gehad, maar we hadden in bed toch wel aan elkaar gemerkt dat we helemaal normaal waren. En ineens wisten we niet meer of het wel zo leuk was om normaal genoemd te worden.

'Normale Kathy!'

'Normale Ti-him! Jij bent echt helemaal impel stimpel stapelnormaal.'

'En jou kunnen ze beter meteen in het normalenhuis stoppen.'

En weer moesten we blijven staan van het lachen.

Een kus, en onze benen bewogen weer, zij aan zij, zij aan mijn zij. Nog tweemaal staken we over, en we waren bij haar huis. Ook dit samenzijn was afgelopen.

Zondagavond en dinsdagavond was ze weer bij mij, en die dinsdag was ze niet meer ongesteld, en onze liefde was hevig als nooit tevoren, zodat mijn eigen moeraskikker ten slotte uitgeput zei: 'Zullen we het hier maar bij laten?' en we zowaar in elkaars armen in slaap vielen. Gelukkig werden we op tijd wakker, zodat Kathy toch nog om half-vier voor haar deur stond.

Die avond had ik nog een nare gedachte. Ik had een schertsende opmerking gemaakt dat ze blij mocht zijn dat ze niet op haar moeder leek, maar toen zei Teuntje: 'Ik denk wel eens dat m'n moeder me geadopteerd heeft. Ik lijk ook in helemaal niets op mijn zusje, en in mijn hele familie ben ik de enige met rood haar.'

En ineens had ik een visioen dat ze een totaal onbe-kend kind was. Ze stond voor me, haar lange mooie haar los, een krans vormend rond haar lieve gezicht, ze lachte naar mij, maar wie waren haar ouders? Niemand wist het, misschien waren het Amerikanen, of Fransen, of Duitsers, of Russen. Misschien hàd ze geen ouders, en was ze een eerste generatie, zoals God, misschien kwam ze uit het niets. Ik schrok ontzettend van die gedachte en ik voelde ineens een diep verdriet om Kathy, die de goedheid zelve was, maar ze kwam op me toe, de liefde nam het weer over, ze kuste me, lachte, sloeg haar armen om me heen, nestelde zich tegen me aan. De radio stond aan, we dans-ten op de muziek, naakt in elkaars armen, zacht en wie-gend, het visioen was weg.

Bij haar deur namen we weer afscheid. Twee dagen zouden we elkaar niet zien, vrijdag gingen we bij mijn va-der babysitten.

Een kus, tongen speelden.

'Moeraskikker…'

'Psoon…'

'Juanita.'

'Juan.'

'Liefje.'

'Liefje.'

Ik liep weg, keek om, zag haar in de deuropening, ze gaf een handkusje, ik zwaaide.

'Dag.'

'Dag.'

In mijn kamer vond ik weer die onheilspellende sfeer, alsof het niet kon kloppen dat er nog zo veel liefde hing terwijl zij er niet meer was.

Donderdagochtend ging ik naar een zenuwarts. Mijn vader had dat in elkaar gestoken, mij kon het niet schelen. Ik zou die man rustig wat laten kletsen, wat zou hij eigenlijk willen, me bekeren? Tot wat? Tot wereldreiziger-af? Die strijd zou ik zelf moeten strijden, later, als ik het geld had.

Ik fietste ernaartoe, ik hield van zulke ochtenden, als je het leven uit zijn nest zag kruipen, met traag rijdende bakfietsen, het grijze vloeien van de stroom fietsers, ieder met zijn gedachten, en ik met de mijne. Maar plotseling waren die onprettig en drukkend. Ik wist waardoor; de avond daarvoor had ik eindelijk *From the Terrace* uitgelezen. Ik had er heel lang over gedaan, maar het was dan ook een enorme pil van bijna duizend dichtbedrukte bladzijden, waarin ik het leven had gevolgd van de hoofdpersoon, Alfred Eaton. En aan het slot, het stuk dat ik gisteravond had gelezen, was met een klap duidelijk geworden dat Alfred Eaton nog lang door zou leven, maar dat dat leven leeg zou zijn, dat er nooit meer iets zou gebeuren, hoe onvoorstelbaar dat ook was. Volkomen terneergeslagen had ik in mijn stoel gezeten, me afvragend of er werkelijk zo'n leegheid kon bestaan, zo'n lamheid van geest, een volkomen lamheid zoals ik die zelf op de Oranje had gevoeld.

En wat was er in *mijn* leven? Als Kathy er niet was? Leegte.

De psychiater begon over de 'kennelijke doelloosheid in mijn leven', maar ik had mijn muurtje nog, ik hield het nog vol, ik liet hem kletsen, maar na afloop fietste ik meteen terug naar huis, en ging op bed liggen.

De gedachten die toen over mij kwamen, waren gruwelijk. Wanhopig probeerde ik iets te verzinnen wat me interesseerde, maar het was alsof er een donkere hand voor mijn geest was, ik zag niets, ik wist niets om te doen. Mijn hart voelde als een steen, zo zwaar dat ik dacht dat hij me eeuwig op bed gedrukt zou houden. Verlamd lag ik daar, ik kon niet naar buiten kijken door mijn eigen vensters, er was niets in mijn leven. Niets! Hoe kon dat, als ik nog maar negentien was? Ik had een vrouw, Teuntje, ik hield van haar, maar daarnaast? Ik zag niets, mijn uitzicht was belemmerd.

Ik ging naar binnen, om aan mijn moeder te zeggen dat ik 's avonds naar Zaandam zou gaan, naar mijn tante, de zus van mijn vader, om tweehonderd gulden te lenen, om mijn collegegeld te betalen. Niet omdat ik wilde studeren, maar om me als student te kunnen inschrijven, en zo mijn uitstel van militaire dienst te houden, tot ik genoeg geld had verdiend om weer weg te gaan.

Mijn moeder zei: 'Je gelooft het nu eindelijk wel hè, dat we Kathy leuk vinden, ik vind haar een heel leuk meisje. Misschien trouw je nog wel eens met haar.'

'Wat haal je je in je hoofd over trouwen,' zei ik, en ik ging terug naar mijn kamer.

Ik wist niets om te doen.

Rechts naast mij verrezen vreemde bouwsels, gekartelde torentjes, masten, schoorstenen, dingen die te maken hadden met de energievoorziening van de stad. Erachter stonden lampen opgesteld, die het spookachtig maakten. Mijn sjaal wapperde los, ik stopte hem er weer in, ik fietste stug door, ik zweette. Mijn hart ratelde en ik hijgde; ik rookte te veel. Ik voelde me leeg, nog steeds was mijn uitzicht belemmerd.

Bij mijn tante waren twee logeetjes, twee meisjes van een jaar of tien die giechelden en snoepjes aten, en er kwam ook nog een vriendin langs, een Française die Nederlands sprak, maar met een accent. Ik begon mijn rol te spelen, de rol van de ongelukkige, eenzame, buitengeslotene. Ik zat in mijn stoel, de kamer was een eenheid van gezellige warmte, het vuur was warm, boeken stonden zij aan zij in de boekenkast, een pakje sigaretten lag op tafel. De vriendin praatte, mijn tante praatte, de meisjes lachten, de stemmen waren vrolijk, en ik was stil. Ik leunde achterover in mijn stoel, verlamd, alsof er nooit meer woorden uit me op zouden kunnen stijgen. Ik probeerde te denken, maar mijn gedachten schampten af. Ik probeerde iets te zien, maar ik kon niets zien.

Ik zou Kathy willen omhelzen, haar om troost willen vragen; haar warmte om mij heen willen voelen. Nog een dag wachten, morgen zag ik haar weer. Maar nu zat ik hier, met mijn lege ziel. Dit was geen terneergeslagenheid meer, dit was iets veel ergers, dit was de geestelijke dood.

Frankrijk was een onuitputtelijk onderwerp. Hier geweest, daar niet, o nee? Nee! Wat jammer. O ja? Ja, zo prachtig. Hoe dan? Nou luister.

Warmte, gezelligheid, sigaret in mijn hand, as in de asbak, een rij encyclopedieën in de kast, bruin. De meisjes gingen naar bed, de vriendin ging weg, nu moest ik wel praten.

Lam hing ik in mijn stoel, en ik zei: 'Ik weet het niet, ik denk dat het mijn oude plan maar moet worden, reizen, maar ik moet eerst het collegegeld betalen, tweehonderd gulden, anders moet ik in dienst, à propos, zou je me dat kunnen lenen…'

Ik werd rood, maar mijn tante zei ja en praatte er overheen.

En ineens wist ik dat wàt zij ook zou zeggen, ik het zou overnemen, en het zou zien als *mijn* idee, als hèt idee, hèt plan, dat het waas zou wegnemen. En na een halfuur praten van haar, en droevig mummelen van mij, was het nieuwe plan geboren.

Omdat ik geen doel had, zei ze, niets om me naar te richten, moest ik een kunstmatig doel nemen. Een kandidaatsexamen halen, in een jaar minder dan het gemiddelde. In welk vak, dat hinderde niet. De eerste maanden zouden moeilijk zijn, maar het zou mijn geest richten, die puddingbende zou weer scherp worden, dáár ging het om; een tijdelijke oplossing van het vraagstuk Tim, die niets deed, en als een pudding aan 't ineenzakken was.

Ik was zo zwak dat ik alles zou hebben aanvaard als de oplossing. Studeren, nee, mijn geest richten, ja! De realiteit onder ogen zien, de realiteit die ik met mijn reis ontvlucht had, wat die ook zou blijken te zijn.

En toen ik naar huis fietste, mèt mijn nieuwe plan, was ik fel, gek, bezeten. Ik fietste harder dan ik kon, ik zweette, mijn kleren werden een huls die om me heen zweefde, ik dacht aan Kathy, aan mijn plan, aan alles wat er nu veranderd was, dat ik nu weer kon *zien*, ik kòn niet meer, maar ik trapte door, als een gek, en toen ik thuis afstapte zag ik sterren, ik wankelde naar binnen, viel neer op bed, voelde me even wegzinken maar kwam meteen weer bij, mijn hart bonkte, ik rustte langzaam uit.

Een halfuur later stond ik op, waste me, ging naar bed.

Goed, ik had nu een doel. Was de sluier nu weggenomen? Nee. Waarom moest ik zo strijden tegen mezelf, terwijl ik niet eens wist wàt ik bestreed. Kathy, dacht ik, nee, nu niet aan Kathy denken, maar aan mijn nieuwe doel.

Wat moest daarvan terechtkomen?

De volgende ochtend ging ik naar de Universiteit, om me in te schrijven voor Nederlands. Dat kon niet, want ik had HBS-B. Dan maar scheikunde besloot ik, maar ineens bedacht ik dat ik van mijn eerste jaar psychologie nog een paar boeken had. Dat spaarde geld, en dus schreef ik me in voor psychologie, en ging weer naar huis.

Daar ging ik weer op bed liggen, het leek alsof de leegte nog erger geworden was. Ik dacht aan Kathy. Ik hield van haar, tenminste, ik herinnerde mij die woorden als bestendige gedachte van heel de laatste tijd. Ik hield van haar, zeker. Zij zou mij helpen. Vanavond zou ik haar weer zien, bij mijn vader, maar ik wilde dat zij nu al bij me was, om haar armen om mij heen te slaan, en mij met haar lieve lippen te kussen. De leegte nu, vanavond Kathy. En ineens nam ik nog een besluit – ik zou niet meer naar het schaakcafé gaan.

Ik lag op bed, verwonderd over al het nieuwe.

Bij mijn vader vertelde ik hem dof en uitgeblust dat ik ging studeren. Hij was blij maar ik zat alleen maar te wachten op Kathy's bel. Toen die er was deed ik open.

'Ben jij het?'

'Ja, ik ben het.'

Ik stond boven aan de trap, wist niet hoe ik het licht op de gang moest aandoen; ik staarde in het donkere hol naar beneden.

'Kom maar boven.'

'Joehoe.'

Ik hoorde haar voetstappen en ineens, volkomen onverwacht, was haar hoofd tegen het mijne, waren haar armen om mijn nek, en kuste ze me.

'Eindelijk,' zei ik, 'ik heb je een heleboel te vertellen, straks, als mijn vader weg is. Kom maar binnen.'

Ik was verliefd.

Een uur later waren m'n vader en z'n vrouw weg. Kathy zat op m'n schoot en ik dacht: een experiment, kijken of ik dat kan. Kijken of ik dat gruwelijke volbrengen kan zonder de rest van mijn leven vals uit mijn ogen te moeten kijken. En ik legde mijn armen om haar heen en fluisterde: 'Liefste, ik hou van je,' en ik kuste haar, en tijdens die kus dacht ik langzaam en nadrukkelijk, alsof ik het *zei*: ik hou lekker niet van je.

De kus was afgelopen, en het had me geen moeite gekost.

Ze zei: 'Je had me zoveel te vertellen.'

'Ja,' zei ik, ik wilde alles met haar bespreken en zij ging op de grond zitten, tegen mijn knieën. Maar het was alsof er een domper over mijn mond lag.

'Verdomme,' zei ik, 'ik wil je gezicht kunnen zien als ik met je praat.' Zij ging anders zitten, haar lieve gezicht naar mij toe gedraaid. Het hielp niet, maar ik ging verder. Nee. Ik stopte. Het ging niet. 'Ik kan niet praten,' zei ik, 'alles is ook zo nieuw.'

'Hindert niet, je moet er ook nog aan wennen.'

'Ja, maar het moet ook aan onze houding liggen. Ik ben gewend met je te praten als we in elkaars armen liggen. Laten we op de grond gaan liggen.'

En zij, de lieve, de goede, inschikkelijke, pakte haar jas van de kapstok, spreidde die uit over de grond, en we gingen erop liggen. Maar de grond was hard en ik was landerig, humeurig, ik kon niet praten. We gingen op de bank zitten, we rookten, luisterden naar een hoorspel op de radio. Ik vroeg haar op mijn knieën te komen, en toen ze daar zat, met haar rug tegen mijn borst, haar hoofd tegen mijn schouder, ging ik met mijn hand onder haar truitje, onder haar beha, speelde met... en toen ik besefte dat ik in mijn hand niet haar borst had, maar een kneedbaar stuk vlees, trok ik mijn hand terug. Ik was misselijk.

Wat was er dat deze avond verhinderde een fijne te worden? Dat we niet met elkaar naar bed gingen? Zeker niet, morgen sliep ze de hele nacht bij me. Ik moest het zelf zijn, ik was korzelig, voelde me onbehaaglijk, was nog steeds leeg. Maar als ik naar haar keek, en haar warmte ontving, dan dacht ik krampachtig: ik houd van haar, zo veel, dat is zeker, het is zeker dat ik van haar houd.

We stonden voor haar huis. Er was iets, ik zag het, haar gezicht verraadde het, het stond ernstig.

Ze pakte mijn hand. 'Kom mee,' zei ze, en we wandelden van haar huis weg. Ik zag haar niet-vrolijke gezicht, maar het kon me niet schelen, ik had een humeurig wat-is-er-nou gevoel. Ze zei: 'Tim, alles is zo ongelooflijk mooi...' en ik dacht: dit is nou niet het *aller*beste moment om dat te zeggen, en zij ging verder: 'dat ik zo verschrikkelijk bang ben dat het maar zo kort zal duren.'

Ik schrok. 'Waarom haal je je dat nu toch weer in je hoofd?' zei ik. En we liepen, onder donkere, slechts in gedachte groene bomen, hand in hand, en ik praatte het uit haar hoofd, geloofde tenminste dat ze geloofde dat er niets aan de hand was, en we stonden weer stil voor haar deur en namen afscheid. Morgenavond, dan begon ons weekend.

Thuis in bed was daar nog het humeur, de korzeligheid, maar ook de sussende gedachte: ik houd van haar, jawel, ik houd van haar.

Je slaapt, en de slaap die over je is, is onrustig, een trillen-
de omvatting van zachte armen die je over je hele lichaam
steunen, maar die niet stil zijn vannacht. Daardoor slaap je
niet prettig, en als je wakker wordt, merk je, al zijn de gordijnen gesloten en kan je niets zien, dat de dag niet glan-
zend is, maar dof. Je duikt weer weg in de slaap, maar je
wordt opnieuw wakker, wéér met het gevoel dat er iets
onprettigs is. Je blijft nog met dichte ogen liggen, je denkt:
slaap ik nog of ben ik wakker, en dan doe je je ogen open,
je bent wakker. Je draait je op je zij, en je denkt: wat is nu
toch dat onprettige gevoel.

En dan grijpt het weten je met klamme hand bij de
keel: je hebt Kathy niet meer lief.

Ik stond op, probeerde te lezen, maar ik kon mijn gedachten niet bij het boek houden. Het is belachelijk, dacht ik,
belachelijk, dat ik niet meer van Kathy zou houden. Hoe
kwam ik daar nu bij, hoe kon nu een maand met liefde
gevuld zo plotseling omslaan, hoe zou liefde zo plotseling
kunnen verdwijnen. Ik moest gewoon denken aan de fijne dingen, en ik zag haar, naakt, op mijn bed, de benen
licht gespreid, mij uitnodigend…

Nee, niet dàt kon mij opnieuw het gevoel van liefde
brengen. Ik moest terug in mijn herinnering, twee of drie
dagen maar, denken aan een samenzijn dat heerlijk was
met gesprekken, en vingertoppen.

Maar het lukte niet. Ik moest iets anders gaan doen,
maar wat? Ik dacht eraan toch naar het schaakcafé te gaan,
maar dat kon niet, dat had ik mijzelf verboden. Dus zat ik
opgesloten. Ik ging naar binnen, zei nog eens tegen mijn

moeder dat Kathy vannacht zou blijven slapen, ging weer terug naar mijn kamer.

Kathy… dacht ik. Nee, weg jij uit mijn gedachten. Ach, dit moest allemaal onzin zijn, als ik haar vanavond zag was alles weer gewoon, ons heerlijke geluk. Ik probeerde het me voor te stellen. Ik belde aan, ze deed open. 'Dag,' riep ik, 'ik kom boven.' Ik liep de treden op, ontspannen, week uit voor de fiets die op de overloop stond, waarom stond dat kreng daar toch, ik was er een keer tegenaan gelopen en had m'n jaszak gescheurd. Mooie jas was dat toch van me, bruin, met een lichtere kraag, die was de hele wereld met me rond geweest, wanneer had ik hem eigenlijk aangehad op die reis, na Nieuw-Zeeland zeker niet meer. Wat een heerlijke klamme, maar zuivere ochtend was het geweest in Wellington, ik zag weer de bergen rond de stad, hoge pluimen van wolken erboven, een sodabar waar meisjes zaten die naar me giechelden. Had ik toen eigenlijk nog mijn volle baard?

Ik schrok. Ik wilde over Kathy denken, maar iets had me afgeleid. Wat? Ik wist het niet meer.

Ach, ik moest mij niet zo laten gaan. Ik was gewoon in de war omdat ik m'n hele levensplan had veranderd. Straks hadden we een heel weekend voor ons samen, dan ging alles vanzelf. Dan kon ik weer van haar houden, van haar geest via haar lichaam. Nee – dat niet, dat had ze niet verdiend.

Ik schoof de gedachte aan haar van me af, en bracht de dag in betrekkelijke gemoedsrust door.

Maar toen ik 's avonds naar haar toe fietste, deed ik dat langzaam. Ik wist het nu zeker. Ik verheugde me niet op dit weekend, dat bestemd was om het toppunt van ons geluk te worden.

Pas toen we in de bioscoop zaten, durfde ik het in haar nabijheid te denken. Ik hou niet van je, sorry, dacht ik. Ik keek naar haar onschuldige knappe gezicht. En ik ben niet meer verliefd op je, sorry.

Zij keek me aan, vlug veranderde ik mijn ogen.

'Liefje…' zei ze.

Zij hield nog van mij. Ik had haar iets gegeven, ging het afnemen, maar hoe moest ik dat in godsnaam doen? Ik durfde het niet, het was te gruwelijk voor haar. We keken naar elkaar, zij met verliefd schitterende ogen, ik met doffe, wanhopige ogen, waarin ik glans van liefde probeerde te leggen. Ik *moest* een warm gevoel voor Kathy forceren, en ik dacht: medelijden, dat kan ik nog met je hebben. Je bent zo lief, maar ik moet iets van je kapotmaken, iets groots, het spijt me zo. Medelijden, dat kan ik je geven, niet meer de liefde bedreigend, maar de liefde vervangend.

Hoe ontzettend dit voor haar was, drong niet tot mij door. Hoe ontzettend dit voor mij was, drong niet tot mij door.

Het was donker, de film draaide. We zaten in dezelfde bioscoop waar we de eerste avond met elkaar waren uitgeweest. Toen ik toen naar je keek, dacht ik, was je mijn meisje nog niet, je had nog al je geheimen voor me. Nu ben je mijn vrouw, en heb je geen geheimen meer voor me. Toen hield ik nog niet van je, nu niet meer. Als nu iemand vóór ons zich zou omdraaien, en aan mij zou vragen: 'Is zij uw vrouw?' dan zou ik denken: wij zijn een modern modern huwelijk. Het moderne is dat we niet getrouwd zijn, en het moderne van het moderne is dat ik niet van haar houd.

Het is gruwelijk, moeraskikker, maar ik wil met je naar bed, niets anders.

In mijn kamer was daar niet meer het soms verlegen spel, niet meer het eerste uur, aangekleed op bed, het tweede uur, van boven naakt op bed, en daarna naakt, in bed, maar we rookten een sigaret, deden het licht uit, en ik zei: 'Zullen we maar direct in bed gaan?'

Ik kon niet toneelspelen, maar al vlug hoefde dat niet meer, in beslag genomen als ik was door onze gelijktijdige stoeiende striptease. Zij trok haar rok uit, haar onderrok, legde haar sieraden af, trok haar truitje uit, maakte haar beha los, daar waren haar heerlijke borsten weer. Alleen in haar broekje stond zij voor me, ook ik had nog alleen mijn onderbroek aan, we namen elkaar in de armen, het gebrek aan liefde was vergeten, we waren wild, sprongen in bed, wriemelden onder de dekens uit onze broekjes, en haar lichaam deed me alles vergeten, ik gleed in haar, zag flitsen van Tahiti, Panama, beklom een berg, hoger en hoger, stortte peilloos neer.

Iets later trokken we onze pyjama's aan, en vielen in elkanders armen vermoeid in slaap.

Maar die nacht, met Kathy, mijn vergane liefde, zwaar en vertrouwend in mijn armen, droomde ik van Judith.

Toen ik wakker werd, met het rustig ademende lichaam van Kathy naast mij, en het beeld van Judith in mij, voelde ik me daar zo slecht en walgelijk door dat ik het on-middellijk verdrong.

Kathy werd ook wakker.

'Goedemorgen,' zei ik.

Ze sliep nog half, ik schudde haar helemaal wakker.

'Dag,' zei ze. Ze dacht even na, en zei: 'Een nieuwe maand.'

'Is het al 1 oktober?' vroeg ik, en ik gaf haar een klein tikje. 'Eerste tikje van de maand.' Maar ik rekende: 'Nee, het is nog 30 september, zondag 30 september.' Ik gaf haar nog een tikje, 'laatste tikje van de maand.'

Het was droevig maar waar, ik hield niet meer van haar. Hoe dat kwam vroeg ik me niet eens af, het was ge-woon zo, het was iets wat ik niet kon helpen.

De pyjama's gingen weg, het samenzijn was ruig en dierlijk. Liefde was een mislukte uitvinding van mensen.

We wasten ons om de beurt, Kathy hielp mijn moeder met het ontbijt. Ik maakte het bed op, vouwde Kathy's py-jama op, en legde hem onder het kussen. In de kast hing nog haar jasje van een week geleden. Straks gingen we wandelen, zoals we romantisch hadden afgesproken, zo kort geleden nog maar.

Bij het ontbijt deed ik niet mee aan het gesprek. Ik wist het nu zeker, ik hield niet meer van haar. Maar ik zou het haar nooit durven zeggen. Ze zou me moeten helpen, maar zelfs als ze weer zei dat ze zo bang was dat het maar zo kort zou duren, zou ik het nog niet durven. Ze zat naast me, dicht tegen me aan, en ik dacht: een brief? God wat laf.

We waren weer op m'n kamer, stilzwijgend hadden we afgesproken dat we toch niet gingen wandelen. Ze omhelsde me, kuste me wild.

Ik houd niet van je, dacht ik, ik vind het zo erg voor je, maar ik kan er niets aan doen. Maar iets moest de korte afstand tussen onze breinen overbrugd hebben, want ze zei: '*Vanavond* zullen we zeggen: ik hou van je, en het menen.'

Het was haar natuurlijk opgevallen dat ik niet meer zei: 'Ik hou van je', wat ik anders zo vaak deed. En het werd zowaar nog gezellig op m'n kamertje; zij lag op bed en las, terwijl ik aan mijn bureau in een schaakboek keek. En later lagen we samen op bed, de radio stond aan, en met haar rug als onderlegger keek ik de voetbalpool na. Niets – dat invullen moest ik maar eens van mijn moeder overnemen. En met mijn handen om haar heen, haar rug tegen mijn borst, voelde ik, dat als ik de schijn wilde ophouden, ik het nu moest zeggen.

'Ik hou van je,' loog ik.

Ze draaide zich naar me toe. 'O, Tim, je maakt me zo gelukkig.'

Voor een leugen hoorde nu eenmaal straf, ze had me ook een klap mogen geven, of m'n ogen mogen uitdrukken, want ik had geen excuus voor mijn leugen, alleen mijn lafheid.

We gingen sigaretten halen, hand in hand liepen we over straat.

'Gaat je moeder nou niet vragen wáár je precies bij mij geslapen hebt?'

'Dan zeg ik gewoon dat jullie een mooi lits-jumeaux hebben, dat we daarin geslapen hebben.'

Ik moest erg lachen, dat was wel de handigste manier om de achterdocht weg te nemen.

Ze vroeg of ik dinsdag nu eens bij haar kwam eten, en ik zei ja. Over twee weken was het dertigjarig jubileum van Foto Linneman. Voor het personeel van alle filialen zou er dan een boottocht over het IJsselmeer zijn, ze was wel een beetje bang dat ze dan zeeziek zou worden, en aan het slot was er een diner in Emmeloord. Iedereen mocht iemand uitnodigen, misschien had ik zin om dan met haar mee te gaan. Ik zei ja, we praatten verder over dat tochtje, maakten plannen.

Om zes uur bracht ik Kathy naar huis, ze ging bij haar moeder eten, daarna zou ze weer bij mij komen. Ik ging nog even mee naar boven, naar haar kamertje. Ze liet me een Chinees mesje zien, dat had haar een keer bijna het leven gekost. Een vriend, die verslaafd was aan marihuana, had op een avond bij haar op haar kamer gezeten, en hij had toen zeker te veel gebruikt, want ineens had hij dat mesje gepakt, en het op haar keel gezet. Ze was doodsbang geweest, maar ze had doorgepraat alsof er niets aan de hand was, en toen was hij gaan huilen, ze had hem koffie gegeven en hij was weggegaan, en ze hadden er nooit meer over gepraat.

Op een tafeltje lag een pak foto's, de foto's die ze mij die keer had laten zien. Ik vroeg haar of ze die straks weer mee wilde nemen, dan konden we er nog eens naar kijken.

'Lieve Teuntje,' zei ik. Dat was geen leugen; ze wàs lief, ze was goed, ze was het goed-ste meisje van de wereld, nooit zou ze iemand kwaad kunnen doen – maar ik hield niet meer van haar.

'Als je direct weggaat,' zei ze, 'dan moet je hoorbaar voor m'n moeder zeggen: dag Teuntje. Dat vindt ze leuk, iedereen noemt me altijd Kathy.'

Een kusje op de al donkere gang – een leugen.

Ik ging de trap af, en riep idioot hard: 'Dag Teuntje'.

Op mijn kamer wachtte ik tot we zouden gaan eten.

Ik was wanhopig. Wat moest ik doen? Op dit moment zat ze thuis te eten, gelukkig met de gedachte aan mij. Wat had ze verder in haar leven? Niets. Haar ellendige verleden telde niet meer, ze hield van mij, dat was alles. En dat moest ik kapotmaken.

Dat kon ik niet. Haar doden? Krankzinnige gedachte. Echt krankzinnig? Ja. Ik zag haar voor me, die middag, hoe ze een trek van haar sigaret nam, zich bukte.

Dan toch een brief? Na dit weekend zou ik het doen. Kathy, ik maak het uit, en een lang verhaal erbij, dat ik haar nooit meer kon zien. Maar Kathy schoof in mijn beeld – uitmaken met een brief, dat was haar al eerder gebeurd, ik wist dat moeraskikkers daarvoor gespaard moesten blijven. Wat dan? Als het uit *moest*, maar ik het niet kòn uitmaken?

Wat was dit ellendig en wreed, het moest een bevlieging van me zijn. Dinsdag at ik bij haar thuis, dan lachte ik erom, dan was alles weer hetzelfde, mooie geluk. Maar ik mocht mezelf niet voor de gek houden. Ik wist met verblindende zekerheid dat de liefde in mij weg was. En als ik het niet uit kon maken, dan kon ik maar één ding doen:

doorgaan zònder liefde, tot het ophield – hoe, dat wist ik nog niet. Dinsdag zou ik bij haar zijn, en ik zou zeggen: ik hou van je. Ik zou verraad plegen, een verraad dat door zou moeten gaan tot het uit was.

Na het eten kwam Kasper, we praatten op m'n kamer.

'Het nieuwe met Kathy is er nou af,' zei ik, 'het is niet zo fijn meer. Het zal nog wel een tijdje doorgaan, misschien een maand of zo, dan zal het vanzelf wel uitgaan.'

Ik deed onverschillig, maar ik voelde het verraad. Een schaakbord kwam op tafel, en we schaakten.

Wat later werd er gebeld, Kasper ging naar binnen, en ik deed Kathy open.

'Dag liefje,' zei ik. Ik speelde hartstocht, probeerde weer in haar koude frisse wangen hetzelfde plezier te vinden als vroeger. Een kusje, ze trok haar jas uit, ze had een blauw vestje aan. Ik hield van blauw, het zou mijn acteren vergemakkelijken.

We gingen naar binnen, zaten met z'n allen rond het kijkkastje geschaard. Af en toe legde ik mijn hand in Kathy's nek, en dan keek ze verliefd naar me op. Wat ik dit meisje nooit aan zou willen doen, dééd ik haar aan: ik zat alleen maar mijn wachttijd uit, tot we naar bed zouden gaan. Het was slecht en lelijk.

Toen het oerslechte televisiespel was afgelopen, gingen Kathy en ik naar mijn kamer. Ik ging op bed liggen, we rookten, en we zwegen.

Kathy verbrak de nare stilte. 'Jammer dat ik die foto's niet heb meegenomen,' zei ze, 'dan hadden we daar een beetje over kunnen praten en zo.'

Dan begon het spel, en het had al het mooie verloren, het was alleen nog wellust. Terwijl zij stond, en het licht nog aan was, kleedde ik haar uit. Ik verlustigde mij in haar naakte lichaam, was even een voyeur, kleedde me uit, was exhibitionist. Het was ruig als nooit tevoren. Zoals we steeds tintelend van verliefdheid samen onder de dekens waren gekropen, zo duwde ik haar nu op het bed, waar de sprei nog op lag, en ik nam haar als een bruut, geweldloos, maar dierlijk en laag.

Ik zag haar gezicht en schaamde mij. Haar gezicht stond op huilen. Altijd was er na de liefdesdaad een hemelse glimlach van haar voor mij geweest, een glimlach om al het mooie en het lieve van ons. Als een waas zag ik die glimlach over haar gezicht, maar het waas verdween, en ik zag alleen nog haar gezicht van nu, dat op huilen stond.

'Wat is er, liefje,' vroeg ik. Ik schaamde mij. Dit was een goed meisje, ze had mijn liefde nodig.

Even later kwam het eruit. Achter een verborgen snik haar woorden: 'Het was tegen mijn zin, ik wou het niet. Ik ben bang dat we te veel met elkaar naar bed gaan, dat het op het laatst alleen nog maar hierom zal zijn, dat wil ik niet. Het moet mooi blijven. Het was nu tegen mijn zin, dat is het nog nooit geweest.'

Dat zei ze. Mijn hart voelde ik kloppen, naakt onder mijn naakte huid, die haar naakte huid raakte. Ik was bang. Nu moet ik het zeggen, dacht ik radeloos. Mijn hart klopte angstig. Ik durfde het wel te zeggen. Ik durfde het niet te zeggen. Ik durfde wel – niet – wel – niet, zoals ik twijfelde terwijl ik theekopjes afdroogde, en niet-wel-niet-wel haar durfde te vragen met mij uit te gaan. Mijn hart klopte fel. Oké, ik zou het dan toch zeggen, maar hoe?

'Kathy,' zei ik langzaam, want het was mijn laatste zin terwijl zij nog in mijn liefde mocht geloven, en dan klap, kapot, uit, 'weet jij wat liefde is?'

Wij wisten het beiden na deze zin; het was afgelopen, en zo schaamden wij ons geen kleren te dragen, en we gingen onder de dekens liggen, en praatten verder. Maar uit was het, uit.

'Ja, dat weet ik wel.'

'Ik niet.'

'Waarom zeg je dan dat je van me houdt.' Verwijt klonk in haar stem.

'Omdat ik dat dacht.'

'En nu houd je niet meer van me.'

'Ik geloof het niet.'

'Ik heb het altijd geweten, dat het maar zo kort zou zijn.'

Ik voelde medelijden, wilde haar kussen, maar zij draaide haar hoofd weg.

'Ik weet niet hoe het komt,' zei ik. 'Laat me je wat over mezelf vertellen.' En ik vertelde over Hanneke, Lily en Nicole, de enige meisjes die ik had liefgehad. 'En jou, dacht ik, ik heb het altijd gedacht, ik begrijp het niet, ik denk dat ik nu ook nog van je houd, maar ik voel het niet nu.'

'Laat me je wat over mij vertellen,' zei Kathy. En ze vertelde over Fons, hoe ze hem op een feest had ontmoet, hoe ze gehuild had toen hij naar Nieuw-Guinea ging, hoe kapot ze was na zijn brief. 'En daarna heb ik altijd wel sexueel contact gehad, een jaar lang heb ik een verhouding gehad met een fotograaf, dat was op het laatst alleen maar naar bed gaan. Dan had ik bijvoorbeeld bloemen meegenomen, en ik had ze nog niet in het water kunnen zetten, of hij kleedde me al uit.'

En na die woorden was het alsof een enorme muur van droefheid tegen me aan sloeg, en ik wist dat ik die woorden altijd zou onthouden. Ik zag het, ik zag Kathy staan voor een kastje, zag haar de bloemen schikken, ik zag de handen van de man, alleen zijn handen rond haar borsten.

'Ik hield van jou – ik houd van jou meer dan ooit van Fons.'

'We moeten elkaar gewoon een tijd niet zien,' zei ik wanhopig, omdat plotseling een heel mooi gevoel voor Kathy weer over me was gekomen, diep en sterk; dat het alleen medelijden was, kon ik op dat moment niet zien.

'Nee,' zei ze, '*wij* zien elkaar nooit meer.'

Ik kon het me niet voorstellen.

'Laten we ons aankleden.'

Ik bleef liggen, en terwijl ik haar naakte rug langzaam uit het bed zag rijzen, besefte ik dat het de laatste maal was dat ik haar naakte rug zag. En terwijl zij zich aankleedde durfde ik niet te kijken. En zij wendde zich af, toen ik mij aankleedde.

Haar houding, haar manier van doen, was nu hard en beslist. Een groot leed had haar net getroffen, maar het was onmiddellijk gebannen. Ze had pijn, maar ze zou het niet laten zien.

190

'Je houding is helemaal veranderd,' zei ik, 'laat me alsjeblieft nog in je zachte binnenste kijken.'

'Nee.'

Toen we buiten stonden, wist ik eerst niet hoe we zouden lopen. Met mijn arm om haar heen kon niet. Maar we konden toch ook niet los van elkaar lopen. Ik pakte haar hand. Hand in hand liepen we, en eerst wisten we niet wat te zeggen. In onze woorden, tussen onze woorden was stilte.

'Mag ik nu niet meer in je binnenste kijken.'

'Nee.'

'Ga je nou straks huilen.'

'Dat mag je niet vragen.'

Ik was wreed, want ik wilde dat ze om mij huilde. Nu het voorbij was, was ik ineens niet meer zeker van haar liefde. Maar overheersend in mij was de pijn, omdat ik haar nooit meer zou zien.

'Kathy, je gaat toch niet vergeten wat wij hebben gehad.'

'Hoe kom je daarbij, het was zo ongelooflijk mooi, het mooiste wat ik ooit heb gehad.'

'Ik zal jou nooit vergeten.'

'Ik jou nooit.'

'Ik ga hier een boek over schrijven,' zei ik. Ik wist ineens zeker dat ik dat zou doen.

We vermeden het onder de boom door te lopen waaronder we eens, onze fietsen aan de hand, hadden gekust. Geen van ons durfde daar een toespeling op te maken.

Bij de hoek voor haar huis besefte ik dat ik haar over

misschien maar twee minuten nooit meer zou zien.

'Ik voel me alsof ik naar m'n executie loop,' zei ik.

'Zo erg zal het niet zijn.'

Kon ik het maar omkeren, dacht ik, met mij als hope-loze minnaar.

Haar huis. Haar deur, nu in deze nacht met een onbe-kende droefheid beschilderd. Ze deed de deur open.

'Ik zal jou nooit vergeten, Kathy.'

'En ik jou niet, Tim, dat is niet mogelijk.'

'Besef je, Kathy, dat ik misschien gefaald heb, maar dat ik je alles, àlles gegeven heb, wat ik je geven kòn?'

'Dat weet ik.'

Ze ging, langzaam, naar binnen.

'Nou, het enige, Kathy, wat ik nog wil zeggen: ik wens je geluk in je leven, dat is alles wat ik wil.'

'Ik wens jóu geluk.'

En daar was het eind. Onze lippen kwamen op elkaar, heel zacht, heel heel zacht, en de tongen speelden niet, al-leen de lippen raakten elkaar, zacht, heel zacht, en toen was haar gezicht weg van het mijne.

Ik stapte naar buiten.

'Dag…'

Haar gezicht, met een onbegrijpelijke glimlach, was teer en mooi in de deuropening.

'Dag…'

De deur sloeg dicht.

Ik inhaleerde de frisse lucht.

Je draait je om en je loopt. Dat zijn de eerste seconden, dat je haar voor het laatst hebt gezien.

IV

MENEER BEEST EN
MEVROUW BEEST

Meneer Beest en mevrouw Beest

In het halve jaar dat Laura en ik samen waren, moest ik af en toe aan de andere kant van de stad zijn, dicht bij de ringweg. Als zij dan bij me had geslapen gingen we samen de deur uit en reden we, ieder in onze eigen auto, door de doolhof van straten naar de tunnel, de tunnel door, de ringweg op. Ik reed altijd achter, om haar te zien, maar vooral om haar de weg te zien weten; te voelen dat mijn huis nu iets was dat bij haar leven hoorde.

Als we bij haar afslag kwamen ging ik even naast haar rijden. We staken onze vingertjes naar elkaar op, lachten, en dan zwenkte zij weg. Even reed ze van me vandaan, dan kwam ze in een wijde boog, beneden me, weer naar me toe. We zwaaiden nog even, en dan verdween ze onder het viaduct waar ik al overheen reed.

Als ik zomaar aan haar dacht, dan kwam dat beeld vaak bij me op. Haar kleine zilverkleurige auto tussen het beton en het groen, haar zwaaiende hand, haar lach, het blinken van de zon in haar voorruit – het duurde een tijd voor ik besefte dat het beeld dat ik 'Tim en Lau' had laten worden, een beeld was van uit elkaar gaan.

Onze hele verhouding, die tweehonderdéén dagen duurde, stond in het teken van ons uit elkaar gaan. Het kon nu eenmaal niet – de onmogelijkheid van onze verhouding bleef domweg bestaan naast die verhouding zèlf.

'Niet over praten, genieten,' zei Laura tijdens onze eerste nacht. Dat hebben we dan maar gedaan. Dat we met elkaar naar bed zouden gaan was onvermijdelijk geworden, maar ik zou het niet vreemd hebben gevonden als ze het bij die ene nacht had willen laten. En ik zou er vrede mee hebben gehad. Wat zou ik er niet voor hebben gegeven, die eerste keer dat ik haar zag in de Holiday Inn bij Leiden, om één uur met haar in bed door te brengen. Nu had ik al een hele nacht – en een paar dagen later lagen we van 's ochtends elf tot 's avonds zeven in bed, een record dat we wéér een paar dagen later op tweeëntwintig uur brachten, alleen onderbroken voor een uur bij de Chinees om de hoek, waar we tot op het laatste korreltje rijst alles naar binnen schrokten en tot onze schrik hetzelfde gelukskoekje kregen dat voorspelde dat we altijd samen zouden zijn.

Na een week dacht ik: het duurt een maand, en na een maand: misschien nog wel een maand. Na vier maanden dacht ik: dat einde van ons, dat heeft zijn bestaansrecht verloren tegenover hoe heerlijk het is. Het is er nog wel, maar het gaat sneller van ons weg dan wij leven.

Ik heb nooit geweten wat dat onverbiddelijke *nu eenmaal* van ons uit elkaar gaan eigenlijk was – een beslissing van haar waar ik me bij voorbaat bij had neergelegd, of een gezamenlijk inzicht in iets vervelends waarin je niet echt gelooft, maar waarvan je weet dat je er toch niet onderuit zult kunnen, zoals je dood. Het kon niet. Het kon natuurlijk wel, maar toch misschien: liever niet. Alleen al om haar vader. Dat hij had gehoopt dat Laura na Lex, die zesendertig was, een wat minder oude vriend zou nemen, dat was een goede grap, maar thuiskomen met iemand die ook in bed had gelegen met zijn vrouw om wie hij in diepe rouw was, dat kon ze hem niet aandoen.

We hebben er nauwelijks over gepraat. Een keer bij mij, ergens rond dag 120, toen ze nog maar net was binnengekomen, zei ik: 'We hebben bedacht dat we uit elkaar moeten gaan, hè? En we weten steeds minder hoe we dat voor elkaar gaan krijgen, hè?' Maar ik praatte er overheen, en zij liet me; misschien had ze het ook niet goed verstaan – zij zat op de bank, ik op mijn knieën vóór haar op de grond, mijn mond in haar trui gedrukt die ik al bezig was los te trekken; meestal was ze al bloot vóór het theewater kookte.

Ze noemde me haar scharrel, en ik noemde me dan ook maar haar scharrel. Over haar breuk met Lex zei ze een keer: 'Nu ben ik een vrije vrouw,' om er meteen geschrokken lachend aan toe te voegen: 'Nou ja, niet helemaal.' Maar de grap was al geboren en in onze mailtjes (drie, vier, tien per dag) groeide een Bibelebonse Berg van vrijheid: de eigen woning die ze zocht, en daarna vond en opknapte, werd haar vrijevrouwendomein, met een vrijevrouwenpostcode en een vrijevrouwentelefoonnummer. 'Lieve vrije vrouw,' schreef ik, 'heerlijke vrije vrouw', en ik noemde haar *havévé*, een van de vele letterwoorden van onze snelgroeiende eigen taal.

We waren zesenvijftig en achtentwintig, zesenvijftig en negenentwintig, zevenenvijftig en negenentwintig. Ze was een 'jonge vriendin', de glorieuze jonge vriendin waar mannen van mijn leeftijd van dromen. MAN (57) EN VRIENDIN (29) WANDELEN DOOR ZWIN (BELGIË) − wat was ik altijd jaloers geweest op zulke krantenkoppen, en nu ging het over mezelf.

Maar de glorieuze jonge vriendin wil kinderen, een gezinnetje, en niet met hem. Al heeft hij nog zo vaak 'voor haar verander ik mijn leven nog' tegen zichzelf gezegd. Hij is te oud. Hij is te vaak met haar moeder naar bed geweest.

In bed met haar in Deventer zei ik een keer: 'Jammer dat ik niet twintig jaar jonger ben hè?' − een voor ons doen gewaagde benadering van het verboden gesprek.

'Tien,' riep ze meteen.

Raar meisje, dacht ik − negenentwintig jaar, en dan een gezin willen beginnen met een man van *zevenenveertig*?

Pas in de auto terug naar Amsterdam drong de betekenis van haar antwoord, en van de snelheid ervan, tot me door. Ze had erover nagedacht, haar antwoord klaar gehad. Ze had gerekend, geschipperd, water in de wijn gedaan − bijna vijftig maar liefst had ik mogen zijn voor dat gezinnetje van haar, een vriendenprijsje.

Maar bijna zestig − nee.

En dus maakten we maar grapjes over onze leeftijden. Hoeveel scheelden we nou helemaal, zevenentwintig jaar en een paar luttele maandjes. 'Je bent een beetje jong voor me,' zei ik, 'maar je kunt niet alles hebben.' 'Je moet geen film voor boven de vijftig uitkiezen,' zei zij, 'want daar kom ik niet in.' Een extra harde klap op haar kont was kinderbijslag, en als ik pas in de badkamer kwam terwijl zij zich al stond af te drogen, dan kwam ze vaak toch nog even bij me onder de douche – bejaardencompensatie.

Over nog eens zevenendertig jaar, dat verhaal vertelden we elkaar zo vaak dat het haast een gezamenlijke sketch werd, zou ik een verhouding beginnen met haar dochter. Ik was dan drieënnegentig, die dochter achtentwintig. Op een dag kwam die bij Lau, de verliefdheid stralend uit al haar poriën: 'Mam, ik heb een nieuwe vriend. Hij is zó leuk! Ik ben zó gek op hem. Hij is alleen wel een beetje oud.'

'Hoe oud dan?'

'Drieënnegentig. Maar je bent zo oud als je je voelt!'

Iedere keer moesten we er weer om lachen, maar altijd riep Laura ook: 'Daar komt *niets* van in!' en midden in ons lachen was ik teleurgesteld dat het voor haar dus vanzelf sprak dat ze een dochter zou hebben die niet ook mijn dochter was, en dat ze mij, als ik drieënnegentig was, te oud zou vinden voor die dochter. Want als mijn leukheid dan niet opwoog tegen dat leeftijdsverschil, dan was het misschien van ieder leeftijdsverschil de vraag of iets ertegen op kon wegen.

Als we al over ons einde praatten dan deden we dat, zoals nu eenmaal passend is over de dood, schertsend. Zouden we haar verjaardag halen, rond dag 50? Die haalden we met vlag en wimpel: neukend zagen we de wekkerradio verspringen naar de 00:00 van haar nieuwe leeftijd, en om halftwee dronken we de champagne die ik voor onze eerste kus had klaargezet. We haalden zelfs *mijn* verjaardag, iets na dag 100. Maar die hotelsuite in Groningen waar ik een nacht met een persoon van mijn keuze mocht doorbrengen, zouden we *die* halen? Dat moest lang van tevoren worden vastgelegd, en bladerend in onze agenda's, op zoek naar een mogelijkheid, voelden we dat we blaadjes omsloegen waarop het al uit hoorde te zijn. En toch hebben we ook dat gehaald: zwaaiend met een fles wijn die we in het restaurant hadden meegekregen, stonden we om middernacht van dag 130 onder de Matsini Tsoon, en ik kuste haar, denkend: 'Dit is gewoon waar, ik kan Laura Westerdijk in mijn armen nemen en kussen, het is onvoorstelbaar,' en ik koos die kus om er de bliksemstraal van de eeuwige herinnering op te laten vallen, en om hem in het stukje te laten voorkomen dat ik erover moest schrijven – feit en fictie in één.

'Oh, ik wil dit nog honderd keer,' riep ik een keer in bed met haar, *in* haar, maar hoe ver weg ik ook was in mijn vervoering, ik hoorde de benepenheid van dat getalletje, en ik voelde de hapering in het lichaam van mijn lieve spontane schat, waarmee ze juist schrok van het astronomische ervan – en ik wist dat ik zonder dat steeds boven ons hangende kutzwaard van Damokles iets heel anders zou hebben geroepen: duizend keer, een miljard keer, wat dan ook dat zich tussen werkelijkheid en eeuwigheid bevond, en niet dat schijterige 'honderd' dat het in zich had om nog waar te worden ook.

De eerste keer dat Laura het had uitgemaakt hadden we toen al achter de rug; dat was op dag 85 geweest, eind maart.

Al voor onze eerste ontmoeting in Leiden had ik haar geschreven over mijn ex Sonja, die op Kathy leek en met wie ik het op net zo'n domme manier had uitgemaakt, en in Leiden had ik haar verteld dat Sonja nu zwanger was van haar eerste kind.

Daar was Laura steeds naar blijven vragen: hoe dik Sonja's buik al was, of ik had mogen voelen en het kindje had voelen schoppen, of ik nog eens wilde bellen, langs wilde gaan om te kunnen vertellen hoe die buik er nu uitzag. En toen de baby er was, wilde ze mee op kraambezoek.

Daar was ze stilletjes. Ze mocht Sonja's dochtertje een tijdje vasthouden.

Toen ik weer thuis was, en zij onderweg naar Deventer, voelde ik me verdrietig zonder te weten waarom; de volgende ochtend mailde Laura dat zij zich niet lekker voelde, en niet was gaan werken. Die nacht sliep ik weer bij haar, en toen ik 's ochtends maar weer eens een grapje maakte over ons uit elkaar gaan, zei ze: 'Dat zit er wel aan te komen.' Domme Tim, pas nu drong tot me door dat ik de kat ook wel op het spek had gebonden met dat kraambezoek; *daarom* was ik verdrietig geworden en zij ziek; het kindje had ons eraan herinnerd dat zij dat ook wilde, dat ze niet te lang moest wachten, dat ze haar tijd met mij verdeed.

We zeiden er verder niets over. Iets 'zit eraan te komen', wat is dat? Een week? Een maand? Waarom dan eigenlijk niet meteen? Zou *ik* het uitmaken? Maar onder geen beding zou ik met Laura de fout maken die ik met Kathy had gemaakt: nooit zou haar door mij iets overkomen wat haar verdriet deed. *Zij* moest het doen. Het viel ook wel uit te rekenen wat dat 'zit eraan te komen' ongeveer was. Háár verjaardag hadden we samen gevierd, dan zou ze zich wel verplicht voelen er over een paar weken bij de mijne ook nog te zijn. Met nog een decent wachttijdje daarna hadden we nog een maand te gaan.

's Avonds mailde ik haar: 'Dat is toch wel een klapje, lieve mevrouw Beest. Er is niets gezegd dat we nog niet wisten, maar ik wilde het niet zo graag horen. En helemaal niet weten dat het niet zo ver meer is.'

Ze belde een paar minuten later. Ze wilde me zien, nu onmiddellijk, ze kwam naar me toe. Anderhalf uur later was ze er, een bezorgd meisje met een pet op, en een logeertas.

'Waarom wou je meteen komen?' vroeg ik.

'Dat vond ik belangrijk.'

'Gekkie.'

'Ik ben een normalie.'

Ze kwam die nacht dertien keer klaar, heb ik genoteerd. Geen woord over onze verhouding.

De tweede keer dat ze het uitmaakte was op dag 141, midden mei.

De avond daarvoor hadden we tijdens een laat telefoongesprek weer eens bedacht dat we bij elkaar moesten zijn. Ik was naar Deventer gereden, maar op de een of andere manier bracht die nacht ons minder dan andere nachten. Bij het ontbijt huilde Laura ineens. Haar moeders eerste verjaardag na haar dood was net geweest, ze had weer zoveel aan haar moeten denken, ze miste haar zo. Ik troostte haar een beetje.

Ze vermande zich, en terwijl ze zich voorbereidde op haar dag in het revalidatiecentrum las ik op haar bankje een krant. Zoals altijd kwam ze nog even bij me zitten om een laatste sigaretje te roken. Ze zei dat ze niet alleen om haar moeder had gehuild, maar ook om ons.

Ik kon niet anders vragen dan: 'Dus je vindt dat het nu afgelopen moet zijn?'

'Ja.'

Dit was het dus, zo zag ons eind eruit. Gewoon iemand die het zegt. Geen grensposten, urenlange inspecties en ondervragingen maar hop, je was in het andere land.

Ze huilde weer even, we kusten elkaar een beetje, ze moest naar haar werk. We gingen samen de deur uit, plotseling elkaars exen; de afspraak voor een paar dagen later die we al hadden, zouden we gebruiken voor een slotgesprek. Kus, dag, werkse, tot zondag. Bij het wegrijden maakte ik een blunder die tot een ramp zou hebben geleid als niet een ander scherp had gereageerd.

'Nou, 18 mei, het is dus uit,' sprak ik even later in op mijn bandrecordertje. 'Dat moest er ook eens van komen. Het brengt ook rust, zal ik maar zeggen, ik hoef dit niet meer te vrezen. Het zit erop, het is zonder wanklank volbracht, het is heerlijk geweest, maar nu is het afgerond. Het is natuurlijk wel het einde van een liefde die een heel leven heeft beslagen. Dus het moment dat ik dit inspreek, bij dit stoplicht op de, eh… Oerdijk godbetert, is nou ook weer niet niks. Niet te geloven, het is uit, maar ik ben nog in Deventer, zo dicht ben ik nog bij wat ik met Laura had.'

Zoals nu, onverwacht, met één ruk, moest het: dat had Laura goed gedaan. Ze had gelijk, ze moest zèlf leven, niet iets van haar moeder overnemen, daar zou nooit de twee-dehandsheid af gaan. Maar we hielden van elkaar, dat na-tuurlijk wel. Ik zag haar voor me, net zo verdrietig als ik. Arme, dappere Lau van mij, die een levende liefde had moeten vermoorden.

Het was donderdag; dat slotgesprek was zondag. Zou het niet schitterend zijn als ik haar dan eindelijk het laat-ste deel van *Een liefde van je moeder in 1962* kon geven? Het schrijven daarvan had ik steeds uitgesteld, misschien wel voor deze echo. Als ik het nu deed, dan zouden de eindes van die twee grote liefdes, die uit elkaar waren voortge-komen, samenvallen – dan zou er iets voorbij zijn wat bij-na achtendertig jaar geleden was begonnen toen ik bij Foto Linneman een meisje had zien zitten, en had ge-dacht: hé, een leuk meisje.

Zodra ik thuis was ging ik verder met dat deel, het ne-gende, *De executie*. Maar terwijl ik voor de zoveelste keer het einde met Kathy beleefde, werd ik af en toe overmand door de werkelijkheid van het einde met Laura. In onze afspraak lag besloten dat we ook samen zouden slapen, maar ik wist niet of ik zo'n Laatste Nacht zou kunnen verdragen.

Dat schreef ik haar en zij mailde terug dat ze het begreep en dat ze me miste. 'Oh lieve meneer Beest, word je niet boos op me als ik zeg dat mevrouw Beest nu gewoon in je armen zou willen liggen?'

Ze had niet kunnen slapen, mailde ze de volgende ochtend, ze was niet naar haar werk gegaan. Alles deed pijn, alles had de hele nacht door haar hoofd gemaald: haar moeder, ik, Lex. Dit met mij, dat deed haar zo veel meer dan het einde met Lex, maar als ik haar zondag niet wilde zien, dan begreep ze dat.

'Natuurlijk wil ik je zondag zien,' mailde ik. Dan zou zij een pannetje eten meenemen, ze wou dat het al zondag was. Ik ook. We probeerden het afgesproken uur te vervroegen.

Ze was er om zeven uur, week en koortsig van liefde toen ik haar in mijn armen nam. Ons slotgesprek kwam niet verder dan haar vraag hoe het nou eigenlijk was uitgegaan met haar moeder. Ik kon haar deel 9 niet geven – toen onze mailtjes de kant op begonnen te gaan van omhelzingen zoals deze, was ik er weer mee gestopt.

In bed, vol van het idee dat dit onze laatste keer was, kwamen we meteen samen klaar.

We verpulverden alle records, en bleven zesentwintig uur in bed. We huilden een paar keer, maar tot mijn verbazing was uit Laura's Dramatische Laatste Weekendtas ook een vibrator tevoorschijn gekomen, nog in de originele verpakking – die had haar beste vriendin haar cadeau gedaan bij het bericht dat ze de eerstkomende tijd alleen zou zijn. We pakten hem uit, deden de batterijen erin, en namen hem in gebruik. We maakten voor het eerst sexfoto's. Midden in de nacht dronken we de fles wijn waar we in Groningen mee hadden rondgezwalkt. En ergens in de loop van de tweede dag hield onze Laatste Keer op de laatste keer te zijn, en werd duidelijk dat we toch nog door zouden gaan – hoe lang, daar zeiden we nog minder over dan over het doorgaan zelf.

Maar het besef dat het niet voor altijd was, maakte het ook vrolijk en licht. Niets wat niet goed was hoefde beter; de fout die ik met Kathy had gemaakt, en daarna nog zo vaak, kòn ik met Laura niet maken; ze zou zelf weggaan.

We konden ongelooflijk goed met elkaar opschieten. We hadden altijd tijd voor elkaar, we mailden, stuurden kaartjes, belden – soms moest ze halverwege een telefoontje haar jas uittrekken die ze dus nog aan had gehad toen ze me belde, of ze belde giechelend door terwijl ze zat te plassen. Ze ging vroeger naar bed om het vlugger de dag te laten zijn dat we elkaar weer zouden zien, kuste me 's nachts als ze dacht dat ik sliep, verzette diensten, kwam midden in mailtjes op het idee dat we bij elkaar moesten zijn, al moest zij of ik daar het halve land voor doorrijden. Ze kwam een keer naar Amsterdam, wetend dat ik die avond de deur uit moest; dan ging ze zich wel in bed liggen verheugen. Wat was het heerlijk om met die vriend in dat café te zitten en over haar te praten, haar in mijn bed te weten, en er later bij haar in te kruipen en haar gebod te gehoorzamen dat ik haar wakker moest maken en met haar moest vrijen.

Laura was een ongelooflijk bezit. Dat zal daar maar bij je binnen komen stormen, op je zesenvijftigste, zo'n Laura Westerdijk, die de krankzinnigste verliefdheid van je leven glansrijk komt beantwoorden. Als ik in die tijd andere vrouwen zag, op straat, in cafés – al die gezichtjes, die lachjes, die tietjes, die armpjes – dan waren die leeg omdat ik Laura had.

Ik wilde haar, los van wat ik van haar vond. En zij wilde mij. Laura was dan wel een vrije vrouw, die vrijevrouwenspijkerjasjes droeg, en vrijevrouwenbroekjes om haar vrijevrouwenbillen, maar ze ging mee naar m'n moeder, m'n zoon, m'n ex, het goochelavondje van m'n vriend. Dat ik daar eigenlijk met Esra naartoe had zullen gaan, die ineens niet kon, dat kon haar niet schelen; ze verzette er evengoed een dienst voor. En terwijl zij in een opgetogen lach schoot omdat ze, louter door ernaar te wijzen, een speelgoedautootje had doen stilstaan, precies bij háár kaart, dacht ik: O Grote Goocheldoos, tover er twintig jaar voor ons bij.

Ze zeurde nooit. Koos altijd de gunstigste uitleg van wat ik zei, zag er de lol van in toen we zonder benzine stonden, net voorbij een tunnel, en zij een halfuur in de kou moest wachten. Ze vond het niet erg om dat appartement in Knokke te delen met Esra en een vriendje, hielp ze hun Nintendo te installeren, speelde mee. Deed mee met onze hardloopwedstrijdjes op het strand, zat met mij op de vensterbank over de verre zee uit te kijken, en naar de pier waar de jongens probeerden te verdrinken – en toen ze hun pogingen opgaven en over het strand terug begonnen te lopen, wilde ze met z'n allen ijsjes gaan eten.

Alles was leuk door haar. Ik ben nogal onpraktisch en

onhandig, ik maak geen gebruik van de voorzieningen, heb nooit goede spullen. In een vreemde stad vind ik pas een parapluverkoper als ik doorweekt ben, schoenen zijn niet waterdicht, zolen gaan loszitten, ik ga lopen in plaats van een taxi te nemen of te vragen welke metro ik moet hebben. Ik zwerf maar wat rond door woonwijken in plaats van naar een museum te gaan, ik koop een hotdog aan een stalletje en krijg mosterd over mijn jas in plaats van in een restaurant een behoorlijke lunch te nemen. Ik voel me dan een vervreemde zwerver, en met Laura op de achtergrond voelde ik me dat ook, maar was het leuk om zo te zijn.

Ik was tijdens onze verhouding een paar dagen in Milaan en verzeilde daar weer eens, met schoenen die pijn deden omdat mijn teennagels te lang waren, maar met een nagelknippertje op zak voor als het te erg zou worden, in een park waar keurige zondagse families wandelden. Een normaal mens zou helemaal geen nagelknippertje bij zich hebben gehad, maar in het hotel een pedicure hebben laten komen, of gewoon op zijn kamer zijn nagels hebben geknipt. Maar ik zocht, toen het niet meer te harden was, een dikke boom in dat park waarachter ik, zittend in het gras, mijn nagels kon knippen.

'Wat doet die man daar, mamma?'

'Dat is een vervreemde Nederlandse schrijver die niet weet dat je naar een pedicure moet gaan als je teennagels te lang zijn, of dat je die gewoon op je hotelkamer moet knippen. En als hij zo meteen klaar is, zal hij merken dat er een vlek op zijn broek is gekomen waar hij zich niet mee kan vertonen bij de lezing die hij straks moet geven, en die er waarschijnlijk nooit meer uit zal gaan. Maar het kan hem niet schelen, want hij gaat met Laura Westerdijk.'

'Wie is Laura Westerdijk?'

'Een ontzettend leuk meisje in Nederland. Oh, dat is zo'n mooi verhaal, misschien wel het mooiste liefdesverhaal dat ooit echt is gebeurd.'

Wat zou ik me zonder Laura weer van de werkelijkheid afgesneden hebben gevoeld – en wat een vrolijke vervreemde teennagelknipper was ik, wetend dat zij in het verre Deventer lieve gedachten aan mij had.

De enige manier om om te gaan met het wonder dat zij was, was haar te beschouwen als de gewoonste zaak van de wereld. Man heeft vriendin. Vaker voorgekomen. En dus zei ik op een avond, toen Laura in haar auto wilde springen om naar me toe te komen, dat ik het te druk had. Man heeft vriendin, maar heeft het soms te druk. Ik *moest* ook werken, maar het had gekund. Maar ik wilde voelen hoe sterk de droom was uitgekomen – dat ik nu zelfs nee tegen haar kon zeggen.

'Jammer,' zei Lau. 'Maar ik begrijp het. Nou meneer Beest, slaap dan maar lekker alleen. Dan droom ik wel iets leuks en verlang gewoon nog even.'

'Ja mevrouw Beest, ik ook. Kus op je mooie lieve kop.'

'Jij ook meneer Beest, kusje op je kale kop.'

We zijn een paar keer naar de film geweest, hebben op een steiger in Holysloot over de Holysloter Die staan uitkijken, ik achter haar, wang tegen wang, mijn armen om haar heen, allebei rillend, want het was een koude januaridag; we hebben in een bos mooie vliegezwammen gezien en met twee takken en een dennenappel gehockeyd; we hebben in het gras onder aan een IJsseldijkje naar de voorbijvarende schepen gekeken en herinneringen voor later liggen maken; we hebben met een rugbybal gegooid op het winderige surfersstrand van Albertstrand bij Knokke, het zuidelijkste punt dat we samen bereikt hebben (jammer dat het geen goed weer was, nu heb ik haar nooit in badpak gezien); ik heb haar lieve vrijevrouwenstoeltjes in elkaar geschroefd, en in de holte van een poot van één ervan een briefje verstopt (onbekende nieuwe vriend van Laura: 'Hé Lau, wat gek, waarom schroef je nou al je stoelen uit elkaar, dat gebeurt ook in dat boek van Tim Krabbé') – maar ons echte leven was in bed. Daar hoorden we, en daar lagen we. En daar zijn we een keer doorheen gezakt, het adelsteken van onze liefde. Soms zei ik: 'Zullen we niet even een frisse neus gaan halen?' en dan zei Lau: 'Ja,' maar ze was zo iemand die een spontaan *ja* gratieus in een *nee* kon laten overgaan. We lagen in bed, en daar bleven we. Soms lagen we er zo lang in dat het haast een hersenspoeling werd, en ik me niet meer voor kon stellen dat er buiten ons nog iets was.

Ze had een enorm talent om te genieten. 'Ik geef me over,' riep ze vaak, armen en benen theatraal uiteen gooiend. We hadden onze klopjes, tikjes met de wijsvinger op het voorhoofd van de ander, die betekenden: 'Wat je zegt dat ben je zelf!' – begonnen als antwoord op schertsende loftuitingen op de onverzadigbaarheid van de een, op den duur zonder dat die ander eerst hoefde te zeggen wat die een dan wel was. Gewoon: klopklop. En klopklop terug; één klopklopje kan meer zeggen dan duizend woorden.

Vaak ging ze op me zitten, haar opgetrokken knieën tegen mijn heupen, haar wang tegen mijn wang, haar armen om mijn hoofd, haar borsten tegen mijn borst, haar buik tegen mijn buik, haar schaamtapijtje meestal zó dat ik vanzelf al in haar schoot, onze benen omstrengeld – een totale inbezitneming, als versprak haar lichaam zich: ik wil jou hebben, ik wil dat jij nooit meer ergens anders bent dan in mijn armen.

Het gevoel dat haar lichaam mij gaf, was zo innig dat het soms mijn liefde zèlf leek, en tegelijk zo opwindend dat ik ervan kon klaarkomen wanneer ik wilde – dan leek het alsof ik door de liefde zèlf klaarkwam, zonder tussenkomst van lichamen.

'Hé, Lau, rarara, wie is hier het lekkerste meisje in bed?'

'Dat ben ik, want jij bent helemaal geen meisje.'

Ze had een lief lichaam, er was geen plekje aan dat me niet beviel. Ze zat strak in elkaar en ze was lenig – als ze zich bukte was het een genot de lijntjes van haar bewegingen te zien, als van een kloppend, geestig machientje.

Ze had niet op het eerste gezicht een enorm sexuele uitstraling – ze was gewoon onverhelpbaar aantrekkelijk. Met, en zonder kleren. Een stevige, mooie kont om harde klappen op te geven, en die maakte dat alles haar goed zat, broeken, jurken, slipjes. Een prachtig kutje. *Dat* had een sexuele uitstraling. Borstjes die zo lief waren dat ik een keer om ze in de lach schoot, toen Lau een strak bruin truitje aanhad over een wit behaatje. Dat gaf twee bollinkjes van een iets lichter bruin, parmantig en kwetsbaar, als kleine kinderen die zich verkleed hebben, en ernstig een toneelstukje staan op te voeren. Ze waren klein, die borstjes van mijn schat, maar vrouwen blijven macho's, en toen ik haar een keer plaagde en vertelde dat ik een leuke vrouw had gezien met grote borsten, pakte ze een kussen en sloeg me op mijn hoofd.

Ze had een heerlijk buikje, net niet strak. Prachtige heldere ogen, blauw, de ogen van haar moeder. Een stoute, rossige, geestige kop, vol sproeten die opbloeiden toen het zomer werd en we aan onze laatste dagen begonnen. Een saltoneusje; ik kon haar altijd aan het lachen maken door met mijn vinger een skiër te spelen die haar neus als schans gebruikte, en daardoor weer boven op haar hoofd terechtkwam.

Maar ze was ook lelijk, een prachtige combinatie van mooi en lelijk. Heel vaak hebben we het gehad over dat moment, tien minuten nadat ik haar voor het eerst had gezien, waarop ik zei: 'God, wat ben jij een mooie vrouw.' Ik vònd haar mooi natuurlijk, ontzettend mooi, maar zat dat opwindende lelijkvinden daar toen ook al in? Dat lelijkvinden waarmee je een vrouw onttrekt aan normen die van iedereen zijn, en haar de jouwe maakt?

Toen ik een keer in Deventer uit mijn auto stapte, zag ik op de stoep voor haar huis een vrouw van wie ik in een flits dacht: die vrouw is niet echt mooi – god wat een leuke vrouw – Laura.

Hoe strak ze ook in elkaar zat, wat haar echt leuk maakte was hoe slordig ze in elkaar zat. Van alle foto's die ik van haar heb, is ze het meest Lau op een foto waaraan je voorbij zou bladeren in een pakje vakantiefoto's. Het is een foto van onze enige buitenlandse reis, die drie dagen in Knokke. Je ziet een verwaaide vrouw in een duinachtig gebied, aan de rand van een binnenzee, het Zwin. Naar de andere foto's van dat reisje zou je langer kijken: Laura op de bank in het appartement, sigaretje draaiend, guitige lach; Lau in automatenhal, springend en juichend omdat ze een sjoelspel van me heeft gewonnen (na de feiten, geënsceneerd); Lau en ik in een duinpan, onze koppen tegen elkaar aan, door haar met gestrekte arm op de gok genomen, daar was ze goed in.

Oh, moment in duinpan, op de honderdvierentwintigste dag van onze liefde, hoe *kom* je erbij om voorbij te zijn, je te hebben verzet tegen de kracht waarmee ik dacht: nu liggen we hier nog. Ik voel je tegen me aan. En nu liggen we hier ook nog. En over een seconde ook. En een halve seconde daarna nog steeds. En een kwart seconde dáárna. Oh, schildpad van Achilles, hou ons hier, je kunt het. En het krankzinnige is dat die schildpad dat ook werkelijk kan. Als je dat echt wilt, dan kun je eeuwig met je lief in een duinpan liggen. Alles wat je hoeft te doen is aan niets anders denken dan aan wat er is. Dan staat de tijd machteloos, die kan niet meer verder. Voel haar tegen je aan, druk haar tegen je aan, voel haar wang, haar lippen op jouw wang, denk aan haar, voel haar haren die in je neus waaien, de wind die dat doet, voel niets anders, denk niets anders, en het zal nooit ophouden. Maar vergeet ook maar één moment dat je daar samen ligt met haar, en je bent uit je duinpan geschopt, je loopt verder door de duinen, je geniet van haar, en van de dag, maar je bent nu ergens anders, het zand waait in je gezicht, je helpt elkaar over prikkeldraadhekken want je bevindt je eigenlijk op verboden gebied, je geeft elkaar een snoepje, je poseert voor alweer de volgende foto bij een idioot groot beeld van een haas die uit zee lijkt te springen, zó het Zwin in, je loopt weer verder, hand in hand, het einde tegemoet van je liefde met haar.

Die foto waarop Laura helemaal Lau is, is aan het begin van die wandeling gemaakt, op de dijk tussen het vogelpark en het Zwin. Ze ziet er niet uit, en ze jaagt weer een schok van verliefdheid door me heen. Eigenlijk is ze gewoon lelijk op die foto. Het is koud en het waait behoorlijk, dat weet ik ook nog, en je ziet het aan haar haar en aan haar spijkerjasje. Ze heeft zich niet opgemaakt en haar gezicht is verfrommeld. Ze knijpt haar ogen dicht tegen de wind. Ze is een kind van Kathy. Ze stopt haar sjaaltje beter in haar slobberige bruine sweater die in een rare plooi hangt, zodat het onderste stuk op een lief scheef buikje lijkt. Haar opengewaaide jasje zit ook helemaal scheef. Boven op haar hoofd, half verborgen tussen haar opwaaiende rode pieken, heeft ze een zonnebril. Ze kijkt naar mij, een beetje verrast, en in haar lippen begint een lachje: 'Gekke meneer Beest, waarom wil jij nou hier een foto maken?' Ze ziet er, zoals meestal, wat ouder uit dan ze is, een jaar of twee-, drieëndertig. Ze is een jonge vrouw, een zustertje uit Deventer, en ze is met mij naar het vogelpark geweest en nu gaat ze met mij wandelen door het Zwin. Ze is mijn Lau. Hé Lau, dit is de macht van het schrijven. Je bent allang bij me weg, maar de lezer ziet ons nu wandelen door het Zwin, over die lichtgroene ziltige graspollen langs de binnenzee, naar de echte zee, ziet hoe ik een beetje ben voorgeraakt, hoe jij me inhaalt en van achteren ineens je armen om me heen slaat…

Maar ik mag niet te vaak naar die Zwin-foto's kijken. Nu zijn ze nog niet in de plaats gekomen van wat ik echt zag, maar ooit zal ik merken dat Laura weg is, net als haar moeder, en dat ik alleen die foto's nog heb.

We mailden elkaar een paar keer per dag, soms kort, soms lang, over onze dromen, onze lekke banden, de internet-poezen Raket en Pakket die ik nu echt had gezien, haar moeder, mijn tennispartijtjes, de molshopen die ze ineens overal zag, over wanneer we elkaar weer zouden zien, of alleen maar om elkaar een kus te geven.

Door de automatische tijdstempels van die mailtjes kon ik soms zien dat ze me nog had geschreven nadat ze van de disco was thuisgekomen, om halfvier 's nachts, om niets te zeggen, om alleen maar te zeggen dat ze door haar hoefjes was gezakt van het heerlijke swingkonten, en nu het liefst in mijn armen in slaap zou vallen. Als ze om zes uur op moest voor een vroege dienst schreef ze me om tien over zes dat ze wakker was, maar eigenlijk nog sliep, en nog niet in staat was om iets te schrijven, maar toch even wou zeggen dat zij vandaag de eerste was die had ge-maild. Als ik 's ochtends nog bij haar was, dan deed ik als-of ik niet doorhad wat ze daar bij haar computer zat te rommelen; een groetje sturen dat ik anderhalf uur later zou vinden als ik weer thuis was.

Er waren steeds weer nieuwe manieren om elkaar per mail kussen te geven, over haar tapijtje te aaien, in haar billen te bijten, aan mijn grote teen te trekken; boven aan onze toetsenborden, bereikbaar met de Shift-toets, bevond zich een hele rij symbolen waarvan de ware betekenis in geen enkele gebruiksaanwijzing te vinden was. In de tijd dat Lex misschien nog meelas waren we begonnen met een geheimtaal vol afkortingen en doorzichtige dubbelzinnigheden die, nadat ze hem had verlaten, alleen maar uitgebreider werd, met letterraadsels waarvan de oplossing altijd in onze Tim-en-Lautaal lag, maar die soms zo ingewikkeld waren dat we de betekenis vergaten zodra we ze hadden verstuurd, zodat delen van onze correspondentie voor eeuwig mysteries zullen blijven, ook voor onszelf. *Ik heb een ontzettende zin om je weer te zien KK met je HGKKK, lieve MBMjNP* – die snap ik dan nog wel.

Dàt was waar e-mail voor was; dat ik steeds zou weten dat er een meisje in Deventer was dat blij zou zijn iets van me te horen, dat mij blij maakte met haar klingeltje, en het vlaggetje van de *Mail Notifier* waarmee ze op de werkbalk van mijn computerscherm stond te zwaaien. Ik heb haar vanaf een communicatiepaal op Schiphol gemaild; uit een internetspelonk in Milaan waar ik alle vier keer dat ik er kwam de enige was; zittend op de grond in Knokke, omdat het telefoonsnoer van mijn laptop te kort was; vanuit een stijf businesscenter in een hotel in Tokio. En op al die plekken, behalve bij die paal op Schiphol omdat ik daar maar even was, kreeg ik antwoord van haar.

We hebben elkaar in onze tweehonderdéén dagen precies evenveel mails gestuurd: ik driehonderdvierenvijftig aan haar, zij driehonderdvierenvijftig aan mij – samen zevenhonderdacht.

Dat is mijn schatkist met Laura. Al het andere is weggevlogen of nog aan het wegvliegen, als een vakantieplaats die na het seizoen leegstroomt; onze telefoontjes, onze kussen, onze strelingen, het geluid van de liftdeur als die openschoof en zij daar stond, haar gegiechel toen ik, in onze eerste nacht, met mijn linkeroogkas in haar rechtertepel kneep – maar dit is er nog. Zevenhonderdacht mails. Ik ben er voorzichtig mee. Ze staan op mijn harde schijf, op een andere harde schijf, op twee ZIP-schijven, op twee CD's. Als er een bom op mijn huis valt, dan is alles weg. Maar als er geen bom op mijn huis valt, dan blijft alles bestaan. CD's zijn eeuwig. Over honderdduizend jaar, als er niemand meer leeft die ons hand in hand heeft zien lopen, dan is ons schatkistje er nog. En wat je niet weet, Lau: ik heb ook twee CD's gemaakt met onze sexfoto's. Ik heb je beloofd dat ik die nooit aan iemand zal laten zien en dat doe ik ook niet, maar ik vernietig ze ook niet. Ze kùnnen gevonden worden, je weet het maar nooit, ergens in een toekomst, door iemand die zal denken: 'Die twee, *die* waren gek op elkaar.'

Maar ik ben ongehoorzaam. Je kan die fotobestanden ook oproepen in andere programma's, en dan krijg je schermen vol onbegrijpelijke machinetaal, waarin toch jij aanwezig bent.

{ÐHÇµ4°ÀÍ5œr)î'+_-ZN?__q'_¦'ØÏzv_=‰sÆi»_'Ö¢b△:i

Dat is uit de laatste foto die ik van je heb gemaakt – misschien is het een sproet.

Van de driehonderdvierenvijftig mailtjes die Laura mij gedurende onze verhouding stuurde, waren er achtentwintig zonder aanhef. De overige hief ze op vierenne-

gentig verschillende manieren aan: Ha Tim, (175 keer) –
Ha lieve Tim, (22 keer) – Lieve Tim, (18 keer) – Ha
meneer Krabbé, (9 keer) – Ha meneer Beest, (6 keer) – Ha
Heer B, (4 keer) – Ha Lieve meneer Beest, (2 keer) – Ha
Lieve Heer Beest, (2 keer) – Ha Beest, (2 keer) – Ha gek-
ke Tim, (2 keer).

En ieder één keer, in chronologische volgorde: HA –
Ha vrolijke Tim, – Klop, klop, ik ben er weer! – Goedemorgen lieve Tim, – Ha Meneer BKrabbé, – Ha Meneer
bijna van de moderne wereld, – Ha half dood gevroren
meneer Krabbé, – Ha niet zelf schoenen kunnende ko-
pende meneer Beest, – Ha Mnr Wekker, – Ja meneer
Krabbé, – Ha lieve hardwerkende meneer Beest, – Ha
meneer scharrel, – Ha nog steeds ondeugender wordende
lieve Meneer Krabbé, – Ha Lieve meneer Tim, – Ah lieve
meneer Krabbé, – Nou meneer Beest u heeft lef! – Ha
winnende meneer Krabbé, – Ha Gekkie, – Ha lieve, wij-
ze, ondeugende meneer Krabbé, – Hoi! – Ha meneer
Beest dan maar weer, – Ha meneer geit, – Ha meneer
k.k.v Pootjes, – HA!! – Ha m.B. – Meneer K.K.v N.Poot-
jes – Ha Geschoren meneer teletekst schaker, – Ha
Meneer Mwof???? – Ha meneer de winnende wijn drin-
ker, – Ha Tim ook wel meneer KKVNPVmB, – Beste
meneer O. Beest, – Ha Heer Beest, – Ha lekker scharrel-
sudderlapje, hihi – Ha Heer O.S.S. Beest – Lieve Meneer
Vriend, – Hallo meneer Beest, – Ha Milanees kusbeest, –
Geachte Heer B te A – Ha Heer B te A met OO – Ha
Heer Geit met sik? – Ha vrije Heer Beest ook zonder relatie, – Ha Heer Geit, – Ha geit van me, – Ha Heer B te
K, – Lieve Meneer B die niet zoveel geluk heeft…..hihi –

Ha Meneer Tim, – Ha meneer B te K met 2 M die morgen weer terug gaan en eerst nog moeten gaan boenen en
schrobben, – Ha krenten kakkende kaketoe, – Ha zwijne-
rig geitje, – Ha meneer enorm Beest, – Lieve meneer B
met die OO, – Ha sikkerig geitebeest met nette wenkbrauwen, – Ha ondeugende meneer B, – Ha lief bedroef-
de Heer Beest, – Ha lieve lieve Tim, – Ha Lieve Tim, gekkie!, – Ha mijn lieve scharrel, – HA Lief geblinddoekt
geitachtig-Heertje, – HA LNTBHGBMOO, – Lieve
Heer Beest, – Ha BH, – Ha voldane Heer B, – He Heer
KKK B, – Ha Lieve Heer B, – Ha Lief vriendje, – Ha heer
kaal Beest, – Ha kortharig apenstaartje Beest, – Ha Zielig
Heertje, – Ha zielig Geitje, – Lief kaalharige geit met OO,
– Hé Tim, – Ha heerlijk beesten Heertje (HBH), – Lief
Beest, – Ha ###########verkrachter, – Ha Pinkster-
beest, – Ha Heertje, – Geachte Amsterdamse BH, – Ha
Heer GB, – Hé Meneer Krabbé, – Ha Heer geel Beest, –
Ha etende Heer Beest, – Ha Heer B te A – Ha Heer B in
J, – Zo Heer B te J,

Een keer mailde Laura me dat ze een lekkage had, en een
grote pan midden in de kamer had gezet om de dikke regendruppels in op te vangen, en dat Raket en Pakket raar
stonden te kijken bij die pan. En terwijl ik me dat voorstelde, Laura's gezellige kamer, de poezen met hun staar-
ten omhoog, de regendruppels die eigenlijk ook gezellig
waren, Laura die een beetje boos keek om die lekkage,
maar die toch ook moest glimlachen om dat geplok en
om haar verbaasde poezen, besefte ik dat Kathy totaal af-
wezig was in dat beeld.

In die twee maanden van verlangen naar Laura had ik gedacht dat als er iets tussen ons zou gebeuren, Kathy in alles van ons aanwezig zou zijn: Laura moest voelen wat haar moeder had gevoeld, ik wat haar moeder was geweest.

Maar verbluffend vlug was 'Tim en Lau' alles wat er was – en wat voor een Tim en Lau waren we. En zo zeker wist ik op den duur dat mijn liefde voor Laura niets met Kathy te maken had dat ik het me, als een ex-roker die een sigaret voor een ander kan opsteken zonder weer verslaafd te raken, kon permitteren met haar in mijn armen te denken: dit is Kathy. Ongelooflijk, Kathy is teruggekomen, ik heb Kathy weer in mijn armen. Het was een dwanggedachte zonder betekenis – al was het maar omdat ik geen idee had hoe het was geweest om Kathy in mijn armen te hebben.

In onze tweede nacht, terwijl ik nog in haar schoot lag bij te komen, zei Laura: 'Dus zo heb jij ook met mijn moeder in bed gelegen. Dat is zeker wel een kouwe douche hè, dat ik dat zeg.' Dat was het, maar alleen omdat ik, als ik zo genoot met een vrouw, niet wilde denken aan een andere vrouw, aan wat voor anders ook. Het was háár dwanggedachte, meer niet; dat ze dat zei brak het ijs. Als de een, in omarming met de ander, mocht toegeven dat ze aan Kathy dacht, dan mocht de ander dat ook.

Het sprak vanzelf dat Kathy er voortdurend was. Soms als mijn meisje van vroeger dat Kathy heette, een naam die Laura nooit gebruikte; meestal als haar pas overleden moeder die 'mijn moeder' heette, en soms Tineke. Over die mevrouw Westerdijk uit Twello hadden we het vaak, want Laura miste haar en had nog veel verdriet om haar. Ik dacht bij zulke gesprekken zelden aan Kathy, en soms dacht ik zelfs per ongeluk: wat zou Laura's moeder hiervan vinden? – o nee, die is dood – *o nee, dat is Kathy* – en dan was ik opnieuw verbijsterd: het wezen dat in mijn huis ademde, leefde, bestond, de puntjes van haar croissantje afsneed en op het opengekomen brood een likje appelstroop smeerde, was Kathy's dochter. Het was niet te bevatten, was nooit te bevatten geweest, zou nooit te bevatten zijn.

Ik had me erbij neergelegd dat ik me Kathy niet meer voor de geest kon halen. Gevoelens en fantasieën van die maand waren er nog wel; de speldenprikjes zweet terwijl ik over de Nassaukade liep, op weg naar dat baantje dat ik toch niet zou krijgen; mijn ongeoorloofde fantasie, onderweg naar mijn vader, toen ik voor me zag hoe ik met Kathy naar bed zou gaan, terwijl we alleen nog maar in een koffiepauze gepraat hadden; mijn fantasieën over haar borsten terwijl ik naast haar zat en negatieven knipte; die flits van teleurstelling toen ik haar mee uit had gevraagd en zij 'Moet dat' zei (hoe kon dat nou, alles had er toch op gewezen dat zij mij óók leuk vond?); mijn gedachte terwijl we naar de kusboom fietsten: hoe ongelooflijk heerlijk gewoon is dit, ze fietst naar huis en ik fiets naast haar. Maar Kathy zelf was weg – alleen in dat visioen in de Holiday Inn, de eerste keer dat ik Laura zag, had ik haar gezien.

Natuurlijk wist ik, dat als ik naar Laura keek, ik altijd ook Kathy zag – op die gelijkenis kwam Laura steeds terug. Een oude vriendin van haar ouders, die ze bij haar vader tegenkwam, had er niet over uit gekund hoe sterk ze op haar moeder leek – gebaren, humor, ogen, gezicht, stem, alles. En Lau haastte zich naar haar computer, om mij te mailen: 'Wat heerlijk was dat, mijn moeder zit echt in mij!'

Soms liet ze me schrikken. 'Pas op, je schroeft mijn benen los!' riep ze een keer toen ik met mijn vinger een draaibeweging in haar navel maakte – zo had haar moeder haar benen losgeschroefd toen ze een kind was. En ik dacht: heeft Kathy toen ook niet *mijn* benen losgeschroefd?

In haar koelkast had Laura een aangebroken potje ananasjam. Toen ik er een keer een cracker mee wilde smeren, bleek het geen gewoon potje jam te zijn, maar het laatste potje van Kathy's lievelingsjam, dat Laura na haar dood uit de koelkast van haar ouders had meegenomen. Ze vond het goed dat ik een likje nam, het eerste na Kathy.

Op een boekenkastje lag, naast de trouwfoto van haar ouders (nooit zou ik aan Kathy hebben gedacht bij het vaag glimlachende blonde meisje in die bruidsjurk), een sjaaltje. Dat had Kathy tot het laatst gedragen, en af en toe pakte Laura het op, en snoof eraan. Soms deed ik het ook, niet in de hoop op herkenning, maar om te kunnen denken: dit is Kathy.

En zelf herlas ik *From the Terrace* – hetzelfde dikke pocketboek dat Kathy in mijn kamer moest hebben gezien, zag Laura nu naast mijn bed, steeds meer blaadjes verliezend, ten slotte in twee helften uiteenvallend.

'En als ze ons nu eens in bed zou zien,' vroeg ik een

keer, 'wat zou ze dan zeggen?'

'Waar ben je mee *bezig*!' zei Laura onmiddellijk. Als ik bij haar sliep in Deventer had ze altijd dezelfde droom: Kathy zat op een stoel aan ons voeteneind en keek toe, wachtend tot ik weg zou gaan.

Op dag 101 zag ik in de krant dat *Cape Fear* die avond op de televisie was, de remake van Martin Scorsese uit 1991, met Robert de Niro. Zoals altijd bij die titel voelde ik een zacht pijntje: *Cape Fear* was van Kathy en mij.

Ik had die nieuwe *Cape Fear* gezien toen hij uitkwam, en niet zo goed gevonden, maar nu was het alsof Kathy ook in de krant had gekeken, en riep: 'Jongens, Tim en Lau, hoe-oe, er is een goeie film op de televisie!' Ik belde Laura, en even later zat ik in de auto naar Deventer.

We begonnen braaf te kijken, maar de reclameblokken en na een tijdje ook de film zelf deden onze aandacht verslappen, en ondanks alle tere gedachten aan Kathy lagen Laura en ik al vlug hevig op haar bankje te vozen. Een *remake* noemen ze zoiets, dacht ik, hoe is het in godsnaam mogelijk. Hoe had ik dit ooit kunnen verzinnen toen ik op 16 september 1962 hand in hand met Kathy in de Corso in Amsterdam op ònze *Cape Fear* zat te wachten, en aan een verliefdheidsmeetapparaat had gedacht. De hoofdpersoon was ook nog eens, dat was ik vergeten, gefascineerd door een moeder èn door haar dochter. En terwijl er een woonboot losbrak in een door noodweer geteisterd natuurgebied, gingen Laura en ik staand verder voor haar grote ramen waarvan de gordijnen openhingen, de schreeuwende Robert de Niro, nu eenzaam gadegeslagen door Kathy, ver achter ons latend.

Laura's huis lag aan een stil klein plein, met aan de overkant twee flatgebouwen. Achter de verlichte ramen daarvan zag ik geen silhouetten van toeschouwers, maar achter ieder donker raam konden ze verborgen zijn. Het leek Laura niet te deren, en mij kon het ook niet schelen, integendeel: iedereen die nu zag hoe wij elkaars verliefdheidsmeetapparaat waren geworden, zou meehelpen aan het voortleven van ònze *Cape Fear*, tot ver in de nieuwe eeuw – een *capo di tutti capi* dat nooit meer overtroffen zou worden.

Een man die een verhouding krijgt met de dochter van een geliefde – dat is talloze malen gebeurd. Zevenendertig jaar later: minder vaak. Na nooit meer van haar te hebben vernomen: zelden. Na haar dood, dóór haar dood, als een hereniging in de dood – dat zoiets overkomt aan een schrijver wiens thema dat is, dat was nog nooit voorgekomen, en zou nooit meer voorkomen. En dan had ik ook nog die oude liefde bewaard, als een luchtbel in het verleden.

Soms dacht ik: Laura is een vorm van Kathy, ik ben een vorm van die Tim. Het is één liefde, een bij elkaar horen zoals je maar éénmaal in je leven meemaakt, maar dan dus tweemaal. Het is hetzelfde: makkelijk, vrolijk, heerlijk; met Kathy zo heerlijk als het nooit meer zou kunnen zijn, met Laura zo heerlijk als het nog nooit is geweest. 'Dat zit in de genen,' zei Laura als ik daar iets over zei.

Maar nu ik oud genoeg was om te weten wat liefde was – die klopklopjes, dat lieve lichaam dat zich versprak, dat steeds weerkerende lachende uitroepje als ik bij onze begroeting met mijn hand in haar truitje ging: 'Ja hoor, ze *zitten* er nog', die lichtheid – was ik tè oud. Want Laura's plan stond onwrikbaar vast: ze zou zich van mij losmaken, een leuke vent tegenkomen van hooguit zevenenveertig, en met hem een gezin beginnen.

Voor mij was Kathy een schim geweest en daar had haar dood niets aan veranderd – maar Laura was haar moeder kwijt. Ze probeerde me te ontzien met haar verdriet, maar soms stortte ze in een mailtje haar hart uit, en een keer belde ze totaal van streek op: toen ze met de auto thuiskwam, had ze haar moeder zien lopen. Ze zag haar op de rug, maar het postuur was hetzelfde, ze liep hetzelfde, had dezelfde kleur haar, het wàs haar. Laura was overmand geweest door vreugde, had al willen uitstappen om haar te vertellen wat er na haar dood allemaal was gebeurd, maar toen die vrouw zonder op of om te kijken langs haar huis was gelopen, was ze in huilen uitgebarsten.

Een groot verschil tussen Laura en mij was ook dat haar komst mij overrompelde, terwijl zij haar hele leven al had geweten dat we elkaar zouden ontmoeten. Ze had me meteen na haar moeders dood geschreven – alsof ze daarop had gewacht, aan haar sterfbed had gezeten met dat mailtje al in haar hoofd. Maar dat onze liefde toen al in haar bestond, dat kreeg ik er niet uit. Gewoon, het had haar gefascineerd.

'Gefascineerd, wat dan, hoe dan, Lau. Je wist bij je eerste mailtje al dat je met me naar bed zou gaan.'

'Hoe kom je erbij meneer Beest, zulke gedachten kon

ik toen helemaal niet hebben, ik had een relatie.'

'Een relatie waar je af wilde. Je wist het voor je Lex *kende*.'

'Ik wist wel al heel lang dat ik ooit contact met jou zou zoeken...'

'Al toen je acht was.'

'...en toen mijn moeder ziek werd ging ik daar meer aan denken. Ik wist dat er na haar dood iets bijzonders zou gebeuren, dat was een soort troost. En ik wilde zo graag lezen wat jij over haar geschreven had.'

'Ik vroeg me in het begin af of dat wel kòn, jou die fantasieën over haar vertellen, want dat was ook flirten.'

'Nou, zo kwam het heus ook wel over, hoor! Ik vond het spannend. Toen je dat voor het eerst deed, heb ik expres "lieve Tim" boven mijn antwoord gezet, want ik hoopte dat je ermee doorging. En toen ze voor het eerst bloot met jou op bed lag, toen dacht ik: dat wil ik ook!'

'Je wou voelen wat zij had gevoeld.'

'Maar dat zou ik nooit hebben gedacht als het goed had gezeten met Lex en mij. In dat café in Utrecht, toen ik tegen je zei dat het een leuke relatie was, had je toen in de gaten dat ik loog?'

'Nee.'

'Jij zei die keer ook dat je blij was dat er zoiets leuks bestond als een Laura. Dat zette me wel aan het denken, hij behandelde me helemaal niet meer als iets leuks. Ik dacht: zie je wel, ik ben heus wel leuk, dan moet ik ook leuker behandeld worden.'

'Ik vond je zó leuk. Het was zó spannend.'

'Oeh, wat was het spannend. Weet je nog, op dat bruggetje in Utrecht, onder onze blauwgeruite paraplu?'

'Jij liep ineens verder. Ik dacht: waarom doet ze dat nou.'

'Er hing zó'n spanning daar, ik was bang dat er misschien iets zou gebeuren waar ik nog niet aan toe was.'

'Mag ik je vragen lieve Lau wat er daar te hangen viel, voor die spanning, als jij niet allang wist wat er gebeuren ging?'

'Ik wist het echt niet beest, dat maakte het juist zo spannend.'

'Het was spannend omdat er een waanzinnige fantasie aan het uitkomen was, die jij je hele leven had gehad.'

'Die toen misschien een *piep*klein beetje begon op te komen.'

'Die leuke foto's van jou, achter in dat albumpje over je moeder dat je in Leiden bij je had, die waren daar zeker per ongeluk in terechtgekomen?'

'Hihi.'

'Je had met je moeder...'

'In Amsterdam was het ook zo spannend. Toen we langs die boom liepen waar jij met mijn moeder had gezoend, toen dacht ik: misschien wil hij mij hier nu ook zoenen. Ik was blij dat je het niet deed, want ik wist helemaal niet wat ik dan had moeten doen.'

'Zoenen.'

'Dacht jij daar toen ook aan?'

'Ik dacht aan niets anders.'

'Toen het eindelijk zover was, bij jou thuis, toen was ik zó bang dat ik het niet meer zou kunnen, ik had het zó lang niet meer gedaan. Heb je dat toen nog gemerkt?'

'Lau, als jij het niet weet, dan weet ik het wel *voor* jou. Je had helemaal niet zo'n makkelijke verhouding met je moeder. Toen je uit huis ging zei ze: je bent m'n dochter niet meer; zoiets zèg je toch niet tegen een meisje van zeventien? Ze was hard en streng tegen je, je had rekeningen met haar te vereffenen. Ik was iets bijzonders voor haar geweest, het enige vriendje van vroeger over wie ze vertelde, *daarom* kwam je op me af, ik was iets wat zij niet al-lééN mocht hebben gehad.'

'Ach lief beest, ik geloof het echt niet, ik was gewoon gefascineerd, en ik wilde je verhaal zo graag lezen. Vind je het ook niet veel leuker als het alleen maar is gekomen doordat wij het zijn, Tim en Lau? En niet Tim-die-eerst-met-Kathy, en Laura-de-dochter-van?'

'Maar die keer dat jij zei…'

'Zullen we nu weer verder gaan met vrijen?'

Toen ik op dag 162 in Deventer kwam, stond Laura's huis vol met beeldjes, maskers, vazen, mappen met tekeningen, een mand vol schildersspullen – Laura en haar vader waren er eindelijk toe gekomen Kathy's kamer op te ruimen. Er waren prachtige dingen bij; sommige maskers dwongen je te kijken, en tegelijk wèg te kijken.

Hoedje van de koningin, Tim.

Laura gaf me een kleine bruine steen, met een paar simpele kerfjes erin, waardoor het een kikker was. 'Een moeraskikker. Die is voor jou. Dat dacht ik gisteren met-een, toen ik hem zag.'

Ze gaf me ook een boekje dat ze tussen haar moeders boeken had gevonden: een bundel reportages van diverse schrijvers, maar met alleen mijn naam op de cover. Dat was vier jaar eerder uitgekomen – vierendertig jaar na september 1962.

Maar dit moment was ook teleurstellend. Ik had ernaar uitgezien sinds ik door *Belemmerd uitzicht* weer wist dat Kathy toen geschreven had – maar Laura en haar vader hadden geen dagboeken gevonden. Er waren wel twee oude cassettebandjes tevoorschijn gekomen. Op één ervan stonden dingen die Laura, Stijn en Menno hadden opgenomen toen ze in Seattle woonden; raadspelletjes, toneelstukjes, verhaaltjes die ze elkaar hadden voorgelezen. Op het andere bandje, had Laura gehoord tot ze niet verder had kunnen luisteren, zong Kathy voor de pasgeboren Stijn.

Ik had Laura wel eens gevraagd of ze niet nog ergens Kathy's stem had, op een per ongeluk bewaard bandje van een antwoordapparaat, of op een bandje dat voor de grap op een gezellige avond was gemaakt – op iets als dit had ik niet durven hopen.

Ik mocht de bandjes lenen, en in de auto naar huis luisterde ik naar dat van de kinderen. Het was grappig en ontroerend om het stemmetje van mijn tienjarige Lau te horen en om haar, vaker dan de jongens, ineens op Amerikaans te horen overgaan – maar ik lette er ook steeds op of er niet ineens de stem van een volwassen vrouw tussendoor klonk.

Thuis, bang dat ook deze laatste kans om Kathy te herkennen zou vervliegen, maar ook dat ik haar wèl zou herkennen, zette ik het andere bandje op. Kathy zong: slaapliedjes, volksliedjes, ballads – ongelooflijk mooi en zuiver,

vol gevoel; zang die me ook zou hebben betoverd als ze
een onbekende was geweest. Ik herkende haar niet. Er
klonken ook af en toe babygeluidjes, en uit dingen die
Kathy zei, en dingen die ik wist, begreep ik wat dit was.
Harm was zonder de hoogzwangere Kathy naar zijn baan
in Taiwan gegaan; pas toen Stijn een paar maanden oud
was, was zij hem nagereisd. Dat bandje had ze op achter-
eenvolgende dagen bij het zogen gemaakt om Harm vast
zijn zoon te laten horen.

Teuntje: 'Ik hou van je, Tim.'

Met die woorden nog in mijn oren, van *die* stem, die
klonk alsof ze alles wat er bestond wilde vervangen door
haar liefde, had ik het uitgemaakt.

Bijna een halfjaar nadat ik Laura het voorlaatste deel van
Een liefde van je moeder in 1962 had gegeven, maakte ik eindelijk het laatste deel af, deel 9; *De executie.* Het weekend
waarin Kathy een hele nacht bij me zal slapen, breekt aan.
De gedachte dat ik niet meer van haar houd maakt me
radeloos. In paniek maak ik het uit, ik breng haar naar
huis, en bedenk dat ik een boek over ons zal schrijven. We
nemen afscheid.

De complete geannoteerde navertelling was vijfender-
tigduizend woorden geworden, een kleine roman. Ik las
het nog eens helemaal door, veranderde hier en daar nog
iets, printte alles mooi uit en besteedde er een dag aan om
een cover te maken met twee kleine foto's van Kathy en
mij, onze blikken vaag in elkaars richting: een uitsnede
van haar foto voor de deur bij Foto Linneman toen ze
achttien of negentien was, en een foto van mij op mijn

negentiende verjaardag, gemaakt op mijn wereldreis, in Oslo.

Ik deed de honderdveertig A4-tjes in een mooie map en gaf die aan Laura toen ik, op de 165ste dag van onze verhouding, in Deventer bij haar langsging.

Ha Tim,
Ik heb het hele verhaal nu gelezen en het maakt me wel verdrietig, het eind is ook zo verdrietig. Het gaat over mijn lieve moedertje die niet meer leeft, maar jouw verdriet voel ik ook.

Ze heeft heus nooit een hekel aan jou gehad of iets naars over jou gezegd, anders had ze mij nooit over jou verteld. Want als iemand haar een streek had geleverd, dan ging ze daar niet meer mee om, en dan wilde ze ook niet dat wij ermee omgingen. Bij jou was dat niet zo, anders hadden we ook nooit dat plannetje gehad om jou een keer te ontmoeten.

Ach meneer Beest, ik sla mijn armen in gedachten om jou heen, nee, ik sla *jouw* armen om *mij* heen, want dat heb ik nu nodig.

Ik was ook verdrietig, omdat het eind van mijn verhaal over Kathy het eind met Laura wel naderbij moest brengen. Ze had in haar eerste mail naar dat verhaal gevraagd, en nu had ze het gelezen.

Ze moest zo langzamerhand ook eens werk gaan maken van dat gezinnetje van haar. Misschien liep ze allang net zo rond als ik toen met Kathy. Ik moet het uitmaken. Ik kan het niet, misschien is het niet nodig. Het moet.

Op die sexzondag in mei, die begonnen was als onze laatste keer, had ik dat misschien ongedaan gemaakt door uit te roepen dat ik zo graag de zomer nog had willen halen. Nu was het bijna zomer. Zij zou een week met een vriendin naar Kreta gaan, en ik had ook een paar reizen; naar Japan, naar Rusland, en toevallig ook naar Kreta, met Esra. De komende twee maanden zouden we elkaar maar een paar weken zien – nu was haar kans.

We maakten er steeds meer grapjes over, ze demonstreerde me haar wil. Op een kaartje schreef ze onder het hokje 'hier postzegel plakken' met dikke letters: NEE!!, en de postzegel plakte ze ernaast. Over een gekke streek van Esra mailde ik: 'Weet je zeker dat je kinderen wilt?' en in de reply zette ze daarachter: *Ja!*

Als ze mij om iets vroeg, dan zei ik altijd: 'Jij mag alles van mij', maar ik voelde dat dat een extra betekenis was gaan krijgen: ook bij me weggaan, ik zal niet boos zijn.

En tegelijk weigerde ik te weten dat het de laatste weken waren. Genieten en kop houden, zei ik tegen mezelf, misschien vergeet ze het. En het is onzin, ze blijft. Ze blijft altijd! We liepen hand in hand, we zoenden in de lift, misschien niet meer van de nulde tot de negentiende verdieping, maar toch altijd nog van de derde tot de zestiende, we neukten ons suf. Het was alsof zij zei: 'Ik heb net zo'n bord voor m'n kop genomen als jij.' Ik leefde met haar mee; na haar moeder, die er haar hele leven was geweest, en Lex die er zeven jaar was geweest, zou ze nu ook mij verliezen, en ik was er toch ook alweer een halfjaar. En zij moest het *doen*, ik hoefde alleen maar zieligzielig te zijn. Computerfout, de beste tot nu toe in dit boek, die laat ik staan.

Ach lief meisje, geplukt uit een ander leven, je hebt gelijk om bij mij weg te gaan, maar toch ook niet. Is het niet heel treurigtreurig, als je ziet hoe heerlijk we het hebben? Het is een programmapunt van je, een verstandig 'nu eenmaal', een gehoorzamen aan je moeder die aan ons voeteneind waakt tot jij hetzelfde leven gaat leiden als zij; niet iets uit je hart.

Onze grapjes kwamen er haast niet meer aan toe om grapjes te zijn.

'Lieve Lau, die keer dat ik riep dat ik deze zomer nog met je wilde halen, toen heb ik me vergist. Ik bedoelde Pinksteren tweeduizendtachtig.'

'Pinksteren tweeduizend*tachtig?*'

'Ja, ik heb namelijk een idee om dan iets leuks te gaan doen.'

'Pinksteren tweeduizendtachtig... dan ben jij honderdzevenendertig!'

'Net geworden. En jij honderdnegen.'

'Veel te jong voor jou. Maar dat leuke, wat is dat?'

'Nog eh... dertigduizend nachtjes slapen, dan kom je het vanzelf te weten.'

'Ik wil het *nu* weten!'

'We gaan eten bij de Chinees, we gaan naar de film, en dan gaan we neuken.'

'Mmmm, ja, dat is wel een goed plan. Goed, ik blijf bij je tot Pinksteren tweeduizendtachtig. Maar geen dag langer!'

Tim en Lau, in een bed waar heerlijke neukgeuren uit opstijgen, vrolijk.

Laura: 'Jij vindt heus wel weer een nieuw vriendinnetje.'

'Je verandert het onderwerp van gesprek. Ik zal ook wel weer eens in zee zwemmen. We hadden het over ons.'

'Dat is waar. Maar we blijven toch wel vrienden?'

'We zijn geen vrienden. We zijn meneer Beest en mevrouw Beest.'

'Dan wòrden we vrienden.'

'Of iets anders verschrikkelijks.'

'Vrienden zijn is toch niet iets verschrikkelijks?'

'Vrienden zijn is *verschrikkelijk*, als je zo hebt gelegen als wij nu liggen. Dat is het erge van liefdesverdriet, dat het over gaat. En dat je dan vrienden wordt. Goed Lau, we worden vrienden. Maar wat moeten we dan *doen*? Op stoelen naast elkaar zitten?'

'Ja, dat zal wel moeilijk zijn.'

'Gaan we dan elkaar een hand geven? Dat hebben we nooit gedaan, omdat ik je toen in Leiden meteen kuste. Aangenaam, Tim Krabbé.'

'Aangenaam, Laura Westerdijk. *Hoe*, wat voelt dàt gek, zeg. Maar we *gaan* elkaar toch helemaal geen hand geven? We geven elkaar gewoon een kus, als we elkaar zien.'

'Oké. Maar mag dit dan nog?'

'Tuurlijk. Nou ja, af en toe.'

'En dit?'

'Waaah! Dit heeft *nooit* gemogen.'

'En dit?'

'Héééél misschien, als je het zachtjes doet.'

'En dit?'

'Ga door.'

Lex was een vriend geworden. Hij repareerde haar douche, zij leende hem haar auto. Ze aten wel eens samen. Maar ze vertelde hem niet over mij. In onze eerste nacht had ze getwijfeld of ze dat zou doen, later was ze het van plan geweest, maar ze had het steeds uitgesteld. Ik wachtte erop, als iemand die op promotie wacht, maar ten slotte werd duidelijk dat het er niet van zou komen.

Toen er iets mis was met haar internetverbinding, zou Lex dat in orde maken. Maar omdat ze haar mailprogramma nooit had georganiseerd, en alles nog in haar *Inbox* stond, zou hij dan een enorme hoeveelheid mailtjes van mij zien, alsof al haar oude post op haar bureau lag, weliswaar in de enveloppen, maar dan wel enveloppen waar 'zielig geitje verlangt naar vurig zwijntje' op stond. Ik raadde haar aan mij onzichtbaar te maken door *folders* te creëren en daar alles in te stoppen, en dat leek haar ook een goed idee, maar ze wist niet hoe dat moest. We deden het samen, naast elkaar aan haar bureau – een gezellig kwartiertje, zoals alles tussen ons gezellig was.

De kaartjes die ik Laura stuurde stonden nooit bij haar andere kaartjes, onze foto's waarvan ik haar de dubbele afdrukken gaf, slingerden nooit rond tussen haar andere rondslingerende foto's – haar vader en haar broers konden onverwachts langskomen, en ook voor hen bleef ik streng geheim.

Het nakomertje Philip, op de foto's een ernstige jongen met dik golvend haar, die veel op zijn vader leek en weinig op Kathy, was een schaakfanaat. Ik zag voor me hoe we hele zondagen bij Laura zouden schaken, niet merkend dat het donker werd, terwijl zij ons af en toe thee en soep bracht, en vertederd naar ons keek.

Ze overwoog wel eens hem in te wijden, want hij had nog zo'n verdriet om zijn moeder, en dat schaken zou zo'n leuke afleiding voor hem zijn, maar ten slotte deed ze het niet; hij zou zich kunnen verspreken, en hij was ook nog zo jong – ze mocht hem niet opzadelen met een dergelijk geheim tegenover zijn vader.

Wat ik wel in Laura's huis zag rondslingeren, als een soort bommeldingen, dat waren geboortekaartjes en babyfoto's, en in haar mailtjes hield ze me op de hoogte van de volle buiken en kinderwagens die ze had gezien van kennisjes en ex-collega's, meisjes even oud als zij, die soms al aan de tweede of derde bezig waren.

Haar vriendin de mannenverslindster belde haar een keer bij mij, om verslag te doen van haar laatste strooptocht.

Lau, serieuze blik: 'Ik moet goed opletten, straks moet ik dat ook kunnen.'

Ze begon naar een disco te gaan. Ik stelde me haar dansend voor, zoals ik me haar had voorgesteld op de eerste dag dat ik van haar bestaan wist, maar nu wist ik hoe ze eruitzag. Ze danste tot diep in de nacht, en als ze thuiskwam bracht ze me daar in dronken mailtjes verslag van uit. Ze zocht nog niet naar die jongen van dat gezinnetje – maar ze was al wel het terrein aan het verkennen waar ze hem zou tegenkomen.

Op dag 164 zei ik tijdens een telefoontje dat ik bij haar wilde komen slapen. Maar Lau had zin om uit te gaan, we zagen elkaar toch ook al de volgende dag.

'Het swingende zustertje gaat weer op pad!'

'Swing ze, mevrouw Beest.'

'Doe ik, meneer Beest.'

'En bedenk bij iedere pas dat ik je voor me zie, en dat je bloot bent.'

'Jij wordt nog steeds ondeugender.'

Eind juni gingen Laura en haar vriendin naar Kreta.

Het was bij me opgekomen om in haar vrije week zelf een reisje met haar te maken, maar om niet te erkennen dat gemiste kansen nu niet meer konden worden goedgemaakt had ik het niet voorgesteld. Als ze met mij op reis wilde, dan bleef ze maar mijn vriendin, dan kwam het er vanzelf van.

Maar, gekke Lau, wat was dit nu weer. Ik zou een paar weken later met Esra ook naar Kreta gaan, naar een plaatsje dicht bij het jouwe, en jou leek het wel grappig om daar dan ergens in de buurt iets voor me te verstoppen. Lief flapuitje, je kan toch wel bedenken dat ik het pas zal vinden als jij al bij me weg bent? Denk je soms dat het leuk voor mij zal zijn om, in rouw om jou, ergens in een spleet van een oud kerkmuurtje een lief briefje van je te vinden, als een soldatenmeisje dat nog post krijgt van haar allang gesneuvelde soldaat?

Ik bracht de meisjes naar Schiphol. Bij het afscheid zei Laura: 'En geen krulletjes, hè?' Noot van de schrijver: *krulletjes*, begrip uit de Tim-en-Lautaal. Toen ik Laura aan mijn vriend de goochelaar voorstelde, zei die: 'Hé, ik dacht dat Tim had gezegd dat jij krulletjes had.' Gelach, gebloos, gestotterde excuses – en 'krulletjes' betekende voortaan: 'andere vrouwen'.

Ik was zo verbaasd over Laura's bezorgdheid die, op de valreep, dichter bij 'Ik hou van je' kwam dan ooit, dat ik het zomaar zelf zei: 'Ik hou van je.' Ze maakte geen fout, en zei niet: 'Ik hou ook van jou.' Maar ze kwam wel ineens op het idee dat ik haar sleutels die week moest bewaren, die kon ze op Kreta alleen maar verliezen, en ik kwam haar toch weer afhalen.

Omdat ik ze dan niet moest vergeten, hing ik ze die week aan mijn eigen bos, een lief extra gewichtje. Ik moest me bedwingen om niet af en toe tegen mensen te zeggen: 'Kijk eens naar mijn sleutelbos. Zie je geen verschil met anders? Ik zal je vertellen hoe dat komt. Op een dag in september 1962...'

Maar toen ik aan het eind van die week 's nachts naar Schiphol reed, was ik ongerust. In onze hele verhouding hadden we elkaar nog nooit zo lang niet gezien. Ze kon de knoop hebben doorgehakt, beïnvloed door haar vriendin, of door een ontmoeting met een leuke jongen. Maar na één blik op haar bruingeworden zomerkop tussen de vermoeide vakantiegangers bij de bagageband, haar opgeluchte, blije lach dat ik daar was, wist ik dat we nog een paar weken hadden.

Tijdens de rit naar Deventer zaten we zwijgend voorin, hand in hand, af en toe naar elkaar glimlachend, terwijl op de achterbank de vriendin over de vakantie vertelde. Aan een plotseling woord van Laura, en een giechelig verschrikt zwijgen van de vriendin hoorde ik dat ze het nog gedaan had ook; ze hàd iets verstopt – op Kreta bestond de toekomst al waarin zij er niet meer zou zijn.

Thuis gaf ze me een vulpotlood met CRETE erop en een klein hartje eraan. Het was ook nog maar dag 179.

Laura had zich er vanaf het begin tegen verzet om kleren met mij te gaan kopen, waarschijnlijk omdat ze dat zag als een teken van verloofdheid, haast even erg als het voorstellen aan de ouders. Het was een prestigekwestie geworden, een ruilobject voor iets anders, een terugkomende grap, maar een paar dagen na haar thuiskomst uit Kreta kwam het er dan toch nog van – nu als afscheidscadeau, voelde ik.

We deden die dag dingen die we niet eerder hadden gedaan. We flaneerden door het centrum van Amsterdam, aten een haring aan een kar, liepen langs de bioscoop waar Kathy en ik *Cape Fear* hadden gezien maar waar nu een ramsjboekhandel was, zaten een paar haltes in de tram, bekeken etalages. Ik kocht een knalgeel hemd dat zij te frivool voor me vond, en ik wist waarom ik het deed – het was mijn NEE bij de postzegel, mijn verklaring dat er verzet mogelijk was tegen wat voorgeschreven leek.

Thuis gooiden we de gekochte kleren in een hoek, de kleren die we aanhadden erbovenop en waggelden naar de slaapkamer, ik achter haar, mijn armen om haar heen, mijn rechterhand om haar linkerborstje, mijn linkerhand op haar tapijtje. Twee uur later staken we onze vingertjes naar elkaar op, zij achter de zonblikkerende voorruit van haar auto die al bijna onder het viaduct was, ik in mijn auto die daar al bijna overheen reed.

De volgende dag sprak Laura haar vader, en ontdekte dat hij in dezelfde uren door dezelfde straten in Amsterdam had gelopen, waarschijnlijk om plekken terug te zien waar hij met zijn Tineke was geweest. Laura viel haast flauw bij de gedachte dat we hem zouden zijn tegengekomen – en ik bij het besef van de gemiste kans. Alles had met één klap anders kunnen worden.

Dat Kathy een jonger zusje had, Louise, was ik in de loop der jaren vergeten. Ik had haar op Laura's foto's teruggezien; een vrouw met een geestig, scherp gezicht, iets tussen Kathy en Laura in.

Het was al meteen bij me opgekomen dat ik haar zou willen ontmoeten, al was het maar omdat zij, iedere dag dat ik Kathy had gezien, haar ook had gezien. Ik was benieuwd of ze van ons wist – misschien wist ze zelfs wat ik voor Kathy had betekend.

Er was de laatste jaren weinig contact geweest tussen de zussen, en Laura had haar tante, behalve bij de begrafenis, lang niet gezien. Zij wilde óók met haar gaan praten, maar ze had het steeds uitgesteld. Na Kreta kwam ze erop terug. In één van haar verdrietige buien had ze Louise gebeld, en een afspraak gemaakt. Toen ik dat hoorde en vroeg of ik mee mocht, vond ze dat goed. Louise vond het ook leuk; ze wist van Kathy en mij. Over *ons* had Laura niets gezegd; ik was dat vroegere vriendje van haar moeder met wie ze via internet in contact was gekomen.

Ik was benieuwd wat Louise nog wist, maar ook een beetje bang. Laura kende mijn Kathy niet, maar Louise kende haar beter dan ik – stel je voor dat ze mij lachend zou noemen als één van een hele rits vriendjes die Kathy toen had gehad, of dat ze door een toeval de datum wist waarop Kathy met een nieuwe belangrijke jongen aan was komen zetten, een paar dagen na ons afscheid.

Louise woonde in Heiloo, en de nacht voor de afspraak sliep Laura bij mij. We gingen vroeg de deur uit, het was een mooie zomerochtend, en we namen langzame binnenwegen en dronken iets op een terrasje aan het water. Als trainende wielrenner was ik daar vaak langsgekomen, altijd denkend dat ik daar eens zou willen zitten, en nu zat ik er, met Laura die een baby in Taiwan was geweest toen ik die gedachte voor het eerst had gehad. Kano's kwamen langs, bootjes met opgerolde zeilen op weg naar de plassen, er heerste een rust alsof er nooit iets veranderd was, haast alsof ik zelf op mijn racefiets langs zou kunnen komen.

Ik keek naar mijn lieve Lau, die achter haar zonnebril aan het uitmaken zat te denken.

Ach Timmetje, dacht ik, maak het haar nou maar niet moeilijker dan ze het al heeft. Al zegt ze het nooit, ze houdt van je, maar wat jij wilt, dat is te veel gevraagd. Jij wilt je leven dan nog wel veranderen voor haar, al moet ik dat nog zien als puntje bij paaltje komt, maar haar vader zou te kapot zijn, haar broers te geschokt, haar kinderen zouden uitgejouwd worden om die ouwe opa die ze naar school bracht, zijzelf zou altijd aan haar moeder vastzitten, alleen Philip zou fijn kunnen schaken. Ze gaf je de illusie dat je terug mocht naar je jeugd, naar Kathy zelfs, dat je die vergissing mocht goedmaken, maar schei nou toch uit man – dat het tussen jullie zou kunnen blijven bestaan, dat is een bijna even krankzinnig idee als dat het ooit had kunnen beginnen.

Laura zette haar zonnebril omhoog en keek me aan. 'Weet je wat ik wil?' vroeg ze.

'Nou?'

'Nog een keer zo'n hele dag in bed, zoals toen in mei.'

Bij Louise stak ik mijn hand uit maar zij trok me naar zich toe, zoende me op beide wangen, en poetste lachend haar zoenmond weg.

In de tuin zat ik naar die twee vrouwen te kijken, allebei één stap verwijderd van Kathy, allebei op hun eigen manier met haar kloppend, met stembuigingen, gebaren, gezichtsuitdrukkingen die ik ook van Kathy moest hebben gezien – afdrukken die zij, als vier jaar ouder zusje en als moeder, in hen had achtergelaten.

Het duurde niet lang voor Laura zich versprak. Ze had op de radio iets over het weer gehoord, 'gisteren in de auto, toen ik naar jou toe reed'. Ik zag het haar merken, haar best doen om dat te verbergen, zich razendsnel afvragen of ze er nog een logeerkamertje bij kon verzinnen, maar ook of het eigenlijk wel zo erg was als Louise het wist – en ik zag hoe Louise probeerde te verbergen dat *zij* het gemerkt had.

Op hetzelfde moment konden ze hun lachen niet meer houden, ze gierden het uit, en ik lachte mee, om de idiote stunt die dit was. Een man die eerst met een moeder gaat en later met de dochter. Hartstikke crazy, maar ook hartstikke leuk, toch? Of niet soms? Dat konden we niet ontkennen. Dat ik misschien een beetje aan de oude kant was voor Laura, dat het misschien niet te verkopen zou zijn aan haar vader, dat kon Louise blijkbaar niet schelen, of het kwam niet eens bij haar op. Wat een streek!

'Ik zag het meteen,' zei ze. 'Ik dacht: ik wacht wel tot jij je verspreekt.'

'Hoe zag je dat dan?'

'De manier waarop je keek toen ik hem een zoen gaf. Ik plaag je maar. Gewoon, aan alles. Nou Tim, jij hebt dus wel een bizar leven.'

Lieve Louise, dacht ik. Dank je, omdat jij het aan ons kunt zien. Omdat jij bent wat Kathy had kunnen zijn, een Kathy die niet zegt: waar ben je mee bezig, maar die dit leuk vindt. Omdat je mijn leven bizar vindt, mijn hele leven maar liefst, en dit dus niet als een grappig tussendoortje ziet, maar als iets wat alles raakt wat ik ben.

Het was alsof ik september 1962 weer binnenging; dingen die Kathy me toen moest hebben verteld, vertelde Louise me nu, tintelingen veroorzakend van oneindig verre herkenningen. De fotograaf heette Peter, en was een Indo van misschien al wel dertig; de marihuanaroker met het Chinese mesje was waarschijnlijk Ko, een glazenwasser; dat Kathy die verpleegstersopleiding niet had afgemaakt, kwam doordat haar moeder haar studiegeld had gebruikt om nieuwe kleren te kopen, want ze moest er altijd goed uitzien, anders zou Teun Brouns niet komen. De grote liefde Fons kreeg een uiterlijk, een achternaam, op het huisnummer na een adres – en zelfs het woud waar Kathy met hem in hun zelfgebouwde hut had geslapen, en dat eigenlijk geen naam had mogen hebben, op geen kaart te vinden had mogen zijn, dat werd het Vliegenbos in Amsterdam-Noord, waar ik zo vaak veldritten had gereden.

Maar vooral ging het gesprek, tussen Louise en Laura,

over de Kathy die ik niet meer had gekend, Tineke Westerdijk; over Laura's broers en Louises twee dochters, verre Kathy's op de foto's; over het contact dat te erg was ver-
waterd, en hersteld moest worden.

Ik vroeg me af of Laura zag wat ik zag: dat zij en Louise dichter bij elkaar stonden dan ieder van hen bij die latere Tineke. Zij hadden een natuurlijkheid die Kathy niet
meer had durven hebben – Kathy was altijd bang geweest
dat ze zich zou moeten schamen; voor haar bastaardschap,
haar gebrek aan opleiding, de armoe van haar jeugd. Misschien was dat waarom ik haar niet herkende op haar latere foto's. Het uitdagende Leidspleinmeisje met haar losse
lange haar dat op die omgekeerde stoel voor haar minnaar
de fotograaf poseerde, had respectabel willen worden, een
nette moeder willen zijn, was sjaaltjes, bloesjes, plooirokjes
gaan dragen in plaats van prullenmanden. Ze was altijd
mooi gebleven, maar niet meer sexy geweest – Louise was
niet mooi, maar wel sexy, met iets stouts in haar ogen dat
Laura ook had – dat *mijn* Kathy had gehad. Kathy had iets
willen lijken, Laura en Louise waren iets. Misschien was
dat waarom er minder contact was geweest. Harm had
vliegfeestjes met directeuren en beroemdheden; Louises
man had een groentezaak in Alkmaar.

Laura stelde de vraag waarop ik al zo lang het antwoord wilde weten: wanneer waren haar ouders definitief
weer bij elkaar gekomen?

Louise wist het niet precies, maar er kwam toch een
beeld bij haar op: zij is een jaar of zestien, en staat op ge-
leende kunstschaatsen te struikelen op het ijs van het Amstelkanaal, dicht bij hun huis, samen met Harm, die pro-

beert haar schaatsen te leren. Kathy is er ook, maar zij schaatst niet, zij staat aan de kant, of loopt over het ijs, en kijkt.

Ik wist het nu zeker: ik had haar leven veranderd. Dat gestruikel van Louise had de mogelijkheid van winters, streng genoeg om in de stad te kunnen schaatsen, in beide richtingen voor jaren weggevaagd. Dit kon alleen de winter van 1963 zijn, die maandenlange winter van autoritten over het IJsselmeer, de beroemde Elfstedentocht, die verschrikkelijke winter die zich al in september had aangekondigd in Kathy's koude wangen als ze mijn huis binnenkwam en ik haar in mijn armen nam – een winter van een kou zoals die alleen kan volgen op een liefde zoals die van ons.

Ik wist waaraan ze had gedacht terwijl haar verloofde haar zusje die schaatslessen gaf – 'het Amstelkanaal, dicht bij hun huis', daar was de kusboom.

Ze was meteen naar Harm teruggegaan – ik was haar laatste nieuwe man.

Ach moeraskikker. Dat jij werkelijkheid bent geweest...

Stel je voor dat ik toen een ander baantje had gekregen. Dan hadden we die september misschien een keer naast elkaar op een tramhalte gestaan en elkaar even aangekeken, zonder te weten welke werelden er in die blik verborgen waren.

Hé – je had het fout met Alain Delon. Die avond dat wij in een gezellig tentje wat dronken, en ik jou dingen vertelde, en jij mij dingen, en we van elkaar hielden, en later aan die gracht dat nieuwe gebergte ontdekten, de Himalpyrenijnen, toen waren we eerst naar de film geweest. Ik heb er de filmladders van toen op nageslagen; dat moet *Vive Henri IV, vive l'Amour* zijn geweest, een grote Franse kostuumkomedie – de beschrijving in mijn filmencyclopedie klopt met ons gesprek. Behalve dat de prins die met het meisje trouwde door Jean Sorel werd gespeeld en niet door Alain Delon, geen wonder dat ik hem niet herkend had.

Het voelde als iets verbodens, alsof ik je kamer binnenging en in je spullen zat te snuffelen, die keer dat ik op het Amsterdams Gemeente Archief aan de Amstel de kranten van september 1962 naploos om een logboek van onze liefde te maken. Titels van hoorspelen, uitzendtijden van televisiestukken, bioscopen, films, het weer, de top veertig van Radio Luxemburg. Op maandag 10 september 1962, iets voor halftien, want om halftien begon de tweede voorstelling, kwamen we De Uitkijk uit waar we *Léon Morin, priester* hadden gezien, en liepen we naar het Leidseplein, waar het vol was met mensen, en gezelligheid, en licht van lichtreclames en lantaarns – de zon was ondergegaan om 19 uur 4, de maan opgekomen om 18 uur 1. Je had het koud, zei je, en ik stopte je toe in je jas en sloeg je kraag op en gaf je een kusje op je wang – de temperatuur was 14 graden.

Het heeft zevenendertig jaar geduurd, maar nu heb ik je door. Terwijl de hele wereld het uitschreeuwde dat wij samen alleen moesten zijn, stond ik de afwas te doen met *Francien* – maar daar kwam je al, en ik keek er niet van op. Francien zat in het complot, hè, en later plaagden jullie mij *samen*, met dat leeftijd raden. Die overplaatsing van mijn afdeling naar de jouwe (van zwart-wit naar kleur!), mijn terugplaatsing toen dàt nodig was, die rand van je broekje die ik te zien kreeg, dat tafeltje waar we bij mijn eerste koffiepauze allebei aan terechtkwamen... Je had lang willen wachten, zei je toen we na *Cape Fear* in elkaars armen uitrustten, en ik geloof je, maar *jij* kreeg het koud in mijn warme kamer, om mij te laten zeggen dat we in bed moesten gaan liggen. Je had ruzie gehad met je moeder die avond, en je werd vlug ongesteld – het moest en het kon, en daarom gebeurde het, hoe graag we allebei ook hadden willen wachten. Dat dagboek van jou, over de liefde en over de dood, dat heb je later weggegooid, maar ik weet wat je daarin schreef terwijl ik naar mijn afspraakje met Hanny fietste en alleen maar aan jou kon denken: 'Die Tim, die wil ik! En ik zal hem krijgen!'

Weet je dat er een krankzinnig scheutje jaloezie door me heen ging toen Laura me vertelde dat Harm en jij het nog wel eens deden? Dat van ons, was dat niet het mooiste wat je ooit hebt gehad? En het ergste? Dat was het voor mij. Het spijt me. Maar jij was de volwassene van ons twee, had jij nou niet kunnen zien dat het niet waar was dat ik niet meer van je hield, dat ik mijn paniek richtte op het enige waar ik om gaf, jou – dat dat uitmaken juist *bewees* dat ik van je hield?

Maar je werd nu eenmaal verlaten, door je vader, door Fons – dus ook door mij. Het klopte, je had het al voelen aankomen. En met één grandioze klap maakten we allebei een eind aan onze onzekerheid, en kozen we in plaats van elkaar het leven dat we zouden leiden – nog terwijl we hand in hand naar je huis liepen, wist jij dat je terug zou gaan naar Harm, en ik dat jij mijn kans was om te doen wat ik werkelijk moest doen: schrijven.

Met *Vive l'Amour* is het niet gelukt, maar *Léon Morin, priester*, onze moeraskikkerfilm, heb ik te pakken gekregen. Plink plink plonk plonk – met wat een raar muziekje begon hij! Ik zag beelden die onveranderd waren gebleven sinds ik ze met jou zag – ik met mijn bovenarm op de leuning, tegen jouw stevige bovenarm, ook op de leuning. Ach, twee verliefde schatten die een film uitkiezen voor hun eerste avondje uit. Het was nogal een praatfilm, hè? Misschien niet het meest geschikt. Of juist wel, want het enige wat er toe deed was dat we verliefd waren.

Ik herkende *niets*. Ik had gehoopt in ieder geval onze ondertitel terug te zien, want die schrijfmachineletters *moeraskikker* zie ik nog scherp voor me, op de soepjurk van Belmondo. Maar het was een rare band, opgenomen van een Duitse zender, met maar af en toe een paar ondertitels, en niet bij ons moment.

Meine ewig geliebte Morastfrosch, het is raar, maar ik kan me je niet meer voor de geest halen. Misschien heb ik het te hard geprobeerd. Soms word ik wakker met het besef dat ik je gezien en herkend heb (als ik Laura zo'n droom vertel wil ze altijd weten of je nog iets hebt gezegd), maar je gezicht is dan alweer weg. Maar als ik een miljoen meisjes zou zien, en jij was daarbij, mijn Kathy van september 1962, dan zou ik je meteen aanwijzen. En omhelzen. En meenemen naar een rustig plekje om vergiffenis te vragen, en te vragen of het toch niet weer aan kon zijn.

Dat kind van jou, die Laura. Wat een meisje. Als ik tussen jullie moest kiezen, dan nam ik jou, op voorwaarde dat alles opnieuw zou gebeuren, en ik dus ook haar weer kreeg. Zo zou ik eeuwig willen leven: negentien jaar wachten, jou, zevenendertig jaar wachten, Laura, en dan weer wachten op jou. Wat vind je ervan dat ik nou met haar ga? Krankzinnig hè? Ik hou van haar, ik wil dat ze bij me blijft. Ik zie heus wel dat je nu opstuift. Wat *denkt* hij wel, die Tim. Een vent van zevenenvijftig, met een meisje van negenentwintig dat haar hele leven nog voor zich heeft. Maar vind je het ook niet leuk? Je hebt haar toch zelf naar me toe gestuurd, omdat je mij niet kon vergeten? *Jij* bent het toch ook? Waarom blijf je dan niet, wees toch niet zo streng in haar droom, sta op van je stoel, buig je over je slapende dochter en je slapende Tim, omhels ons, feliciteer ons, het is *leuk* tussen ons, het is bijzonder, het is voor altijd, zoals het tussen ons voor altijd was.

Weet je wat ik een keer heb gedaan? Een onmetelijke tijd na jou, en toch al bijna vijfentwintig jaar geleden, heb ik geprobeerd jou op te sporen. Dat lukte niet, en het hàd ook niet kunnen lukken weet ik nu, met jullie omzwervingen over de hele wereld. Maar Laura heeft me verteld waar jullie toen woonden: in Zutphen in Gelderland, op de Moerasdreef.

Moeraskikkerdreef, heb je dat toen weleens gedacht?

Ik weet dat je al in Taiwan had gewoond, en dat je later in een groot, vrijstaand huis in Twello terecht bent gekomen – niet slecht voor dat werkmeisje van Foto Linneman. Laura heeft het me een keer laten zien. Tenminste, we zijn er langzaam langs gereden, zonder uit te stappen, op een dag dat ze zeker wist dat Harm en Philip er niet waren, en nòg schrok ze zich een ongeluk toen ze dacht dat de buurvrouw ons zag.

Ik ben een keer gaan kijken bij jullie Moerasdreefhuis, alleen, toen ik net met Laura ging. Lange rijen doorzonwoningen. Het was een grijze dag, schooltijd; er stuiterden geen ballen over de weg, er werd niet geschommeld in de voortuintjes, niet gehinkeld op de stoep waar ik de allervoordehandliggendste gedachten stond te hebben over Moerasdreef.

Laura oordeelt niet over Moerasdreef. Voor haar is het gewoon het huis waar ze woonde toen ze klein was, om de hoek naar school ging, de dieren aaide in de kinderboerderij vlakbij; de straat waar ze van jou fietsen leerde en tegen me aan had kunnen botsen als ik toen je adres gevonden had.

Ik keek neer op Moerasdreef, en vroeg mij tegelijkertijd af wat mij het recht gaf om dat te doen. Die paar boeken? Jij hebt niet over de Niagara gekoorddanst, geen staatsprijs voor de beeldhouwkunst in ontvangst genomen, je bent geen hoer in Trinidad geweest, je hebt zelfs niet in het bandje van Rob gezongen, maar dat heb ik allemaal ook niet. En ik heb niet in Taiwan en in Seattle gewoond, en geen mooie maskers gemaakt. Was het dan toch niet beter hier te hebben geleefd, als moeder in een lief gezin, die zó kon zingen voor haar zoon, met een schat van een man die niet haar grote liefde was maar van wie ze hield, dan beurtelings hartstocht en eenzaamheid na te jagen en op je zesenvijftigste met je digitale camera op de stoep te staan voor een huis waar een verloren lief haar glimlachje lachte?

En toch. Er werd naar je gekeken op het Leidseplein, dat centrum van de wereld, dat Moerasdreef als verbanningsoord zag. Je staarde voor je uit met je mooie gezicht, voor de deur bij Foto Linneman, maar wat je ook zag, niet Moerasdreef. Je sliep in hutten in het woud, heel Amsterdam beklom de trappen naar jouw torenkamer in Hotel Roelvink, je was een magneetje, je zou het grijs van Moerasdreef hebben weggestraald. Dat lachje van je, moeraskikker, gelachen voor de familiefotograaf in je Moerasdreefhuis, daar heb ik lang naar gekeken. Je was een bang gemaakte moeraskikker, die geen moeraskikker meer durfde te zijn. *Ik* had je bang gemaakt, ik had je naar een veilig leven gejaagd, en daar wil jij nu Laura naartoe jagen. Naar Moerasdreef Lau, naar Moerasdreef, fluister je aan ons voeteneind.

Zij hoort daar niet. Ze hoort bij mij. Maar ze zal je gehoorzamen. En ik zal altijd van jullie houden.

Hele steden waren van Laura en mij geworden, en zouden altijd van ons samen zijn: Leiden, Groningen, Utrecht, Milaan, Knokke, Göttingen. In de Dom van Milaan luisterde ik naar sombere, prachtige, langgerekte orgeltonen, een melancholiek lied over Kathy, tot ik ontdekte dat het orgel werd gestemd. Vlug, naar internetspelonk, aan Lau vertellen. Mooie harde passeerslag vlak langs de lijn, maart 2000: zag je dat, Lau? Goed van mij hè? Mop over man van zestig die een vrouw van dertig jaar jonger wil (floep, hij is negentig): straks aan Lau vertellen. 31 december 1999, dag na eerste nacht met Lau, ik schiet een vuurpijl recht op mijzelf af, maar blijf ongedeerd; ik zou ook van een toren hebben kunnen springen: er zou een hooiberg onder hebben gestaan. Rugbytoernooi Esra in Almelo: als ik de tijd omklap die het nog duurt voor ik Laura weer zie, dan zit ik al in de auto hiernaartoe. Etentje Tom, Richard, Paul: opscheppen over Lau, maar ik zal haar niet kunnen houden. Tom: 'Onzin, je trouwt gewoon met haar, over twee jaar spreken we af op de camping, met onze kinderen.' Verjaardagstaart op redactie: zou Laura niet willen, die let op haar gewicht, maar ik neem een punt. Zinnetje voor mail aan haar: Als ik een snor had gehad, dan zat de slagroom nu in mijn snor. Bellen met mobieltje op straat: ik praat met Lau, dat weten jullie niet, suffe voorbijgangers. Vlaggetje *Mail Notifier*: altijd Laura. Ha meneer Beest! Matgezet in simultaan, maar vanavond kust Laura Westerdijk mij, en jullie niet, zet me maar mat. Straatsteen laat mij struikelen – ga je gang maar steen, ik dacht net aan Laura; 'Tim en Lau' zit nu ook in jou. Kale man pakt pak karnemelk in supermarkt; meisje in Deventer verlangt naar hem. Feilloos pakt die man *precies* het pak dat morgenochtend zal worden aangeraakt door de dochter van Kathy Melsen, zijn vriendinnetje van zevenendertig-en-driekwart jaar geleden.

Alles was voorbijgeflitst, alweer bezig verleden te worden, maar langzamer dan al het andere van dat halve jaar, veel langzamer. Die taartpunt, dat was maanden geleden, maar het geluk dat ik daar voelde dat ik Laura had, dat was gisteren. Het mueslibolletje dat ik voor haar kocht, dat kocht ik een halfjaar geleden, maar ze at het gisteren op. Die arm die ze ineens door de mijne stak in Utrecht, die zal ze altijd nu door mijn arm steken. De rook die ze uitblies op mijn balkon, giechelend, ik met mijn handen rond haar tietjes, die drijft nu nog weg naar het helder glinsterende IJsselmeer, maar het gesprek dat ik binnen voerde toen de telefoon me wegriep, dat voerde ik in een vorig leven. Alle andere dingen waren peilstokken in de tijd geweest, om te kunnen zien hoe lang geleden die gisterens, die nu's met Laura werkelijk waren.

En nog steeds waren er kussen die nog gegeven moesten worden.

Dag 192, vertrek naar Japan. Zij brengt me naar Schiphol, we nemen lief afscheid. Dag mevrouw Beest. Dag meneer Beest. Amuseer je hè? Ja, jij ook. En geen krulletjes, hè?

Ze heeft er de laatste tijd steeds vaker grapjes over gemaakt: ze gaat me verlaten. Dit is haar kans. Maar ik wil het niet, en ik weet het dus ook niet. Ze is mijn vriendin.

In het hotel in Tokio kan ik internetten; ik schrik ervan hoe inhoudsloos haar mailtjes zijn. Wat hier nog aan liefs in staat is geforceerd. Ze is blij met een nieuwe jurk. Ze heeft lekker gedanst en veel gedronken. Ze gebruikt mijn afwezigheid om de beslissing in zichzelf door te drukken: als ik terug ben stopt ze ermee. Die mailtjes irriteren me, ik denk: ik antwoord hier niet eens meer op. Ga jij dan maar weg als je zo nodig weg moet.

De vierde dag in Tokio word ik wakker met een linkeroor vol afschuwelijke machinekamergeluiden. Ik probeer mijn dictafoontje af te luisteren: niets. De ober bij het ontbijt maakt metalige geluiden, als een robot in een tekenfilm. Ik weet: dit oor is voorgoed doof. Straks mijn andere oor ook. En zij gaat weg.

Die avond en nacht beklim ik de Fuji, honderd kilometer van Tokio. Ik klim in een groepje van vijf, met mijn Japanse begeleider die eenendertig is, en wat andere klimmers die we aan de voet zijn tegengekomen; een Amerikaanse zakenman, ook eenendertig, en twee Amsterdamse broers van begin twintig. Ze moeten overal op me wachten. Ik heb van ons allemaal het zwaarst aan sport gedaan, en op m'n veertigste zou ik nog overal op hèn hebben moeten wachten, maar nu spreken ze me bemoedigend toe, geven me ademhalingsadviezen, dartelen me voorbij. En dan zie ik ze weer in het duister langs het pad, of op bankjes bij de berghutten. Steeds langer moet ik stilstaan en op mijn stok steunen, op adem komen. Soms denk ik het niet te zullen halen. Als ik zeg dat ik óók iemand heb ingehaald, lachen ze en zeggen dat dat zelfspot is. En dan gaan we weer verder, en verdwijnen ze weer uit zicht.

Deze berg is alleen nog maar een metafoor voor het voorbij zijn van dingen. Ik spreek aantekeningen in voor mijn verhaal: 'Ik ben wel zevenenvijftig, maar ik heb nog altijd een vriendin die door hoepels kan springen.' Ik zal het er zeker in zetten, maar ik weet: ik heb haar niet meer. Als ik terugkom maakt ze zich los. Misschien kan ik haar overreden, net als in mei, om toch nog bij me te blijven, omdat we van elkaar houden. In elk geval tot alle vakanties voorbij zijn, eind augustus. Dan praten we erover, en dan voelen we: dit mogen we niet laten gaan.

Vier dagen later ga ik terug naar Amsterdam. Dag 200. In de bus naar het vliegveld staat de klok op 12:34. Misschien kunnen we afspreken dat we de rest van ons leven aan elkaar zullen denken als we ergens een klok op 12:34 zien staan. Maar dan weten we nog niet of het op dezelfde dag is. Of die klokken lopen niet gelijk. Of er zijn tijdsverschillen tussen ons. In het vliegtuig ril ik van de zenuwen over ons weerzien. Ik weet dat ze het uit gaat maken, maar hoe zal het zijn?

Als ik haar zie achter het glas in de aankomsthal weet ik dat het waar is: ze gaat het nu doen. Ze leunt tegen het glas alsof ze moe is, met een lachje alsof ze heeft gehuild. Even later kan ik haar tegen me aan drukken, maar ik voel alleen maar dat het zo is. Ze kust me, vraagt of het leuk was in Japan, maar aan haar ogen kan ze niets veranderen. Bij haar auto kijk ik of ik haar weekendtasje zie, maar ik zie het niet.

In de auto zeg ik het: 'Mevrouw Beest gaat weg hè?'

'Dat had je al begrepen.'

Ze pakt m'n hand, legt die op haar schouder, drukt haar hoofd ertegen. Zo rijden we door de Schipholtunnel, de ringweg op naar mijn huis.

'Een heel belangrijke periode is nu afgesloten,' zegt ze.

Schei uit met je clichés zeg ik bijna, maar ik houd het binnen. Ze denkt dat je met toverformules, die van iets bijzonders iets algemeens maken, je leven kunt beheersen.

'Je hebt niet eens een logeertasje meegenomen,' zeg ik.

'Jawel, ik kan blijven slapen, maar dat wil je misschien niet.'

'Waarom zou ik dat niet willen? Ik wil iedere minuut met jou die ik kan krijgen.'

Ik ben kapot, het is veel erger dan ik me had voorgesteld. Het is verschrikkelijk om haar kwijt te zijn. Maar ze moet verder in het leven. Wie niet ziet dat hij er al is, die moet verder.

'Ik ga je gewoon ompraten,' zeg ik.

'Ik denk niet dat dat je zal lukken.'

'Jawel, luister maar. Het is veel leuker om ongelukkig met mij te zijn dan gelukkig met een ander. Nou?'

Ze lacht. 'Niet gelukt.'

In m'n huis druk ik haar tegen me aan. 'Er wordt hier wel een levende liefde vermoord,' zeg ik.

'Nee.'

'Nee? Ben je minder om me gaan geven, de laatste tijd?'

'Ik ben verliefd geworden op iemand anders.'

Ik ga douchen, scheer me. We zitten op de bank. Naam, lengte, beroep. Er is nog niets gebeurd, maar dat maakt het alleen maar erger. Leuke kop, in de disco ontmoet. 'Het gebeurde gewoon.' De avond dat ze me had weggebracht. Ze is verliefd geworden met mijn zaad nog in haar buik, terwijl ik nog in het vliegtuig zat. Ze heeft het al aan haar vader en aan Lex verteld.

We omhelzen elkaar en kussen elkaar, net als toen in mei, nee, toch heel anders. Toen twijfelde ze, liep ze over van liefde, nu twijfelt ze niet. Ik voel weerstand. Ik durf haar niet eens echt te kussen. Maar dan gebeurt dat vanzelf, zachte lieve zoentjes. Ik trek haar truitje uit, haar behaatje, haar broek, haar broekje, we gaan naar bed.

Na het neuken keert ze zich van me af, ze is verdrietig. Hoe ongelooflijk dit ook is om te snappen, ik snap het. Ze voelt zich schuldig tegenover die bonenstaak. Ik zeg dat

dat niet hoeft. Wij hebben zoveel met elkaar gehad, wij hebben recht op dit afscheid. Dit afscheid bederft niets voor jou. Ik weet niet of ze dat ook vindt, ze ligt daar nog een beetje verdrietig, met haar rug naar me toe. Dan staat ze op om te gaan plassen en ik verwacht dat ze zich daarna zal aankleden en naar huis zal gaan, maar als ze terugkomt gaat ze boven op me zitten, zoals ze steeds als een innig beestje boven op me heeft gezeten. Ik ga in haar en zo praten we, neuken is onze praathouding, dat is vanaf het begin zo geweest. Ik heb mijn handen op haar billen, af en toe gaat ze zacht op en neer. Ik denk: we moeten elkaar alleen gekend hebben terwijl we dit hadden. Maar jezes kristes, dit is het einde van twee grote liefdes tegelijk.

We komen klaar, vallen in slaap, worden hongerig wakker. Er is niets in huis. Het is avond geworden, bijna elf uur. We gaan er in haar auto op uit, ik moet de jarretels omdoen. We vinden een snackbar waar een jongen al staat te dweilen, maar ze kunnen er nog twee broodjes tartaar voor ons maken.

We eten ze op de bank, gaan weer naar bed, beginnen aan onze laatste nacht, slapen in. Om zes uur word ik wakker: dag 201. Het is al een beetje licht, ik kijk hoe ze hier voor het laatst slaapt. Dat is me wat, de laatste keer van zo iets. Die haartjes in haar nek, daar keek ik in Leiden naar, en nu groeien ze op het naakte lichaam van mijn geliefde die ik voor het laatst in mijn bed zie liggen. Die verliefdheid, misschien heeft ze dat verzonnen, misschien al vóór Japan. Maar wat maakt het uit. Ze moet weg. Ik sta op en ga naar binnen, zet de computer aan, maak wat aanteke-

ningen voor een boek hierover. Dat kan ik nu gaan schrijven, dat is wel een voordeel. Dat zou ons voor altijd sa-
menbrengen, Lau, Kathy, en mij. En dan zou ook mijn
boek van toen nog gaan leven, dat zou wel iets ongeloof-
lijks zijn. Dat moest op Laura wachten. Ineens voel ik een
kus op mijn hoofd. Ik had haar niet binnen horen komen,
zij is sluipkussengeefster nummer één van de wereld. Ik
neem haar naakte warme lichaam in mijn armen, voorzichtig, om de slaap er niet uit te kussen. Even staan we zo.
Dan gaan we samen weer naar bed, en slapen in.

Als we wakker worden vrijen we. Ik lig op haar, onder
haar, naast haar, ik lik haar, streel haar kutje, haar tietjes, ze
drukt ze in mijn mond. Zij of ik stopt mij in haar, ik ga er
weer uit, weer in, lang niet altijd stijf, altijd heerlijk. Zij zit
weer als beestje op mij, slaat haar benen om mij heen als
ik op haar lig, haar neukpootjes. Het is de laatste keer. Dan
liggen we weer op onze zij, ik met mijn borst tegen haar
rug. Ik omvat haar bovenste tietje en probeer me het gevoel in te prenten, voor later, voor al die keren dat ik dit
zou willen voelen en het er niet meer is.

Ineens begin ik verschrikkelijk te huilen. Zij huilt ook.
Ik huil om het ontzettende dat ik haar kwijt ben, maar ineens ook om Kathy, voor het eerst. God wat ben ik toen
stom geweest. Het is het stomste wat ik ooit heb gedaan.
Het was zo'n leuk meisje. Ik heb er zo'n spijt van dat ik
dat heb gedaan.

We liggen nu zo innig verstrengeld als dat alleen kan
na een gezamenlijke huilpartij. Ze slaat haar neukpootjes
weer om me heen, we neuken weer. Ik voel haar kutje zoals ik nog nooit een kutje heb gevoeld. Als een doosje,

maar dat is ook het woord. Dit gevoel is het sterkst als ik niet beweeg. Ik lig stil in haar, concentreer me op het gevoel van haar kuiten op mijn kuiten. Een alles wegvagend gevoel van welbehagen en van liefde, geconcentreerd in de aanraking van onze kuiten, maar tegelijk mijn hele wezen omvattend.

Ik ga uit haar, lik haar, proef haar heerlijke smaak, lik haar kont, ga met mijn vinger in haar kont, maak haar zo bijna klaar, ram haar klaar met twee vingers in haar kut. En nog een keer. 'Ik kom wéér, ik kom wéér,' roept ze. Haar geschreeuw is een afschuwelijk kapot microfoongeluid in mijn kapotte oor. Ze valt met een schreeuw opzij en huilt: 'Nee, nee, ik wil nu niet meer klaarkomen.'

Ik lig op mijn rug, ze zit weer op me, rechtop, haar hoofd scheef, haar gezicht vertrokken van genot. Ik span mijn buik, druk me in haar, ze komt voor de zoveelste keer klaar.

Ik haal mijn digitale camera, we maken foto's. Haar kop terwijl ik in haar ben. Mijn mond om een tepeltje. Mijn lul in haar mond. Mijn hoofd tussen haar benen.

Ik laat haar op haar knieën zitten en ga in haar kont, de eerste keer dat we dat doen. Het lukt, ze vindt het lekker, ik vind het lekker. Een heel intiem gevoel. We worden er allebei ontzettend geil van, en gaan weer gewoon neuken. Het is alsof ik nog nooit zo geil met haar ben geweest. Ze roept dat ik moet klaarkomen, zoals ze dat de laatste tijd zo vaak riep: 'Kom maar klaar, spuit je zaadjes maar in mij, heerlijk, heerlijk.' Maar nu roept ze erbij: 'Nog één keer! Kom nog één keer in mij klaar, de laatste keer.'

Het hindert mij even, ik wil dit niet weten, welke

stomme griet roept er nu zoiets op zo'n moment, dan vergeet ik het weer. Ja, het is de laatste keer. Maar wat neuken we goddelijk. 'Kom heerlijk in me klaar, de laatste keer.' Het is goddelijk haar geile stem te horen die dat roept. Ze roept me klaar, en ik weet dat zij ook klaar gaat komen. Er is geen verschil meer tussen ons, wij zijn het wel die neuken, maar we worden ook bestuurd, door iets wat zorgt dat we nu tegelijk klaar gaan komen.

Laatste keren volgen elkaar nu snel op. Ik val uit haar, zoals ik anders ook uit haar viel. Zoals dat nu eenmaal vanzelf gaat, een tijdje nadat je bent klaargekomen. We staan op, we douchen, staan nog even samen onder de douche, ik neem haar tietjes in mijn mond, voor het laatst. We kleden ons aan, doen boodschappen, gadegeslagen door mensen die niet weten wat wij zijn: een eeuwig liefdespaar na hun laatste vrijpartij.

We zijn weer thuis, ze zoekt haar spullen bij elkaar die zich hier hadden verzameld. Een doosje zalf, een broekje. Veel is het niet; ze leefde hier uit haar logeertas die altijd in de gang bleef staan, dicht bij de buitendeur. Ik geef haar haar jasje terug dat ik geleend had om de Fuji te beklimmen. In één van de zakken zit nog een gulden van haar, die is ook op de top geweest. Die krijgt ze niet terug. We leggen hem op een geheim plekje dat alleen wij weten. In de andere zak zit een wandelstokbelletje dat ik op de Fuji had gevonden, dat wil zij hebben, ze doet het aan haar sleutelring. Ze knipt m'n wenkbrauwen bij.

We eten. Ik zie haar voor het laatst appelstroop op de puntjes van haar croissant doen. Ik zeg iets over wat ik die nacht heb gedroomd, en ze kijkt ineens strak voor zich uit. 'Ik heb ook gedroomd,' zegt ze. 'Over mijn moeder. Ik droomde dat ze dood was, dat was de eerste keer. Tot nu toe was ze steeds levend als ik van haar droomde. Maar vannacht ging ze dood. Eerst leefde ze nog. Ze zat op een stoel, en keek naar ons. Toen stond ze op, wat ze helemaal niet meer kon. Ze zei: "Ik kan nu gaan." En toen ging ze weg en was ze dood.'

V

WELLES

Een liefde van je moeder in 1962

Deel 10: Welles

Mijn hart voelde ik kloppen, naakt onder mijn naakte huid, die haar naakte huid raakte. Ik was bang. Nu moet ik het zeggen, dacht ik radeloos. Mijn hart klopte angstig. Ik durfde het wel te zeggen. Ik durfde het niet te zeggen. Ik durfde wel – niet – wel – niet, zoals ik twijfelde terwijl ik theekopjes afdroogde, en niet-wel-niet-wel haar durfde te vragen met mij uit te gaan. Mijn hart klopte fel. Oké, ik zou het dan toch zeggen, maar hoe?

'Kathy,' zei ik langzaam, want het was mijn laatste zin terwijl zij nog in mijn liefde mocht geloven, en dan klap, kapot, uit, 'weet jij wat liefde is?'

Wij wisten het beiden na deze zin; het was afgelopen, en zo schaamden wij ons geen kleren te dragen, en we gingen onder de dekens liggen, en praatten verder. Maar uit was het, uit.

'Ja, dat weet ik wel.'

'Ik niet.'

'Waarom zeg je dan dat je van me houdt.'

'Omdat ik dat dacht.'

'En nu houd je niet meer van me.'

'Ik geloof het niet.'

'Is dat wat er de laatste dagen aan de hand is?'

'Ja. Ik begrijp het niet. Ik denk dat ik nu ook nog van je houd, maar ik voel het niet nu.'

'Ik wist dat het maar zo kort zou duren. Nee! Blijf van me af!'

'Kathy…'

'Ben je helemaal gek, om zoiets uit te maken als dit. Weet je wel wat dit waard is.'

'Ja.'

'Dat weet je niet! Je weet er helemaal niets van. Je bent gek! Godverdomme. Zoiets als *dit*.'

'Niet huilen, Teuntje.'

'Ik huil wanneer ik *wil*. Je houdt de hele tijd van me, dat zeg je tenminste, we hebben het heerlijk, zo heerlijk als ik het nog nooit heb gehad, en nou hou je ineens niet meer van me!'

'Ik weet het niet.'

'Zoiets zèg je toch niet zomaar. Dan denk je eerst toch ná.'

'Ik hèb erover nagedacht. Ik heb me helemaal gek gedacht, maar dat hielp niet.'

'Ik vond het zo afschuwelijk daarnet toen we het deden.'

'Ik ook.'

'Ja?'

'Ja.'

'Is dit echt Tim, dacht ik.'

'Nee.'

'Je bent in de war. Het moet ook door je nieuwe plan komen, dat alles ineens veranderd is, dat je niet meer gaat reizen.'

'Denk je?'

'Natuurlijk heeft het daarmee te maken. Wanneer weet je zeker dat je nog van me hield?'

'Eergisteren.'

'Bij je vader?'

'Ja.'

'Dat kan toch niet, dat zoiets in twee dagen ophoudt.'

'Er was iets heel geks bij m'n vader. Ik durf het haast niet te zeggen. Ik kuste je, en midden in die kus dacht ik ineens: ik hou lekker niet van haar. Expres.'

'Is dat het?'

'Ook. Ik dacht: als ik dat kan denken, dan hou ik niet echt van haar.'

'Zulke dingen denk ik ook wel eens, hoor.'

'Ja?'

'Iedereen denkt ze. Je denkt ze omdat je ze niet màg denken, net zoals je op een toren denkt hoe het zou zijn om eraf te springen. En je mag die dingen niet denken omdat ze niet waar zijn. Je dacht dat omdat het omgekeerde waar is.'

'Denk je?'

'Er was nog meer, zei je.'

'Dat durf ik ook niet te zeggen.'

'Dat maakt nou toch niet meer uit.'

'Het is zo erg, ik werd er gek van dat ik het niet durfde te vertellen.'

'Wat kan er erger zijn dan dat het uit is?'

'*Is* het dan uit?'

'Ja. Vertel nou maar.'

'Weet je nog die keer dat ik op je tanden tikte?'

'Nee?'

'Ik tikte met mijn vinger op je tanden, en jij zei: pas op
m'n kunstgebit.'

'O ja.'

'Ik schaam me zo. Toen dacht ik dat je een kunstgebit
had.'

'Ik? Een kunstgebit? Daar poets ik nou twee keer per
dag m'n tanden voor. Dat voel je meteen hoor, een kunstgebit. Ik heb één keer gezoend met een jongen met een
kunstgebit, nou, dat was één keer maar nooit weer. Maar
waarom vroeg je dat dan niet gewoon.'

'Dan zou je weten dat ik het had gedacht. Dat zou net
zo erg zijn.'

'Gekke Timmy. Idiote Timmy.'

'Teuntje…'

'Pas op! Zo meteen trek je mijn pruik er nog af.'

'Heb je dan… Gekke moeraskikker.'

'Idiote kunstgebitdenker. Idiote uitmaker. Je bent echt
helemaal gek.'

'Ik wil niet dat het uit is.'

'En nou wil je ineens weer *niet* dat het uit is. *Weet* jij
wel wat je wil.'

'Ja. Dat het nog aan is. Het is alsof ik wakker word. Ik
voel aan alles dat ik gewoon nog van je hou.'

'Zal ik je eens iets heel geks zeggen?'

'Nou?'

'Ik hou ook nog van jou.'

'Ja?'

'Ja.'

'Is het dan nog aan?'

'Als je dat echt wilt.'

'Oooh! Teuntje! Ja, dat wil ik! Ik ben zo opgelucht! Ik dacht dat het uit was. Het was zó'n nachtmerrie de laatste dagen. Ik wou het uitmaken, maar tegelijk was dat het ergste wat ik me voor kon stellen. Ik werd er gek van.'

'Oh, Timmy, ik was zó verdrietig. Ik was zó bang dat het maar zo kort zou duren. En toen kwam het nog uit ook.'

'Maar nu komt het niet meer uit. We zijn elkaar niet kwijt hè?'

'Nee.'

'We raken elkaar nooit meer kwijt.'

'Nooit meer.'

(...)

(...)

'Mag ik nou toch nog mee met de boottocht?'

'Nee.'

'Nee?'

'Nee, daar mogen alleen mensen mee die nooit hebben gedacht dat ik een kunstgebit heb. Natuurlijk mag je mee. Domme Timmy.'

'Wat dacht *jij* eigenlijk, die keer dat je net zoiets dacht als ik.'

'Iebelknie.'

'Iebelknie?'

'Ja, terwijl we het deden. *Iebelknie.* Ik kon het niet meer uit m'n hoofd krijgen. Iebelknie, iebelknie, dacht ik de hele tijd, ik was doodsbang dat ik zou gaan lachen.'

'Gekke Teuntje. Lieve Teuntje. Lieve moeraskikker. Lieve Kathy. Lief kunstgebit van Kathy.'

'Dom lief hoofd van Ggguan.'

'Lieve iebelknieën van Ggguanita.'

'Oh Tim, ik ben ook zo opgelucht. Zo ontzettend opgelucht. Ik dacht ook dat het uit was.'

'Het is niet uit, maar aan.'

'Ja, het is aan. Hé, ik heb een plannetje. Ik ga niet naar huis. We blijven er gewoon in liggen.'

'De hele nacht? Maar dat kan toch niet voor je moeder?'

'Dat rotmens, dat kan me niet schelen. Ik blijf gewoon hier.'

'Ja! De hele nacht! Dan moeten we wel de wekker zetten.'

'Nee, want ik heb je nog niet m'n hele plannetje verteld. We blijven er morgen óók in liggen. Ik ga lekker niet naar Linneman.'

'Ja, we blijven uitslapen! Dan ga ik niet naar Paramelt. We blijven de hele dag samen in bed liggen.'

'We blijven *altijd* samen in bed liggen.'

'Ja, altijd! We komen er gewoon nooit meer uit! En dan ga ik de hele tijd je pruik eraf trekken.'

'Pas op of ik haal mijn kunstgebit eruit en ik bijt je in je neus!'

'Dan pak ik het af en dan bijt ik ermee in je eigen neus.'